LA VOIX CACHÉE

DU MÊME AUTEUR

Le Voile de Téhéran, Robert Laffont, 2015

PARINOUSH SANIEE

LA VOIX CACHÉE

roman

traduit de l'anglais par Odile Demange

Robert
Laffont

Titre original : PEDAR-E AAN DIGARI

ISBN : 978-2-221-19033-3
(édition originale : ISBN : 978-1408707524, Little Brown, an imprint of Little, Brown Book Group, Londres)

1.

— Hé, Shahaab, c'est toi, là ?

— Mais oui.

— Oh lala, que tu étais petit ! Qui est-ce qui te serre dans ses bras, comme ça ?

J'ai regardé la photo. Qui était-ce ? Pouvait-il vraiment s'agir de... ?

Mon cœur s'est serré et j'ai été incapable de répondre. J'ai regardé autour de moi, désemparé. J'avais envie de fuir. Il y avait du monde partout. La moitié des invités étaient déjà là. Où ma mère avait-elle trouvé tous ces gens ? Devenir adulte méritait-il vraiment une telle agitation ? Cette fête était censée me rappeler que je venais d'avoir vingt ans, que j'étais presque un homme à présent, pourtant je n'avais pas l'impression d'avoir beaucoup changé. Ils parlaient tous en même temps, ils riaient, se promenaient d'un bout à l'autre de la maison. Je ne savais pas comment me comporter avec eux. D'autres invités encore sont arrivés, accaparant l'attention générale. J'en ai profité pour monter quatre à quatre au dernier étage. Il n'y avait que quelques marches, mais j'étais presque à bout de souffle quand j'ai refermé la porte et me suis adossé au battant.

Tout au fond de moi, une voix familière m'a demandé : « Qu'est-ce qui t'arrive encore ? » Et, comme toujours, j'ai répondu presque instinctivement : « Je ne sais pas... »

Je les entendais s'agiter en bas. Impossible de trouver ici le calme et le silence dont j'avais besoin. J'ai ouvert la porte donnant sur la terrasse et suis sorti, refermant le battant derrière moi. Une brise fraîche a caressé mon front brûlant et j'ai pris une profonde inspiration. En regardant l'escalier interdit qui menait au toit, j'ai éprouvé un élancement douloureux dans le dos. Chaque fois que mes yeux se posaient sur lui, mon esprit troublé était en proie à un étrange phénomène et cette douleur revenait. J'ai gravi les marches. Depuis combien de temps n'y étais-je pas monté ? Vingt-quatre heures ? cent ans ? Le passé fondait sur moi, je reculais à une vitesse vertigineuse. J'avais l'impression de rapetisser. Assis sur la plate-forme, au milieu du toit, j'étais redevenu un petit garçon de quatre ou cinq ans, muet et terrifié.

J'ai commencé à me vexer qu'on me traite de « débile » le jour où j'ai compris que j'étais vraiment débile. Tout au début, avant de connaître le sens de ce mot, je croyais que c'était bien d'être débile. Quand les autres m'appelaient comme ça, ils prenaient un ton joyeux, alors j'étais content. Mon cousin Khosrow a été le premier à s'apercevoir que j'étais débile et c'est lui qui m'a donné ce nom. Dès qu'il me voyait, il disait :

— Quel joli petit débile ! Viens faire le poirier et je t'achèterai des bonbons. Voilà un bon garçon !

Je faisais tout ce qu'il me demandait et il riait, il m'applaudissait et me donnait une récompense. Ma cousine Fereshteh m'aimait beaucoup, elle aussi. « Mon petit gogol ! » m'appelait-elle, et elle m'embrassait. J'adorais son parfum. Elle s'amusait de tout ce que je faisais et m'offrait des bonbons et des glaces. J'aimais bien ça mais, franchement, ce que je préférais, c'était lui faire plaisir. J'aurais fait n'importe quoi pour lui être agréable. Comme ils riaient quand ils me traitaient de débile, je croyais que c'était un mot gentil. Je ne savais pas que, quand les gens rient, ça ne veut pas forcément dire qu'ils sont contents. Que voulez-vous, j'étais débile...

Le monde me paraissait plus lumineux avant que je découvre ces sombres vérités. Le ciel était plus clair. Je pouvais passer des heures dans notre petit jardin à observer la terre, les feuilles et les vers bruns qui sortaient après la pluie. À chaque instant, je découvrais quelque chose de nouveau. Notre unique arbre était un ami bienveillant qui se couvrait de fleurs chaque fois que nous rentrions de notre voyage de nouvel an. Je savais qu'il fleurissait parce qu'il était heureux de nous revoir. Au bout de quelques jours, ses fleurs tombaient, et il était transformé. Plus tard encore, il produisait de délicieuses cerises rouges. Donner des cerises était sa mission, mais s'il fleurissait, c'était seulement pour me souhaiter la bienvenue, car je l'aimais plus que quiconque.

Il m'arrivait parfois de jouer avec la lumière qui passait à travers les plis d'un rideau, de contempler les grains de poussière qui dansaient dans l'air.

La nuit, les étoiles brillaient, mais la lune... la lune, c'était différent. Tel un enfant rétif, elle n'obéissait à aucune règle. Elle était chargée d'éclairer le ciel nocturne, mais si elle n'en avait pas envie, elle ne se montrait pas. En revanche, elle surgissait aux moments les plus inattendus, se glissant furtivement au milieu du firmament. Certains matins, je la voyais à côté du soleil. Avec un sourire espiègle, elle pâlissait pour qu'on ne la voie pas. Elle aimait jouer, aussi, me pourchasser autour du bassin et s'arrêter en même temps que moi. Elle ne se trompait jamais, ne faisait jamais un pas de trop. J'avais fini par croire qu'un fil invisible nous reliait l'un à l'autre, qu'elle ne me suivait que parce qu'elle était mon amie. Je m'allongeais sur la banquette du jardin et je la regardais. Tous les autres bougeaient autour de moi, mais la lune ne les suivait pas.

Elle était comme moi. Personne ne pouvait l'obliger à faire ce dont elle n'avait pas envie. Oui, j'étais la lune, et Arash était le soleil, toujours ponctuel, ne faisant jamais de bêtises.

En ce temps où j'ignorais que j'étais débile, ma conscience était à son zénith. Jamais mon âme n'a été aussi lucide qu'à cette époque.

Mais ensuite tout a changé. Ensuite, quand j'entendais ce mot, j'avais l'impression que quelque chose s'était coincé dans ma gorge ou que des griffes me labouraient le cœur. Autour de moi, les couleurs pâlissaient et le soleil se voilait. Je me recroquevillais dans un coin, j'enfonçais la tête entre mes genoux et je cherchais à me faire le plus petit possible. Si petit que plus personne ne me remarquerait. Je n'avais plus envie de jouer, je ne savais plus rire. Ma joie de vivre s'était envolée. Cet état pouvait durer toute la journée, ou même deux jours d'affilée.

L'affreux moment où j'ai compris que j'étais débile restera à jamais gravé dans ma mémoire. J'avais décidé d'aller chez mon oncle, qui habitait à quelques maisons de la nôtre. Khosrow jouait dans la rue avec ses copains. Il n'était pas comme Arash, toujours le nez dans ses livres. Lui, il aimait rire et s'amuser. Mon oncle lui répétait constamment :

— Prends exemple sur Arash ! Vous êtes dans la même classe, alors qu'il a un an de moins que toi. Chaque année, il est premier, mais toi, tu rates tes examens et tu es obligé de les repasser. Quand il sera grand, il sera médecin, et il t'embauchera comme chauffeur, tu verras. Rappelle-toi ce que je te dis !

Fataneh, la mère de Khosrow, ne supportait pas de l'entendre dire des choses pareilles.

— N'importe quoi ! protestait-elle. Mon fils en mettrait dix comme lui dans sa poche !

Je regardais la poche de Khosrow, mais elle me paraissait bien trop petite pour qu'on y mette qui que ce soit.

— De toute façon, Arash n'a pas un an de moins que lui, seulement quelques mois. Ils ont envoyé leur fils à l'école avant l'âge normal, et le mien est exactement dans la classe où il doit être. À t'écouter, on pourrait croire qu'il a redoublé !

— Ça lui pend au nez, crois-moi !

— Pfff ! S'il n'est pas premier, ça sera ta faute ! Eux, ils félicitent leurs enfants, alors que toi, tu passes ton temps à dénigrer notre pauvre fils.

Fataneh, la femme de mon oncle, était bizarre. Quand Maman n'était pas dans les parages, elle disait :

— Cette frimeuse se croit supérieure aux autres parce qu'elle a fait des études. Comme s'il suffisait d'aller à l'université pour pouvoir la ramener. Je lui ferai savoir ce que je pense la prochaine fois que je la verrai. Dieu merci, ce petit-là est un imbécile, autrement elle ne se sentirait plus, avec ses gosses.

Elle disait ça devant moi, mais comme j'étais débile et que je ne parlais pas, elle savait que je ne pourrais pas le rapporter à Maman. Pourtant, dès qu'elle la voyait, elle oubliait tout. Au lieu de lui « faire savoir ce qu'elle pensait », elle se répandait en compliments :

— Toi qui es instruite, tu comprends tout mieux que nous.

Gênée, Maman répondait :

— Mais non, voyons !

J'étais désolée que Fataneh ait une aussi mauvaise mémoire. Si j'avais pu parler, je l'aurais aidée à se rappeler ce qu'elle avait dit.

Ce terrible jour, Khosrow m'a appelé dès qu'il m'a aperçu :

— Hé, Shahaab, petit gogol, viens par ici.

J'ai couru vers lui. Il s'est accroupi devant moi, a posé les mains sur mes épaules et m'a dit :

— Tu es un bon garçon. Je veux que tu montres à mes amis que tu es vraiment un gentil petit débile, et ensuite je t'achèterai une glace, une grosse. Mets la tête en bas par ici, et appuie tes jambes contre le mur.

C'était sale par terre, et je n'aimais pas la saleté. J'ai regardé autour de moi, cherchant un meilleur endroit où poser ma tête. Khosrow a insisté :

— Qu'est-ce que tu attends ? Toi qui as toujours été un si gentil petit gogol ! Dépêche-toi, fais le poirier pour moi.

Il fallait bien que je lui obéisse. J'ai posé la tête par terre docilement et j'ai relevé mes jambes contre le mur. Tout le monde a éclaté de rire. Puis Khosrow a dit :

— Maintenant fais un roulé-boulé jusqu'à ce que tu sois couvert de poussière.

Maman me grondait quand je salissais mes vêtements.

— Allons, dépêche-toi, sois gentil. Vous autres, applaudissez-le.

Ils ont tous commencé à taper dans leurs mains. Je n'avais pas le choix : tout le monde voulait que je le fasse, alors je me suis couché par terre. Tous les copains de Khosrow applaudissaient et me félicitaient :

— C'est très bien, gogol ! Roule, roule !

Plus je roulais, plus ils étaient contents. Je savais que Maman me gronderait, mais tant pis, j'étais tellement heureux de faire plaisir à Khosrow et à ses amis !

Le gros Faraj m'a demandé :

— Tu feras tout ce qu'il te demande ?

— Bien sûr que oui, a répondu Khosrow. C'est mon petit gogol à moi.

Faraj a jeté un coup d'œil autour de lui.

— Alors, dis-lui de boire dans le caniveau.

— Il ne le fera pas, a répliqué Farhad. Il est peut-être débile, mais il ne va pas boire cette eau-là.

— Khosrow a dit qu'il ferait tout ce qu'il veut.

— C'est vrai ! s'est vanté Khosrow. Il fera tout ce que je lui demande.

— Je parie qu'il ne boira pas l'eau du caniveau. Qu'est-ce que tu en dis ? On parie ?

— Tu paries quoi ?

— Mon canif. Mais s'il ne boit pas, tu devras me passer ton vélo.

— Ça va pas, non ? Un vélo contre un canif? Ce n'est pas moi le débile ici, c'est lui.

— Bon, d'accord, juste pour une semaine alors.

— Non. Un jour, pas plus.

— Entendu. Marché conclu.

Khosrow s'est approché de moi, il m'a pris par les épaules et m'a dit :

— Shahaab, je veux que tu montres à mes copains que tu es un très gentil garçon. Viens avec moi et bois un peu d'eau dans ce caniveau. Après, j'irai t'acheter un énorme sandwich, et même une glace en plus. D'accord ?

Non ! Je ne voulais pas faire ça. Berk ! L'eau était noire, il y avait des asticots dedans. Elle puait. Je me suis retourné.

— Écoute, Shahaab. Ne me fais pas honte devant mes copains. Tu m'aimes, non ? Alors, montre-le-moi. Une gorgée, c'est tout.

— Il ne le fera pas, est intervenu Farhad. Qu'est-ce que je disais ? Même s'il est débile, il sait bien qu'il ne faut pas boire cette eau.

— Si, il le fera. Si je le lui demande, il le fera. Pas vrai ? Allons, ne fais pas la chochotte, juste une gorgée.

Les asticots qui grouillaient dans l'eau me faisaient peur. Je lui ai échappé des mains et j'ai couru vers ma maison. Je n'avais pas fait deux pas qu'il m'a rattrapé par ma chemise.

— Hé, tu vas où comme ça ? Pas question que tu t'en ailles avant d'avoir bu dans le caniveau.

J'avais envie de pleurer et de vomir. Il a posé la main sur ma nuque et a appuyé dessus pour m'obliger à approcher la tête de la rigole.

— Allez, les gars, encouragez-le. Vous voyez, il va boire.

Personne n'a applaudi. On aurait dit qu'ils allaient tous se sentir mal. Il m'a enfoncé la tête dans le caniveau. Le bout de mon nez a touché la vase puante. J'ai cru que j'allais étouffer.

Soudain, un miracle s'est produit. Khosrow m'a lâché et j'ai pu redresser la tête. J'ai entendu Arash hurler :

— *Tu vas le laisser tranquille, espèce d'imbécile !*

Je suis tombé sur le côté. Je n'avais pas bu, mais j'avais la figure couverte de vase. J'ai vomi.

— Mais qu'est-ce que tu lui veux, à ce gosse, espèce de crétin ? Tu es cinglé ou quoi ? Il aurait pu mourir s'il avait bu cette eau.

— C'est ton frère, le crétin ! Il ferait n'importe quoi pour avoir une glace. Il était prêt à boire cette eau juste pour que je lui paie un sandwich. C'est pas vrai, les gars ?

— Il a raison, a acquiescé Faraj. Ton frère est fou. Vous ne devriez pas le laisser sortir.

— Tais-toi. C'est toi le fou.

— Vous êtes fous tous les deux. Sinon, tu ne passerais pas tout ce temps à faire tes devoirs.

Arash était en colère. Il m'a pris par la main et m'a ramené à la maison.

2.

J'étais en train de donner à manger à Shadi. J'ai entendu la porte claquer mais je n'y ai pas prêté attention avant de voir Shahaab couvert de boue et de vase, cramponné à la main d'Arash. J'ai crié :

— Oh, mon Dieu ! Mais qu'est-ce que tu as encore fabriqué ? Je t'avais pourtant dit de ne pas te salir !

Furieux, les larmes aux yeux, Arash m'a raconté ce qui s'était passé. À chacun des mots qu'il prononçait, je sentais le sang me monter à la tête. Je tremblais de tous mes membres. J'ai attrapé Shadi, pris Shahaab par la main et, sans me soucier de ce que j'avais sur le dos, j'ai filé chez Hossein et Fataneh. J'ai lâché Shahaab en arrivant et j'ai pressé sur la sonnette jusqu'à ce qu'ils m'ouvrent. J'ai immédiatement repris Shahaab par la main, j'ai traversé le jardin, suis entrée dans le vestibule et me suis trouvée nez à nez avec Fataneh qui arrivait en courant, alarmée. Hossein, Shahin, Fereshteh et

Khosrow regardaient la télé. Un plateau à thé était posé sur la table basse. Fereshteh s'est précipitée vers nous et m'a pris Shadi des bras. Je l'ai à peine remarquée. J'avais l'impression que tout le monde était invisible, sauf Khosrow. J'avais le cœur qui battait à tout rompre et, d'une voix qui m'a paru méconnaissable, j'ai hurlé :

— *Qu'est-ce que tu lui veux, à ce petit ?* Tu ne peux pas te trouver un autre souffre-douleur, non ? Tu n'as pas pensé qu'il allait être malade s'il buvait cette eau ? Pourquoi est-ce que tu t'en prends tout le temps à lui ?

— Ce n'est pas ma faute, a répondu Khosrow d'un air innocent. Il est prêt à faire n'importe quoi pour une glace et des bonbons. Les autres le harcèlent parce qu'il est débile. Je veille sur lui pour qu'il ne se fasse pas maltraiter.

— Comment ça, *débile* ? Tu n'as pas honte de parler comme ça ? Il n'est absolument pas débile.

— Ne t'énerve pas, est intervenu Hossein. Pourquoi te mets-tu en colère ? Il y a des gosses moins intelligents que d'autres, que veux-tu ! Certains, comme Arash, sont doués et ont un QI élevé, d'autres, comme Shahaab, sont un peu lents.

— Il n'est pas lent du tout. C'est trop facile de coller des étiquettes aux gens !

— Pourquoi refuses-tu d'admettre la réalité ? a demandé Fataneh, narquoise. Un enfant de son âge qui ne parle pas est retardé, tout le monde te le dira.

— S'il ne parle pas, ce n'est pas parce qu'il est retardé. Le médecin dit que certains enfants parlent plus tard que les autres. Ce n'est pas une question d'intelligence.

— Arrête ! On n'a jamais vu de gosse de quatre ans normalement développé qui soit incapable de dire un mot. Mon Khosrow a commencé à parler alors qu'il marchait encore à quatre pattes.

— Il parlait déjà dans ton ventre, c'est sûr, ai-je répondu, exaspérée. Et pourtant, comme tu peux le constater, ton fils est loin d'être particulièrement brillant ! Tu vois bien que l'âge auquel un enfant commence à parler n'a rien à voir avec son intelligence !

Fataneh s'est tournée vers Hossein, lèvres pincées :

— Tu ne dis rien, toi ? Hossein, tu as entendu comment elle parle de notre fils ?

Hossein s'est levé et s'est approché de moi. Tout en essayant de garder son calme, il m'a dit :

— Essaie de te reprendre. Au lieu de te fâcher, tu devrais sérieusement envisager de faire quelque chose pour ce petit.

Je ne contrôlais plus le volume de ma voix.

— Il va tout à fait bien, ai-je crié. C'est *toi* qui ferais bien de faire quelque chose pour *ton* fils.

— Maryam, ce n'est vraiment pas gentil, a protesté Shahin. Mon frère n'a rien dit de blessant. Il se fait du souci pour ton fils, c'est tout, et il pense que tu devrais le faire examiner par un médecin.

Dans notre famille, les enfants ont toujours été intelligents. Ce genre de cas est extrêmement rare.

— Dans ma famille aussi, tous les enfants sont intelligents. Et ne t'en fais pas pour Shahaab. Il va très bien.

J'ai repris Shadi des bras de Fereshteh et me suis tournée vers Shahaab qui me regardait, interloqué.

— La prochaine fois que quelqu'un te traite de *débile*, flanque-lui une bonne claque. C'est compris ?

J'ai attrapé mon fils par la main, j'ai tourné les talons et suis rentrée chez moi sans dire au revoir.

Je savais que la famille de mon mari, qui m'avait toujours considérée comme une femme discrète et réservée, s'interrogerait à n'en plus finir sur ma réaction. Je n'avais certainement pas fini d'en entendre parler.

Dès que je suis arrivée à la maison, ma colère a cédé au découragement et à la fatigue. J'étais à court de mots, comme si j'avais dit tout ce qu'il y avait à dire. J'ai fait prendre un bain à Shahaab et lui ai enfilé des vêtements propres. Il ne m'a pas quittée des yeux un instant. Je ne lisais rien dans son regard. Je savais que mon comportement inhabituel l'avait surpris, cependant j'ignorais ce qu'il en pensait. J'étais calme en apparence, mais intérieurement j'étais toujours en ébullition.

Ma colère s'est ranimée quand Nasser est rentré. Je me suis plainte des insultes dont sa famille avait accablé notre fils. Comme d'habitude, il m'a dévisagée en silence en mâchonnant sa moustache.

— Que veux-tu que j'y fasse ? Ils n'ont pas forcément tort.

Je l'ai regardé pendant quelques secondes, avant de bondir sur mes pieds en criant :

— Parce que toi aussi, tu crois que cet enfant est retardé ?

— S'il ne l'est pas, pourquoi est-ce qu'il ne parle pas ? Le médecin a dit qu'il n'a pas de problème d'audition, il n'a diagnostiqué aucun dysfonctionnement organique. Il faut croire que c'est dans sa tête.

— N'importe quoi ! Mon fils va tout à fait bien. J'en suis sûre. Il me parle avec ses yeux.

— Tu es sa mère et ça t'aveugle.

Arash a pris le parti de son père.

— C'est vrai, Maman ! S'il n'était pas débile, il n'obéirait pas à ces imbéciles.

— Il est encore petit. Il ne fait pas la différence entre ce qui est bien et mal. Tu es son grand frère, toi. Tu dois veiller sur lui.

— Ce n'est pas à moi de faire ça. En plus, j'ai honte de me promener avec lui. Ils disent tous : « Ton frère est idiot. » Je ne veux pas d'un frère comme lui.

— Tais-toi ! Au lieu d'empêcher les autres de dire des horreurs pareilles, tu les répètes ?

— Maryam, il a raison. Essaie d'accepter les choses telles qu'elles sont.

— Laissez-moi tranquille. Mon fils n'est pas idiot. Allez tous au diable !

Et j'ai fondu en larmes.

3.

J'ai compris peu à peu le vrai sens du mot « débile » et je me suis rendu compte qu'ils s'étaient moqués de moi pendant tout ce temps, sans que je le sache. Lentement, une terrible colère s'est emparée de moi. Ce mot s'est mis à m'inspirer une telle répulsion que, rien qu'à l'entendre, j'avais la tête brûlante. Je sentais mon visage devenir écarlate et quelque chose bouillonner en moi. Je me jetais sur celui qui l'avait prononcé et comme en général je n'étais pas assez fort pour gagner, j'attrapais un objet que je cassais en mille morceaux. Je ne pouvais pas m'en empêcher, il fallait que j'évacue la rage qui me dévorait et qui m'aurait tué si elle était restée en moi.

Assis dans un coin, je suivais attentivement tout ce qui se disait pendant que Maman, irritée et malheureuse, racontait à Père ce qui s'était passé. Ma haine enflait à chaque seconde, et je me demandais comment il allait réagir. J'espérais qu'il irait me venger, qu'il finirait la tâche que Maman avait commencée et donnerait une bonne leçon à mon oncle et à sa famille. Mais il n'a pas bougé, il est resté très calme et a dit que les autres avaient raison.

J'étais furieux de voir Maman pleurer et d'entendre les mots prononcés par mon frère et son père. Je ne pouvais pas rester sans rien faire. Attiré par la porte de la chambre d'Arash, je me suis glissé discrètement à l'intérieur. Je savais que je n'avais pas le droit de toucher à ses affaires. On me l'avait fait comprendre très clairement aussi loin que remontaient mes souvenirs. La lampe de son bureau était allumée. Il y avait des livres et des papiers éparpillés un peu partout, et son stylo à encre tout neuf était posé à côté de la grande feuille de carton sur laquelle il avait travaillé pendant deux jours. J'ai soulevé la bouteille d'encre noire qui servait à remplir le stylo. Les paroles d'Arash – «J'ai honte de me promener avec lui. Ils disent tous : "Ton frère est idiot."» – résonnaient encore à mes oreilles. J'ai versé de l'encre très soigneusement sur la feuille de carton, j'en ai mis sur tous ses livres et tous ses papiers. Dès que j'ai laissé tomber la bouteille vide par terre, le calme est revenu en moi. C'était comme si le feu qui me brûlait de l'intérieur s'était éteint. Je suis sorti tout doucement de la chambre et suis monté à l'étage.

En entendant Arash hurler, les parents se sont précipités dans sa chambre. J'ai glissé la tête par la porte pour mieux entendre. Arash sanglotait.

— Il a abîmé mon affiche. Je dois la rendre demain. Qu'est-ce que je vais dire au professeur ? J'ai travaillé si dur !

— Comment ta bouteille d'encre a-t-elle pu se renverser ? a demandé son père.

— Elle ne s'est pas renversée toute seule. C'est Shahaab qui l'a fait, forcément.

— C'est absurde ! s'est écriée Maman. Shahaab n'a jamais touché à rien dans ta chambre. Tu le traites de vandale, en plus ? C'est sûrement le vent qui a renversé la bouteille.

— Ta mère a raison. Je vois mal Shahaab faire une chose pareille. Ce n'est jamais arrivé. D'un autre côté, il n'y a pas de vent et les fenêtres étaient fermées.

C'était la première fois que je détruisais quelque chose. La vengeance était douce. J'avais un peu peur, mais quand tout a été fini je me suis allongé calmement sur le grand lit grinçant qui avait été, tout récemment encore, celui d'Arash. J'avais presque oublié combien je le détestais, préférant mon lit à barreaux, si douillet, qu'ils avaient donné à Shadi. Et combien j'avais eu envie d'un nouveau lit avec des tiroirs, exactement comme celui qu'ils avaient acheté pour Arash. Je n'ai même pas été jaloux quand Shadi a fait un caprice, comme un soir sur deux, et est allée se coucher dans le lit de Maman.

J'ai fait semblant de dormir quand Maman est venue me rappeler de me mettre en pyjama et de me brosser les dents. Étonnée, elle a éteint et est repartie. Je n'avais même plus peur du noir. J'avais l'impression que cette expérience m'avait fait grandir. Je n'en suis plus très sûr, mais il me semble que c'est ce soir-là que j'ai découvert Asi et Babi, tapis dans un coin. Je leur ai raconté les terribles événements de la journée. Ils m'ont consolé et m'ont félicité pour ce que j'avais fait.

— Tu as agi comme il fallait, a approuvé Asi. Il le méritait.

Babi m'a embrassé et, tous les trois, nous avons ri, cachés sous les couvertures. Asi a repris :

— Demain, on s'occupera de Père. Après tout, il nous a traités de retardés, lui aussi.

Nous avons imaginé tout ce que nous pourrions faire aux objets qu'il aimait le plus.

Enfin, d'une voix étranglée par l'appréhension et la nervosité, Babi a suggéré :

— Sa voiture...

Ce soir-là, je me suis endormi bien plus tard que d'habitude.

Je me suis réveillé le lendemain matin en entendant un bruit de moteur. J'ai couru à la fenêtre.

— Flûte de zut, a lancé Asi. On arrive trop tard.

Babi a poussé un gros soupir de soulagement. Mon cœur a battu à toute vitesse pendant presque toute la journée et j'avais l'estomac noué en pensant aux plans que nous avions préparés pour la soirée.

Maman m'a demandé plusieurs fois :

— Mais qu'est-ce que tu as, aujourd'hui ? Pourquoi est-ce que tu es dans la lune comme ça ?

Je suis sorti dans le jardin dès que le père d'Arash est rentré. Il n'était pas question de renoncer à ma vengeance. C'était comme si ma vie en dépendait. La fraîcheur de la brise m'a fait frissonner. Il faisait noir dehors. J'ai réussi à trouver les cisailles de Maman grâce à la lumière qui s'échappait de la fenêtre d'une chambre. C'était une grande paire de cisailles qui me faisaient peur d'habitude et auxquelles je n'avais pas le droit de toucher. Je me suis dirigé calmement vers la voiture et je me suis assis. J'ai essayé d'enfoncer les lames dans un des pneus, mais il était trop dur.

— Celui de devant est peut-être plus mou, a suggéré Asi.

J'ai eu beau essayer, je n'y suis pas arrivé non plus.

— Ça suffit, a murmuré Babi. Rentrons.

— Non ! a protesté Asi. Tu n'as qu'à dessiner sur la carrosserie.

J'ai tracé des lignes avec l'extrémité des cisailles.

— Des yeux, des sourcils, a chantonné Babi, et puis un nez, une bouche, un rond pour la figure, un bâton, un bâton et un ventre tout rond[1]...

1. Comptine persane que récitent les enfants pour dessiner un bonhomme.

Soudain, la lampe du jardin s'est allumée. Sur le seuil de la maison, Maman me regardait avec étonnement.

— C'est toi, Shahaab ? Qu'est-ce que tu fais là ? Rentre vite, tu vas prendre froid.

J'ai été tellement surpris que j'ai lâché les cisailles, qui sont tombées en faisant un terrible vacarme. Le visage de Père a surgi derrière Maman et il a crié, très en colère :

— *C'était quoi, ça ?* Mais qu'est-ce que tu fabriques, espèce de sale gosse ?

Il a enfilé ses pantoufles et s'est précipité dehors. Il m'a attrapé par le bras. Je tremblais de tous mes membres. J'avais la bouche sèche comme de l'écorce. Maman s'est précipitée derrière le père d'Arash, qui avait ramassé les cisailles et inspectait les éraflures que j'avais faites à sa voiture. J'ai levé les yeux vers lui. Il avait l'air très fâché. Je savais qu'il aimait beaucoup sa voiture, mais je ne savais pas qu'il l'aimait à ce point. Il a levé la main.

Maman a couru vers moi et l'a obligé à me lâcher.

— Laisse-le donc ! Fais attention, voyons ! Tu as les cisailles en main. Tu vas le blesser.

Elle les lui a retirées.

— Regarde ça ! Et puis là aussi ! Et tu continues à dire qu'il n'est pas fou ?

Je n'avais pas remarqué qu'Arash les avait rejoints.

— Vous voyez ? Je vous l'avais bien dit : c'est lui qui a renversé l'encre sur mon affiche hier soir.

— Il a dû se passer quelque chose. Il n'agirait jamais comme ça sans raison. Tu as dû lui dire quelque chose qui l'a blessé.

— Qu'est-ce que tu racontes ? Je viens d'arriver, je ne l'ai pas vu de la journée.

Arash s'est mis à pleurnicher.

— Et moi, qu'est-ce que je lui ai fait hier, pour qu'il abîme mon travail ? Je me suis même disputé avec les autres à cause de lui. S'il avait bu cette eau croupie, il serait mort. Et au lieu de me remercier, il a gâché tout ce que j'avais fait.

Qu'il était bête ! Ce qu'il racontait s'était passé avant qu'on rentre à la maison, mais ensuite il avait dit qu'il avait honte de moi. Voilà pourquoi j'avais renversé l'encre. Ne comprenait-il pas la différence entre avant et après ?

Son père frottait les rayures de sa voiture et sa colère grandissait de minute en minute. Comme il se dirigeait vers moi, j'ai cherché à me cacher derrière Maman. Il m'a de nouveau attrapé par le bras et, d'une voix tremblante de fureur, il a dit :

— Je vais te donner une bonne leçon pour t'apprendre à ne pas recommencer.

De sa grande main, il m'a frappé sur l'arrière de la tête et sur la nuque. J'avais tellement peur que je n'ai pas eu mal.

— Arrête ! Il n'y peut rien. Il y a forcément une explication.

— Une explication ? Ah oui ? Je vais te la donner, moi, ton explication : ce gosse est anormal. Je vais l'enfermer dans sa chambre et il sera privé de dîner. Et tu es priée de ne pas intervenir. Tu l'as déjà suffisamment gâté comme ça.

J'étais assis sur mon lit. Asi et Babi se taisaient. J'écoutais les voix au rez-de-chaussée. Je les entendais tous les quatre. Ils ont commencé par dire que j'étais débile et puis Shadi a gazouillé quelque chose de sa voix de bébé et ça a fait rire Père. Ils ont dîné ensemble. Arash a parlé de l'école. Grand bien leur fasse ! Ils formaient une vraie famille et m'avaient oublié. Je me sentais abandonné et j'ai compris que je n'avais pas ma place parmi eux.

J'avais le cœur gros. J'ai dit à Asi :

— Ils ne m'aiment pas. Je ne suis pas leur fils.

Babi, qui ne supportait pas d'être longtemps triste, a répliqué :

— Maman t'aime, elle. Elle t'achète des trucs, elle te fait à manger et quelquefois elle t'embrasse. Si elle n'avait pas été là ce soir, il t'aurait tué avec ces cisailles.

— Je sais, mais les autres ne m'aiment pas. Surtout Arash et son père. Je ne les aime pas non plus. Ils vont voir ça, attends un peu.

Ce soir-là, quand ils sont tous allés se coucher, Maman m'a apporté un petit sandwich. Elle s'est assise sur mon lit, à côté de moi, et m'a regardé d'un air soucieux.

— Qu'est-ce qui t'a pris, Shahaab ? Tu n'avais jamais fait ce genre de choses.

J'ai enfoncé ma tête sous la couverture. Pourquoi ne comprenait-elle pas que j'étais *obligé* de faire ça ?

À partir de cette soirée, j'ai complètement changé. Dès que j'entendais rire, j'avais l'impression qu'on se moquait de moi et je passais mon temps à chercher à me venger, surtout de Khosrow et de la famille de mon oncle. Mais depuis la dispute avec ma mère, nous étions brouillés avec eux.

Deux ou trois semaines plus tard, la sonnette a retenti et Grand-mère est venue nous rendre visite avec Fereshteh. Maman, qui arrosait le jardin, a été prise au dépourvu. Elle était encore fâchée mais ne pouvait pas se permettre d'être irrespectueuse, surtout vis-à-vis de Grand-mère.

Le père d'Arash s'est précipité à leur rencontre, il les a saluées et les a invitées à entrer. Mais Grand-mère a refusé :

— Non, nous serons mieux dehors. Il fait déjà presque bon au jardin.

Laissant glisser son tchador sur ses épaules, elle s'est assise sur le banc du coin, sur lequel Maman avait étalé un tapis. Fereshteh est entrée dans la maison, elle a pris Shadi dans ses bras et l'a embrassée.

L'attention qu'elle portait à Shadi m'a fait de la peine. Elle a parlé à Arash et ne m'a même pas remarqué.

Malheureux et de mauvaise humeur, je suis monté à l'étage. Je n'avais pas envie d'aller dans ma chambre. La porte de la terrasse était restée ouverte parce qu'il commençait à faire chaud. J'ai franchi prudemment les obstacles que Maman avait disposés pour empêcher Shadi de sortir. Je me suis approché de la rambarde et je me suis couché par terre pour qu'on ne puisse pas me voir d'en bas. Je les ai regardés à travers les barreaux. Maman a apporté des boissons, des fruits et des assiettes. Puis elle est allée chercher les verres. Grand-mère l'a rappelée :

— Viens donc t'asseoir avec nous. Ne te donne pas tout ce mal ! Nous ne voulons pas te déranger.

Maman a dit quelque chose et est rentrée dans la maison.

Asi a pouffé :

— Qu'ils sont bêtes ! Ce n'est pas pour les servir qu'elle fait toutes ces allées et venues. C'est juste pour les éviter.

Maman a tendu le plateau à thé à Grand-mère, qui en a profité pour lui dire :

— Il paraît que tu es fâchée parce que les petits se sont un peu asticotés et que c'est à cause de ça que vous ne venez plus nous voir.

— Non, est intervenu le père d'Arash. C'est simplement que je suis très occupé et que je n'ai pas beaucoup de temps pour faire des visites. C'est à peine si je vois mes propres enfants, crois-moi.

— Pourquoi travailles-tu aussi dur ? Si tu étais un peu moins dépensier et que tu faisais des économies, tu n'aurais pas besoin de travailler autant. Je me fais du souci pour toi.

— La question n'est pas là. Ça coûte cher, d'élever trois enfants. Et puis nous avons dû nous passer du salaire de Maryam à la naissance de Shadi, quand elle a arrêté de travailler.

— Ce que les femmes gagnent ne compte pas vraiment ; elles dépensent tout chez l'esthéticienne, en fanfreluches et en nounous. Tu ne devrais pas te mettre en colère contre ton frère. Si Hossein a dit quelque chose, c'est parce qu'il se fait du souci. Il trouve que vous devriez emmener ce petit chez le médecin, c'est tout.

Faisant un gros effort pour conserver un ton calme et respectueux, Maman a répondu :

— Nous avons emmené Shahaab chez le médecin plusieurs fois et il nous a toujours dit qu'il va très bien. Beaucoup d'enfants parlent plus tard que les autres pour toutes sortes de raisons.

— Vraiment ? Eh bien, il n'y connaît rien. Il faut le conduire chez un meilleur médecin. Il n'est pas normal qu'un enfant de cet âge ne dise pas un mot. Plus tôt vous vous en occuperez, plus vous aurez de chances de pouvoir l'aider.

— Ne vous tracassez pas. Il va bien. Nous n'avons besoin de personne.

— Ma chérie, tu t'enfonces la tête dans le sable. Tu prétends qu'il n'est pas retardé ?

— En effet. Il est même très intelligent.

— Ah oui ! Je ne demande qu'à te croire, mais figure-toi que, de toute ma vie, je n'ai jamais rien vu de pareil.

— J'ai rencontré beaucoup d'enfants qui ont commencé à parler tard et qui n'avaient aucun problème.

— Mon petit, tes propos me prouvent que tu refuses d'admettre la réalité. Il paraît qu'il existe des écoles spéciales pour les enfants retardés. Peut-être que s'il y va assez tôt, ils pourront faire quelque chose pour lui.

La voix de Maman s'est durcie.

— Je vous dis qu'il n'est pas retardé !

Elle a ramassé brutalement les soucoupes et est rentrée. Je savais qu'elle s'était réfugiée à la cuisine pour pleurer.

J'ai soudain été envahi d'une immense haine pour ma grand-mère, une haine qui ne m'a plus quitté. J'avais envie de lui arracher la tête. J'ai regardé autour de moi, mais il n'y avait rien sur la terrasse.

— Il va falloir qu'on s'occupe d'elle, et sérieusement, a fait remarquer Asi.

Grand-mère était scandalisée.

— Tu as vu ça? s'est-elle écriée. Tu as vu comment ta femme répond à toutes nos bontés? Tu es fier de ton épouse et de son instruction, mais qui sait véritablement d'où elle vient? Et de qui tient ce petit, d'ailleurs? Si tu avais épousé ta cousine, au moins nous aurions connu sa famille. Ton oncle t'aurait aidé et tu n'aurais pas besoin aujourd'hui de travailler comme un forcené. Mais non! Il a fallu que tu tombes amoureux! Je me demande comment tu as pu t'enticher de cette noiraude. Ils t'ont jeté un sort. J'en étais sûre, mais personne n'a voulu m'écouter!

— Ça suffit, Mère. Maryam n'a pas été irrespectueuse. Tu ne trouveras pas de femme plus courtoise qu'elle.

— Tu n'as pas entendu sur quel ton elle m'a répondu?

— Elle n'a rien dit. Tout ce qu'elle a dit, c'est que nous avons fait voir Shahaab au médecin et qu'il n'a rien.

— Elle me déteste, un point c'est tout. Fataneh m'invite chez elle sept jours par semaine, alors que vous, c'est à peine si j'ose venir vous voir une fois par mois.

Maman, qui arrivait avec le plateau, a surpris cette remarque et, au bord des larmes, elle a répliqué :

— C'est vous qui n'aimez pas venir ici. Vous êtes toujours la bienvenue, mais vous préférez aller chez eux. Après tout, Fataneh est votre nièce et vous avez sûrement beaucoup de choses à vous dire.

Elle s'est précipitée dans la maison pour ne pas éclater en sanglots devant tout le monde.

J'ai à nouveau parcouru la terrasse du regard. Asi était fâché et Babi était triste. Mes yeux se sont posés sur la brique qui maintenait la porte entrebâillée. J'ai rampé tout doucement à reculons. Je me suis redressé, je me suis penché en avant et j'ai soulevé la brique. Elle était lourde. Je l'ai prise à deux mains, je l'ai posée près de la rambarde, puis je me suis recouché par terre. Je l'ai poussée sous les barreaux et je l'ai fait glisser jusqu'au bord de la terrasse. Comme elle branlait un petit peu, j'ai appuyé la main très fort dessus pour l'empêcher de tomber.

— Reprends-moi si j'ai tort, disait Grand-mère, mais si tu avais épousé ta cousine, tu n'aurais pas tous ces problèmes. Tu ne te serais pas éloigné de nous comme ça, tu n'aurais pas eu cet enfant malade et tu ne serais pas obligé de travailler aussi dur.

— Ça suffit, Mère ! Je n'avais pas la moindre intention de travailler au bazar avec mon oncle ! Au bout de tout ce temps, tu ne peux pas enfin tourner la page ?

— Je n'y peux rien. Je souffre de te voir aussi malheureux.

— Je ne suis pas malheureux, Mère ! Je suis très heureux, au contraire. Cesse donc de t'inquiéter pour moi.

— Heureux d'avoir un enfant retardé ? Heureux de travailler comme une brute ?

Asi a dit :

— Balance-lui la brique sur la tête. Et vise bien !

— Comment est-ce que les gens meurent ? s'est effrayé Babi.

— Comme dans les films, a répondu Asi. Ils sont blessés et puis ils s'endorment. Au moins, elle ne parlera plus. Et toi aussi, tais-toi. Arrête de t'inquiéter tout le temps. Tu verras comme ce sera bon de nous venger.

J'ai poussé la brique encore un peu plus loin.

Babi a murmuré :

— Ne fais pas ça !

— Retire ta main, maintenant, a dit Asi.

La brique me paraissait encore plus lourde et mes petites mains n'arrivaient plus à la retenir. Elle m'a échappé. Babi a eu tellement peur qu'il a fermé les yeux. La brique est tombée en tournoyant vers la tête noire, blanche et couleur henné de Grand-mère.

4.

Le bruit de la brique qui s'écrasait au sol et les hurlements de Grand-mère ont provoqué un sacré tohu-bohu. J'ai filé comme l'éclair jusqu'au rez-de-chaussée. J'étais sur le point de me réfugier aux toilettes quand je me suis trouvé nez à nez avec Maman qui arrivait de la cuisine en courant. Je ne me suis pas arrêté. Je me suis précipité à l'intérieur, je me suis haussé sur la pointe des pieds, j'ai fermé la porte à clé et me suis adossé au battant. J'étais hors d'haleine et les battements de mon cœur résonnaient à mes oreilles. J'ai attendu que les voix qui venaient de l'extérieur soient plus distinctes. Quelqu'un a réclamé de l'eau. Maman est retournée à la cuisine en courant et est revenue immédiatement. J'ai entendu les pas de Père derrière elle. Elle a demandé :

— Que s'est-il passé ?

— Une énorme brique est tombée du ciel et l'a blessée à la tête !

— Une brique ? Comment est-ce possible ?

— Un nouveau coup de ton cinglé de fils, si ça se trouve ! Cette fois, je vais le tuer. Dépêche-toi d'apporter de l'eau à ma mère. Où est l'alcool à 90° ?

Je tremblais derrière la porte des toilettes.

— C'est très, très mal, ce qu'on a fait, a chuchoté Babi. Ils nous tueront s'ils apprennent que c'était nous. Père nous tuera.

Asi était secoué, lui aussi, et il a chuchoté :

— C'est pas nous. Elle est tombée toute seule. Pas vrai, Shahaab ? Elle t'a échappé des mains et elle est tombée.

Je ne savais pas quoi faire. J'étais terrifié, mais les bruits du dehors ont retenu mon attention. Tout le monde courait dans tous les sens. J'ai reconnu les pas d'Arash et de Shadi. Les parents ont regagné la cuisine.

— Ajoute du sucre, a dit le père d'Arash.

— Dieu merci, elle n'a rien de grave. Juste quelques égratignures au visage.

— Quelques égratignures ? Elle a tout le visage éraflé et un gros bleu à l'épaule. Elle se tord de douleur.

— Heureusement qu'elle ne l'a pas prise sur la tête. Tu imagines ?

— Si je mets la main sur ce satané gamin, je l'écharpe.

J'avais le cœur qui battait à tout rompre et une sueur froide ruisselait dans mon dos.

— Quel gamin ?

— Ne fais pas l'idiote ! Tu sais parfaitement que c'est ton malade de fils qui a fait ça.

— Ça suffit ! Ne dis pas n'importe quoi. Le petit était avec moi, ici. Je l'ai emmené aux toilettes. Oh, mince, je l'ai complètement oublié ! Ça fait deux heures qu'il est là-dedans !

Je n'en revenais pas. J'ai mis la main devant ma bouche pour ne pas hurler de joie.

— Maman est une drôle de menteuse ! a approuvé Asi.

Mais le père d'Arash a répondu d'un ton impatient :

— Cesse de mentir. Qui veux-tu que ce soit ?

— Comment veux-tu que je le sache ? Il n'y a pas de briques dans la maison. Tu as vu les morceaux. C'est bien une brique. Elle a dû se détacher du bord de la terrasse. Le pauvre petit a passé tout ce temps aux toilettes. Est-ce qu'il faut vraiment que tu t'en prennes toujours à lui ?

J'ai entendu la voix d'oncle Hossein.

— D'où il sort, celui-là ? Il est arrivé bien vite ! a remarqué Babi.

Oncle Hossein s'est précipité dans la cuisine.

— Nasser, où es-tu ? Tu n'aurais pas des antalgiques ? Elle souffre le martyre.

— Il faut la conduire à l'hôpital. Ils lui donneront quelque chose si elle a trop mal.

— Vous avez compris ce qui s'est passé, maintenant ? Vous avez retrouvé Shahaab ?

Maman est intervenue brutalement :

— Qu'est-ce que Shahaab a à voir là-dedans ?

— C'est lui, forcément. Aucune personne sensée ne ferait ça.

— Cessez de vous en prendre à ce pauvre petit ! Il était avec moi pendant tout ce temps. Vous l'accusez de tous les maux, parce qu'il ne peut pas parler pour se défendre !

— Très bien, alors explique-moi comment une brique peut tomber toute seule !

— Les briques du bord de la terrasse sont disjointes et ce ne serait pas la première qui tombe. Ou alors quelqu'un l'aura lancée d'une maison voisine, ou de la rue.

J'ai été pris de fou rire. Les battements de mon cœur ont ralenti et ma respiration est redevenue normale. J'avais encore une alliée !

— Maman est une incroyable menteuse. Je l'adore ! a fait Babi, admiratif.

Fereshteh a hurlé :

— Dépêchez-vous ! Elle a affreusement mal. Il faut la conduire à l'hôpital.

— Passe-moi l'eau sucrée. Allons, vite !

Ils sont retournés précipitamment au jardin, comme une nuée d'oiseaux.

Les voix se sont tues dès que la voiture du père d'Arash a démarré. J'ai pris une profonde inspiration, mais j'avais les jambes molles. Je me suis laissé glisser par terre, toujours appuyé contre la porte. J'ai dit à mes amis :

— C'est chouette d'avoir une maman menteuse. C'est pour ça que je l'aime aussi fort.

Il n'y avait plus un bruit dans la maison et soudain ma peur habituelle m'a envahi. Et s'ils étaient tous partis en me laissant seul ? La perspective d'être abandonné m'effrayait plus que celle de me faire gronder et taper. Je m'attendais toujours à ce qu'un jour, ils m'oublient pour de bon. J'ai retenu mon souffle en voyant tourner la poignée de la porte. Ouf ! Je n'étais pas seul !

Maman a dit tout doucement :

— Ouvre-moi. Ils sont partis.

Elle avait l'air tellement fatiguée. Après toute cette agitation, j'étais très fatigué, moi aussi. Je n'avais pas peur de Maman, je savais qu'elle ne me punirait pas. J'ai eu du mal à tourner la clé. Elle était assise près de la porte, très pâle, et elle a fondu en larmes en me voyant. Je ne savais pas si j'étais plus triste pour elle ou pour moi. Elle m'a pris par la main et m'a attiré contre elle. J'étais debout et j'ai baissé les yeux. Elle a repris d'une voix malheureuse :

— Pourquoi est-ce que tu as fait ça ? Si la brique lui était tombée sur la tête, elle aurait pu mourir et on t'aurait mis en prison. On t'aurait enfermé dans une petite chambre, tout seul. Tu devrais savoir que ce que tu as fait était affreusement dangereux. Tu ne comprends donc pas ?

Je l'aimais tant. Je me suis blotti dans ses bras et je me suis mis à pleurer. J'aurais voulu pouvoir lui dire que, si un jour quelqu'un racontait des choses méchantes sur elle, je le referais, même si c'était dangereux. J'aurais voulu pouvoir lui dire que je l'aimais, que j'étais drôlement content d'avoir une maman menteuse comme elle.

5.

Dans ma famille, ils sont tous intelligents, sauf moi. Arash est bien plus grand que moi. Maman dit qu'il venait d'entrer à l'école quand je suis né. C'est un bon garçon, il fait la fierté de ses parents. Il n'a pas changé depuis qu'il est bébé. Il n'est pas grand mais il est mince, il a la peau blanche, les cheveux et les yeux bruns. S'il avait une moustache, il ressemblerait beaucoup à son père. Comme lui, il est sérieux, consciencieux et il ne pense qu'à lui. Il a toujours l'air un peu triste. Il ne s'est jamais occupé de moi, même quand on était plus petits. Il était toujours en train de lire ou d'écrire. Son père lui jetait des regards remplis d'orgueil. Alors qu'avec moi, il avait toujours l'air maussade. Ce n'était pas sa faute. Il n'avait pas envie de me regarder.

Shadi est ma sœur. Elle a deux ans de moins que moi, mais dans mon souvenir elle a toujours gazouillé. On pourrait croire qu'elle savait parler de naissance, tout le contraire de moi ! Elle ouvrait la bouche et disait ce qu'elle avait envie de dire. Ça m'énervait. Elle n'avait pas peur, sa voix ne tremblait jamais et elle n'était pas embarrassée pour un sou. Ma mère roucoulait dès que Shadi parlait. Elle l'appelait « La joie de ma vie[1] ». Shadi était la joie de sa vie, et moi, j'étais la peine de ses jours. Elle disait : « Il me fait tant de peine que je finirai par en mourir. »

C'est affreux de savoir qu'on fait de la peine à sa famille. Certains jours, j'avais envie d'arracher la tête de Shadi. Mais elle criait avant même que je la touche, et Maman arrivait en courant. Moi, en revanche, je n'avais pas le droit de me plaindre, même si ma sœur me cassait les pieds.

La naissance de Shadi n'a eu qu'un avantage, c'est que Maman a arrêté de travailler pendant quelques années et qu'Akram n'est plus venue chez nous. Avant l'arrivée de Shadi, Maman et Père se préparaient tous les matins de bonne heure et me laissaient en larmes avec Akram. Ils me racontaient qu'ils reviendraient vite, mais ils ne pouvaient pas savoir à quel point le temps me paraissait long. Tous les jours, j'étais sûr qu'ils étaient partis pour toujours. J'avais le cœur serré jusqu'à leur retour, le soir.

Maman aimait bien Akram. Elle disait que c'était une brave femme. C'est peut-être vrai. Elle aidait

1. Shadi signifie « joie » en farsi.

Maman, passait son temps à balayer la maison et faisait ma toilette plusieurs fois par jour. La pauvre avait la manie du nettoyage et c'était vraiment dommage pour moi parce qu'elle tenait à ce que je brille comme un sou neuf. Elle ne savait pas ce que jouer voulait dire ; j'étais censé manger, dormir ou rester assis dans mon petit lit à barreaux. S'il y avait une minuscule tache sur mes vêtements, elle se griffait les joues, se lamentait – « Oh, mon Dieu ! » – et nous regardait, la tache et moi, comme si nous étions les choses les plus répugnantes du monde. Ça me faisait peur.

Elle chantait tout le temps des chansons tristes. Parfois, quand elle était de bonne humeur, elle me parlait, mais dans une langue qu'elle était la seule à comprendre. Elle utilisait d'autres mots pour les objets dont je commençais tout juste à apprendre le nom et ça m'embrouillait. Elle parlait aussi comme ça avec la voisine en suspendant le linge sur le balcon. Certains jours, elle venait avec sa fille et alors on ne parlait pas d'autre langue que la leur dans la maison. Elles arrêtaient dès que ma mère arrivait. Subitement, tous les mots se transformaient, et je me demandais pourquoi ce qui s'était appelé « *sou*[1] » toute la journée s'appelait « eau ».

Tout a changé avec l'arrivée de Shadi. Maman a cessé de travailler à l'extérieur. J'étais content

1. « sou » signifie « eau » en turc.

qu'elle reste à la maison, même si elle passait l'essentiel de son temps avec Shadi et aidait Arash à faire ses devoirs quand il rentrait de l'école. J'ai cessé de pleurer tous les jours. Il me suffisait de savoir qu'elle était là et que je pouvais la regarder dès que j'en avais envie. Je vois encore son joli visage si jeune, sa peau hâlée et ses grands yeux noisette, les épais cheveux brun foncé qu'elle attachait souvent, ses dents blanches et son beau sourire, que j'aimais plus que tout au monde.

La personne la plus importante dans notre maison était le père d'Arash. Il sortait le matin en faisant beaucoup de bruit et j'essayais de dormir jusqu'à son départ. Il faisait déjà nuit quand il rentrait. Je crois qu'il exerçait plusieurs métiers, et il avait toujours l'air fatigué. J'avais l'impression que sa moustache noire était plus tombante le soir. Il s'endormait devant la télé jusqu'à l'heure du dîner, puis il mangeait en silence, attrapait le journal et nous disait bonsoir. Il montait lentement l'escalier jusqu'à leur chambre, qui se trouvait à l'époque en face de celle que je partageais alors avec Arash (depuis, il s'est installé au rez-de-chaussée). Il se plaignait toujours de mal dormir.

Maman commençait à parler dès que le père d'Arash rentrait.

— Alors, quoi de neuf? Comment s'est passée ta journée?

Il répondait d'un ton morose :

— Rien de spécial, comme d'habitude, le boulot, le boulot, toujours le boulot.

— Qu'est-ce qui ne va pas? Tu ne te sens pas bien?

— Arrête de m'ennuyer avec tes questions. Je suis fatigué, c'est tout.

Je voyais bien que ça la blessait, mais elle ne disait rien. Je ne sais pas si c'était l'orgueil ou la timidité qui la retenait.

Arash était le seul à avoir le droit de troubler la paix et la tranquillité de Père. Il lui posait des questions sur ses devoirs. Plus elles étaient difficiles, plus son père était content. Il se tournait alors vers Maman, les yeux brillants de fierté, et lui disait :

— Tu as vu comme mon fils est intelligent?

Parfois, il jetait un coup d'œil dans ma direction et ajoutait :

— Tu te rappelles le nombre de chansons qu'Arash connaissait à son âge?

Je savais très bien où il voulait en venir. Il lui faisait remarquer ma stupidité pour l'humilier. Mon mutisme était un perpétuel sujet de discussion entre eux, et ils essayaient parfois de m'obliger à parler. Toute cette attention m'intimidait encore plus. J'avais la nausée et mon cœur s'emballait. J'avais envie de m'enfuir et de me cacher dans le noir. J'allais me recroqueviller dans un coin, mais tout le monde continuait à parler dans ma tête.

Babi était triste de ne pas être aussi intelligent qu'Arash et regrettait que le père d'Arash ne l'aime pas, alors qu'Asi répliquait, très en colère :

— Qu'il aille au diable. J'ai envie de les frapper tous. À quoi sert-il, de toute façon ? Je les déteste.

— Mais moi, j'aime Maman, protestait Babi.

Chaque jour, Asi haïssait le père d'Arash davantage. Et ma langue se faisait de plus en plus lourde au fur et à mesure que je prenais la mesure de ma débilité et que je me faisais à l'idée que jamais, je ne saurais parler.

Asi et Babi étaient les seuls à me comprendre et à m'aimer tel que j'étais. Heureusement qu'ils étaient là. Je ne savais pas très bien s'ils étaient des garçons ou des filles, mais ça n'avait pas d'importance. Ils étaient très bien comme ça. Je pouvais parler et jouer avec eux pendant des heures.

6.

Un mois s'était écoulé depuis que j'avais essayé de tuer Grand-mère, mais elle grimaçait toujours de douleur, surtout en présence de mes parents.

— Je ne peux pas bouger les mains, gémissait-elle. Je ne suis plus qu'une infirme.

Asi n'en croyait pas un mot. Il chuchotait méchamment :

— Elle ment. Je l'ai vue se servir de ses deux mains pour faire ses ablutions avant la prière.

Mon geste m'inspirait des sentiments ambigus. Mais malgré les conséquences et la terrible peur que j'avais éprouvée ensuite, je ne le regrettais pas vraiment. Comme un juge honnête convaincu d'avoir infligé une juste peine, j'avais la conscience pure. J'étais sûr que le père d'Arash savait la vérité et cela me procurait un certain plaisir; tout de même, j'avais préféré l'éviter pendant quelques jours.

Quand Grand-mère est venue s'installer chez oncle Hossein, Maman et Fataneh ont dû se partager la responsabilité de s'occuper d'elle. Nos deux familles ont été bien obligées de recommencer à se fréquenter. Fataneh s'obstinait à demander à Maman :

— Maryam, as-tu enfin compris d'où est tombée cette brique ?

— Quelqu'un a dû la jeter depuis la rue, répondait Maman avec assurance. Nous n'avons pas de briques chez nous.

J'ai vécu alors une période de tranquillité. Ma vengeance m'avait apaisé. Comme Maman avait menti pour me protéger, j'essayais d'être un bon garçon et de rester tout près d'elle, comme elle me l'avait demandé. Mais Khosrow était très fort pour me débusquer dès que j'étais seul et, chaque fois, il me demandait :

— Alors, comment ça va, petit débile ?

Le sang me montait au visage et je mourais d'envie de me jeter sur lui. Je me retenais, mais je ne pouvais pas toujours m'empêcher de lui cracher dessus et, chaque fois, il courait chez sa mère en hurlant :

— Regarde ce que le cinglé m'a fait !

Hochant la tête, Fataneh jetait un regard lourd de reproche à Maman, qui répliquait :

— Khosrow, c'est ta faute : tu l'embêtes continuellement. Tu as dû lui faire quelque chose et comme il ne parle pas, il se défend comme il peut.

Fataneh se fâchait et lançait à Khosrow :

— Évite-le donc, comme ça, ils arrêteront de te critiquer tout le temps.

Un jour, Fataneh et Maman ont décidé de faire prendre un bain à Grand-mère. Elles sont allées toutes les trois dans la salle de bains et Maman m'a dit :

— Attends-moi sagement ici. Ne bouge pas !

Je me suis assis derrière la porte. Shadi parlait dans la chambre de Fereshteh, qui riait aux éclats. J'avais le cœur gros.

— Shadi a éloigné Fereshteh de nous avec tous ses babillages, a remarqué Babi. Elle ne nous aime plus et ça fait très longtemps qu'elle ne nous a plus fait de câlins. Elle n'aime pas non plus qu'on aille dans sa chambre. Il n'y a que Shadi qui a le droit d'y aller.

Je m'ennuyais et j'étais malheureux.

— Ça va durer encore longtemps, ce bain ? s'est impatienté Asi.

J'ai entendu Khosrow m'appeler depuis l'étage :

— Shahaab, monte vite, j'ai un truc à te montrer.

Je me doutais qu'il me préparait un vilain tour, mais la curiosité l'a emporté. Je suis monté lentement. Leur maison ressemblait à la nôtre. Toutes celles de la rue étaient construites sur le même modèle, avec le salon, la salle à manger et une chambre au rez-de-chaussée, et à l'étage trois chambres et une terrasse permettant de monter sur le toit. La chambre de Khosrow était en désordre, comme toujours. Il y avait des bouts de papier et de carton partout et un gros pot de colle posé sur son bureau. Apparemment, il s'était lancé dans la fabrication d'un cerf-volant. Je suis entré prudemment.

Khosrow a refermé la porte derrière moi avant de dire :

— Assieds-toi sur le lit.

Puis il a ouvert le tiroir de son bureau et en a sorti une cigarette et des allumettes. On aurait pu croire qu'il dévoilait un trésor. Il était bouffi d'orgueil.

— Tu sais ce que c'est? Ça s'appelle une cigarette. C'est super bon. Quand je serai grand, je serai fumeur. Je sais déjà fumer, tu sais. Regarde.

Il a frotté une allumette. J'avais les yeux rivés sur sa flamme bleu-jaune. Il a coincé la cigarette entre ses lèvres et l'a allumée. Une fumée blanche a rempli la pièce, qui s'est mise à sentir comme mon oncle. Puis elle s'est échappée par la fenêtre ouverte. Khosrow a fermé les yeux et a dit :

— C'est incroyablement bon. Tiens, essaie.

J'ai détourné la tête et j'ai repoussé la main de Khosrow.

— Quelle poule mouillée! Personne n'en saura rien. Prends juste une taffe. Ne t'en fais pas, si c'était mauvais, je ne le ferais pas.

J'ai regardé la fumée qui s'élevait comme par un tour de magie. Khosrow a glissé délicatement la cigarette entre mes lèvres.

— Fais comme si tu buvais à la paille. Il faut sucer très fort.

J'ai aspiré de toutes mes forces. La fumée m'a envahi. J'ai senti mon cerveau devenir brûlant, tandis que la fumée épaisse et malodorante s'insinuait dans tout mon corps. Je me suis mis à tousser. Je n'arrivais plus à respirer. Je suis devenu bleu et j'ai eu l'impression que mes yeux allaient sortir de ma tête, que mes tripes allaient exploser. J'ai vomi et je suis tombé par terre, évanoui.

J'ai repris connaissance alors que Khosrow dévalait l'escalier en hurlant :

— *Casse-toi, espèce de merdeux !* Regarde ce que tu as fait !

Maman est sortie précipitamment de la salle de bains, effrayée et en nage. Fataneh a glissé la tête par la porte, elle aussi, et Khosrow leur a annoncé, écœuré :

— Cet imbécile a dégobillé dans ma chambre. Il a esquinté toutes mes affaires.

Fataneh a esquissé une moue de dégoût.

— Tu sais bien que ce gosse n'est pas normal et qu'il ne sait pas se contrôler. Pourquoi l'as-tu fait monter dans ta chambre ?

— Il ne vomit pas sans raison, a protesté Maman. Il doit être malade.

Je me tenais à côté de l'escalier, pâle, les jambes molles. Maman s'est dirigée vers moi, elle a posé la main sur mon front et m'a demandé :

— Qu'est-ce qui t'a rendu malade, mon chéri ?

Elle aimait bien me parler devant les autres comme si je pouvais répondre.

Fataneh a fait sortir Grand-mère de la salle de bains et l'a aidée à s'asseoir. Ses vêtements étaient mouillés et fripés comme ceux de Maman.

— La brique n'est pas tombée sur ses jambes, a murmuré Asi. Alors pourquoi est-ce qu'elle boite comme ça ? Elle est vraiment méchante !

Fataneh est allée à la cuisine et est revenue avec un balai, des chiffons et un seau d'eau. Elle avait encore les lèvres pincées de dégoût. Maman lui a dit :

— Passe-moi ça. Je m'en occupe.

Fataneh lui a tendu les ustensiles comme si elle n'attendait que ça.

Je me suis accroché à la jupe de Maman et suis monté avec elle. Je n'aurais pas pu supporter les regards de reproche de Grand-mère une seconde de plus. Elle a fermé la porte et a commencé à nettoyer le tapis. Elle avait les sourcils froncés, le visage triste et épuisé.

— Tu vois, a constaté Babi, elle pleure de nouveau à cause de nous.

J'aurais voulu arracher la tête de Khosrow. J'ai regardé autour de moi et j'ai aperçu le pot de colle sur son bureau. Il y avait un pinceau dedans. Je l'ai attrapé et j'ai barbouillé de la colle sur tout son bureau et sur ce qui s'y trouvait. Mère était tellement triste et si affairée à frotter qu'elle n'a pas remarqué ce que je faisais. À un moment, elle a levé la tête et je me suis immobilisé devant le pot de colle, terrifié. Sans prêter attention à moi, elle s'est contentée de me demander :

— Pourquoi est-ce que tu restes planté là ? Va donc t'asseoir.

Elle s'est remise au travail. J'ai pris le pot, je l'ai caché dans mon dos et, à reculons, je suis allé m'asseoir sur le lit. J'ai soulevé le drap et j'ai versé de la colle partout à l'intérieur du lit. Puis j'ai ramassé les vêtements qui traînaient dessus et je les ai fourrés sous les draps. Quand Maman a eu fini de tout nettoyer, elle m'a dit :

— Viens, allons-y. Ça suffit pour aujourd'hui.

Je me suis accroché innocemment à sa jupe et nous sommes redescendus.

Ce soir-là, nous sommes rentrés tôt. Maman a pris une douche et j'ai couru dans ma chambre. J'ai fermé la porte au nez de Shadi, qui voulait me suivre. J'ai donné la main à Asi et à Babi et nous avons fait la ronde jusqu'à avoir le vertige. C'était génial.

Le lendemain, Fataneh a raconté à Maman l'histoire de la colle, du lit souillé et de tous les vêtements qu'ils avaient dû jeter. Maman n'a posé qu'une question :

— Mais pourquoi est-ce que Khosrow a renversé le pot de colle dans son lit ?

Manifestement, tout le monde n'attendait que ça, et ils se sont tous mis à parler en même temps. La voix de Fataneh couvrait toutes les autres :

— C'est bien la question qui se pose. Il dit que ce n'est pas lui. Il faut savoir qui est entré dans la chambre de Khosrow hier.

— Comment ça ? a lancé Maman, indignée. Tu sais bien que j'y suis allée pour nettoyer. Tu ne vas quand même pas prétendre que je...

— Mais non, pas toi. Je pense aux enfants qui étaient avec toi. Ils auraient pu faire ça sans que tu t'en rendes compte.

— Tu veux parler de Shahaab, évidemment ? Impossible. Je ne l'ai pas quitté des yeux. Je ne l'ai pas laissé seul une minute. Ce n'est pas lui. J'en suis certaine.

Elle s'est tournée vers moi, et soudain j'ai vu le doute envahir son regard. Elle a secoué la tête comme pour chasser la pensée qui venait de s'y insinuer.

7.

Je ne comprenais plus Shahaab. Mon petit garçon si paisible s'était soudainement transformé en un être compliqué, imprévisible, au comportement étrange.

Je ne savais plus si je devais le punir pour les bêtises qu'il faisait, s'il était réellement retardé ou si nous ne l'avions pas élevé comme il fallait. J'avais sacrifié toute ma vie à ma famille. Je travaillais jour et nuit dans cette maison comme une domestique. Que lui manquait-il ? Pourquoi n'était-il pas comme Arash et Shadi ? Arash était poli, bon élève, toujours en tête de sa classe. Il ne nous avait jamais causé plus de tracas que n'importe quel enfant. Quant à Shadi, elle était douce comme le miel, intelligente et loquace. Heureusement, car sans elle la monotonie de mon existence et la tristesse que m'inspirait Shahaab m'auraient rendue folle.

Je ne supportais plus Nasser. Et il m'arrivait d'avoir l'impression qu'il ne nous supportait pas non plus. J'essayais de retrouver les sentiments qui avaient précédé notre mariage, cette période pleine de rêves absurdes où nous ne doutions pas de pouvoir conquérir le monde grâce à une simple licence de chimie. Ces jours où le stress des examens se mêlait à l'angoisse de l'amour ; où je quittais ma chambre meublée le matin sans savoir lequel de ces deux sentiments faisait battre mon cœur plus vite. Ce temps-là me paraissait très loin désormais. Je sondais le tréfonds de mon âme, comme à la recherche d'un vieux vêtement oublié dans une armoire. Je finissais par le trouver, étonnée, mais il était presque méconnaissable, ses couleurs fanées, couvert de poussière. Je n'avais même plus envie de le toucher. Était-ce là tout ce que j'attendais de la vie ? Moi, la fille unique d'Ahmad Ali Khan, avec mes grands airs ? Celle qui voulait prouver qu'elle ne valait pas moins qu'un garçon ? Celle qui regardait de haut sa mère, ne comprenant pas qu'elle puisse passer ses journées à servir son mari et cinq fils bagarreurs ? J'avais fait de plus longues études que mes frères et je travaillais plus dur que les autres au bureau, cherchant à obtenir l'approbation de tous. À quel moment m'étais-je transformée en ménagère ordinaire ? Ce n'était pas l'existence que j'avais imaginée. Pourquoi avais-je renoncé à mes rêves, à mes espoirs ? Pour qui ? Cet amour flétri méritait-il pareil sacrifice ? J'avais parfois l'impression d'être à des kilomètres de Nasser. Il ne me voyait plus, il était tout le temps fatigué ou déprimé. Notre relation semblait se distendre au fur et à mesure que les problèmes de Shahaab s'aggravaient, comme si j'étais responsable du mutisme de notre fils.

8.

J'avais appris à me venger de ceux qui me traitaient de débile ou d'idiot. Ça me calmait et, après, je pouvais recommencer à jouer avec Asi et Babi. Nous courions tous les trois autour de ma chambre en riant. Je me faisais punir, mais ça m'était bien égal. Depuis le jour où Père m'avait frappé et m'avait enfermé dans ma chambre toute une journée et toute une nuit parce que j'avais découpé ses costumes avec des ciseaux, je n'avais plus peur. Rien ne pouvait être pire que ça.

J'aurais voulu pouvoir dire des gros mots. Tous les autres enfants le faisaient, et j'avais envie de répéter ces formules magiques, moi aussi ! À l'époque, je ne comprenais pas pourquoi cela m'attirait autant, mais j'avais l'impression que c'était un excellent moyen de prendre ma revanche. Inutile d'être puissant, grand et fort pour dire des jurons : il suffisait de savoir parler, d'ouvrir la bouche et de prononcer des paroles qui mettaient les autres en colère.

Les mots pouvaient être puissants. En utilisant le bon au bon moment, on pouvait faire enrager les gens sans avoir à casser ni à détruire des objets. On aurait cru que ces mots avaient été inventés pour les petits, les faibles, ceux qui étaient comme moi.

Je savais reconnaître les insultes. Je les écoutais et les retenais soigneusement. Dans certains cas, je savais ce qu'elles voulaient dire. *Pedar-sag*[1] par exemple. Un jour où le père d'Arash était fâché contre lui, il a lancé à Maman :

— Dis à ce *pedar-sag* que j'en ai plus qu'assez de son comportement.

Qu'il s'en prenne à Arash était déjà bizarre, mais qu'il dise un gros mot l'était encore plus.

Nous sommes montés dans notre chambre. Asi a remarqué :

— Le père d'Arash a juré !

— Oui, a repris Babi, il a dit que son père est un chien.

— Ça veut dire qu'il est lui-même un chien, ai-je répliqué.

Ce jour-là, nous avons ri comme des fous. Nous avons fait le tour de ma chambre en chantant *pedar-sag, pedar-sag...*

Il y avait pourtant certaines injures que je ne comprenais pas, et je ne voyais absolument pas

1. Littéralement : « Ton père est un chien. »

pourquoi les gens se fâchaient en les entendant. Un jour, un des enfants a dit à Khosrow :

— Ta mère est brune[1].

Ils se sont sautés dessus et se sont battus.

J'ai essayé de deviner ce que cela pouvait bien vouloir dire et pourquoi ce n'était pas bien d'avoir une mère brune.

— Le brun, c'est une couleur, a dit Babi. Peut-être que sa mère s'habille toujours en brun.

— Et alors ? a demandé Asi. Qu'est-ce que ça peut faire ? Beaucoup de femmes s'habillent en brun.

— Peut-être qu'il déteste cette couleur.

— Je la déteste aussi, ai-je dit. Je voudrais que Maman porte du rose tout le temps, mais je ne me mettrais pas en colère comme ça si elle portait des vêtements bruns.

Pendant un moment, nous n'avons pas su quoi penser. Et puis Asi a suggéré :

— Il voulait peut-être dire café.

Il arrivait à Fataneh de venir chez nous pour cancaner à propos de Grand-mère et de mon oncle. Maman faisait du café, et elles buvaient tout, sans nous en donner. Maman disait que ce n'était pas bon pour les enfants. Puis elles regardaient leurs

1. En farsi, le mot « brun » (qui désigne aussi le café) se prononce comme celui qui signifie « putain ».

tasses vides et racontaient n'importe quoi. Un jour, Fataneh a dit à Maman :

— Dans deux périodes à partir d'aujourd'hui, deux semaines, ou bien deux mois, il se passera quelque chose qui te rendra très heureuse.

Maman a été folle de joie.

— Tu es sûre ? Peut-être que Shahaab va enfin se mettre à parler.

Je ne sais pas pourquoi mes problèmes finissaient toujours par revenir dans toutes les conversations. Fataneh a fait la moue et a dit :

— Je ne crois pas. C'est plutôt une affaire d'argent. Tu vas probablement toucher une jolie somme.

Maman a repris son air triste.

Asi a dit :

— Le café, c'est mal. Elles regardent leurs tasses et disent des bêtises. Les mères ne devraient pas boire de café. Pourquoi est-ce que le père d'Arash n'en boit jamais ? ni l'oncle ? C'est ce que font les mères et qui n'est pas bien, et c'est pour ça qu'elles ne nous en donnent jamais.

— Nous devrions faire quelque chose pour que Maman cesse de boire du café, a renchéri Babi.

Quelques jours plus tard, nous jouions dans ma chambre quand nous avons senti une odeur de café. Nous avons jeté un coup d'œil du haut de l'escalier et nous avons vu Fataneh et Maman assises dans l'entrée, en train d'en boire. À cet instant,

Khosrow est arrivé. Mon cœur s'est arrêté de battre. Asi a dit :

— Qu'est-ce qu'il va faire s'il les voit boire du café ?

J'ai dévalé l'escalier et me suis arrêté devant la table. Comme un adulte sévère qui réprimande un petit, j'ai tout jeté à bas de la table. Les tasses se sont brisées et du café s'est renversé sur Fataneh. Elle a hurlé :

— Mais qu'est-ce qui te prend ?

Maman m'a regardé, interloquée, avant de me demander d'un ton fâché :

— Qu'est-ce qui te passe par la tête ? Pourquoi as-tu fait ça ? Tu es fou ?

— S'il est fou ? a fait Fataneh avec un petit sourire narquois. Bien sûr, il est fou ! Aucun enfant normal ne ferait une chose pareille.

Je me suis tourné vers Khosrow, pensant qu'il allait leur reprocher de boire du café, mais il se tenait le ventre et riait comme un bossu. Il a fini par hoqueter :

— Je n'arrête pas de vous dire qu'il est cinglé, et personne ne me croit !

Je ne comprenais plus. Pourquoi n'était-il pas fâché ? Il s'était pourtant battu avec l'autre garçon parce que sa mère buvait du café !

Maman m'a donné une taloche, elle m'a tiré l'oreille, m'a traîné jusqu'à l'étage et m'a enfermé dans ma chambre. Elle m'a dit que j'y resterais jusqu'à la nuit. J'étais tellement stupéfait que je ne me suis même pas mis en colère. De toute façon, j'avais envie d'être seul.

Quand tout le monde a été parti, Asi a dit :

— Donc, il n'y avait rien de mal à ce qu'elles boivent du café.

— Mais alors, pourquoi est-ce que c'est un gros mot ? s'est étonné Babi.

— Aucune idée, ai-je répondu.

— J'ai compris ! s'est écrié Asi. Traiter la mère de quelqu'un de quelque chose, c'est mal. On a le droit de boire du café, mais on n'a pas le droit de dire : « Ta mère est café. »

— Alors on n'a pas non plus le droit de dire « ta mère est thé ? »

— C'est forcément très vilain, parce que le thé ne peut pas être la mère de quelqu'un !

— C'est bizarre. Les grandes personnes sont tellement bêtes ! Elles inventent des trucs vraiment idiots !

Asi a transformé en gros mots tout ce qu'il voyait dans la chambre et nous avons ri comme des fous.

— Ta mère est une chaise, ta mère est un bureau...

— Non, non, a protesté Babi. Il faut que ce soit quelque chose qu'on mange ou qu'on boit. Ta mère est du riz frit. Ta mère est du ragoût.

Nous riions tellement que nous n'avons pas entendu Maman entrer. Elle m'a jeté un regard inquiet.

— Qu'est-ce que tu as? Pourquoi est-ce que tu ris comme ça? Tu as perdu la tête?

J'ai aperçu le visage de Fataneh derrière elle. J'ai mis la main devant ma bouche pour m'empêcher de pouffer et j'ai essayé de me calmer. Mais Asi m'a chuchoté à l'oreille malicieusement :

— Ta mère est une aubergine.

Je n'ai pas pu me retenir et j'ai éclaté de rire. Maman avait l'air franchement inquiète.

— Arrête de rire comme ça. Tu me fais peur. Fataneh, qu'est-ce qui lui prend? Je n'aurais pas dû le frapper aussi fort. Je n'aurais pas dû l'enfermer. Ça l'a sûrement perturbé.

Maman m'a gardé à l'œil toute la journée et j'ai dû faire très attention à ne pas rire devant elle.

Asi a dit :

— Décidément, les adultes sont trop bêtes. Pourquoi est-ce qu'elle a peur d'un enfant qui rit?

Ce soir-là, quand le père d'Arash est rentré, Maman lui a raconté tout ce qui s'était passé. Elle lui a dit ce que j'avais fait, que j'avais été grondé et enfermé et qu'au lieu de pleurer et d'être malheureux, j'avais ri. Le père d'Arash a hoché la tête et a dit :

— Il faut absolument consulter un spécialiste. Son état s'aggrave de jour en jour. Ce sont des signes préoccupants.

Les yeux de Maman se sont remplis de larmes.

— Tu parles sérieusement ? Tu crois vraiment qu'il a un problème psychologique ?

— Ça paraît évident, non ?

— Peut-être que quelque chose l'a particulièrement amusé. Si seulement il pouvait nous dire ce qu'il a dans le crâne.

Babi a pouffé :

— Qu'elle est bête ! Si nous pouvions parler, nous n'aurions qu'à demander ce que veut dire une « mère brune » et nous ne casserions pas la vaisselle pour rien.

J'ai fini par renoncer et par ne plus chercher le sens des insultes qui ne contenaient pas le mot « mère ». Après tout, j'étais débile, c'étaient des mots que je ne pouvais pas comprendre. En plus, je n'avais pas vraiment besoin de savoir ce que cela signifiait, il suffisait que je sache que c'était très grossier. Et ça, je pouvais le deviner au degré de colère qu'ils provoquaient. Par exemple, quelques semaines plus tard, quand nous étions chez le boucher, Maman et moi, un client qui était très fâché a raconté quelque chose à M. Sadegh et a crié :

— Si cette pute me tombe entre les mains, elle va voir !

J'ai compris que c'était un gros mot. J'ai regardé Maman. Elle avait rougi et a fait mine de vouloir sortir du magasin.

M. Sadegh a protesté :

— Surveillez vos propos, il y a une dame ici.

Et il a présenté ses excuses à Maman. Du coup, j'ai compris que c'était vraiment un très vilain mot. Je l'ai répété dans ma tête sur tout le chemin du retour ; un tel pouvoir, pour un si petit mot ! Et puis il sonnait bien. Il était petit et pointu, il vous jaillissait de la bouche comme une bille.

Babi a demandé :

— Qu'est-ce que ça veut dire ?

— Rien. C'est juste très mal, un peu comme la « mère brune ». Les femmes ne devraient pas entendre des choses pareilles. Tu ne savais pas ça ? Les insultes qui contiennent des noms d'animaux ne sont pas aussi affreuses, mais celles qui ne veulent rien dire sont très, très horribles. Si tu dis un de ces mots, toutes les femmes sortiront de la pièce en courant et tous les hommes vont être tellement furieux qu'ils se taperont dessus.

Ce jour-là, Asi, Babi et moi avons fait le tour de notre chambre pendant des heures en répétant le mot qui ressemblait à une bille rose et bleu.

9.

Cet été-là, un miracle a provisoirement détourné de moi cette attention insensée. Ma tante Shahin se mariait et tout le monde ne s'intéressait qu'aux préparatifs de ce mariage précipité. Dans la famille, ils étaient tous contents et ne parlaient plus que de ça. Maman, Fataneh, Grand-mère et tante Shahin restaient assises pendant des heures à discuter de la robe de mariée, du dîner qu'on donnerait la veille du mariage, et ainsi de suite. Comme Fataneh était bonne couturière et que Maman était très habile pour coudre des paillettes, elles avaient décidé de réaliser ensemble la tenue de la mariée. La pièce où elles travaillaient était remplie de satin et de dentelle blanche, de tissus doux et duveteux que leurs doigts de fée transformaient en une robe incroyable, comme je n'en avais vu que dans les dessins animés et les livres d'images. La beauté et la blancheur immaculée de ces tissus me ravissaient et j'ai été vert d'envie en découvrant qu'elles avaient même cousu une robe de mariée miniature pour Shadi.

— Elle en a, de la chance ! a grogné Babi. Tout le monde l'aime parce qu'elle parle, alors que nous, personne ne nous aime.

Nous allions tous les jours chez mon oncle pour que Maman puisse travailler avec Fataneh. Deux jours avant le mariage, je ne me sentais pas très bien.

— Il a attrapé un rhume, a annoncé Maman en posant sa main fraîche sur mon front. Il a de la fièvre. Il faut qu'il reste au lit et je ne peux pas le laisser seul.

Toujours de mauvaise humeur, le père d'Arash a répondu :

— On peut dire qu'il choisit bien son jour ! C'est la cérémonie du henné. Elles ont besoin de toi là-bas ! Ma mère m'a dit que la robe n'est pas terminée. Elle a peur que vous n'arriviez pas à la finir en deux jours. Si tu n'y vas pas aujourd'hui, elles te le reprocheront toute ta vie.

— Je sais. Je vais y aller. Si seulement Arash pouvait rester à la maison aujourd'hui pour garder Shahaab.

— Pas question ! Arash ne va pas manquer l'école pour lui. Il n'est pas la nounou de ton gosse. Tu as dit que Fereshteh s'occuperait de Shadi. La petite ne posera donc pas de problème. Quant à lui, tu n'as qu'à l'emmener et le laisser dormir dans un coin.

Il m'appelait toujours « lui », comme si je n'avais pas de nom. J'avais horreur qu'il parle comme ça.

Maman m'a allongé sur un canapé dans l'entrée, elle s'est mise au travail et m'a complètement oublié. Les heures passaient très lentement. Je m'ennuyais. J'ai un peu regardé la télé, je me suis endormi, et quand je me suis réveillé, c'était enfin l'heure du déjeuner. Après le repas, elles sont toutes allées faire la vaisselle à la cuisine. J'avais envie de rester avec Maman, mais elle m'a chassé en disant :

— Allons, ne reste pas dans mes jambes, mon chéri. Va t'allonger, j'arrive tout de suite.

J'étais fatigué. Je savais que, quand elle aurait fini, elle retournerait dans la pièce où elles cousaient la robe. J'ai ouvert la porte. La robe était étalée par terre. Je me suis assis à côté et j'ai attrapé un coin du tissu. J'ai enfoui mon visage dedans. L'étoffe était douce et fraîche, exactement comme ma couverture de velours, à la maison. La jupe de la robe était si longue qu'elle me recouvrait le corps. Je me suis assis au milieu et j'ai rabattu les pans autour de mes jambes. Une agréable fraîcheur s'est répandue dans tout mon corps. Mes paupières étaient lourdes sur mes yeux fiévreux. J'ai posé la tête sur les plis de la robe et je me suis endormi.

Je me suis réveillé, terrifié, en entendant les hurlements de tante Shahin. Toutes les femmes de la famille m'entouraient et dardaient sur moi des regards noirs. J'ai été pris de frissons. J'avais l'impression qu'elles étaient prêtes à m'étrangler. Au bout de quelques secondes, leurs yeux froids et cruels se sont tournés vers Maman, debout près de la porte. J'ai remarqué qu'elle tremblait, elle aussi.

— Tu as vu ce qu'il a fait? a lancé Grand-mère d'une voix sévère. La robe est complètement salie et froissée. Regarde, on voit même des traces de pieds!

Ma tante a fondu en larmes.

— J'étais sûre qu'il allait faire une bêtise, a renchéri Fataneh.

Maman ne savait plus où se mettre. Son visage était très pâle. Elle a fait un pas en avant, a ramassé la robe et l'a examinée.

— Je vais arranger ça. Elle sera comme neuve, je vous le promets.

— N'y touche surtout pas! Tu ne feras qu'aggraver les choses. Nous allons nous en occuper.

— Vous n'avez pas le temps. Vous ne deviez pas aller chez le coiffeur? En plus, vous attendez beaucoup d'invités ce soir. Je vais l'emporter chez moi, la terminer et vous la rendre en parfait état. Ne vous inquiétez pas. Je nettoierai les taches avec de la mousse et je la repasserai. Ne vous faites aucun souci.

Comme Shadi faisait la sieste dans la chambre de Fereshteh, nous sommes rentrés à la maison, Maman et moi, emportant la robe dans un grand sac en plastique. Elle a nettoyé la robe sans dire un mot. Je détestais cette robe, je détestais tante Shahin, et je détestais son mariage.

— Pourquoi est-ce qu'elles sont aussi bêtes? s'est étonné Asi. Pourquoi est-ce qu'elles ne comprennent pas qu'on ne voulait pas abîmer la robe, qu'on s'est juste endormis dessus?

Maman a suspendu la robe à une porte. Elle s'est assise devant pour finir de coudre les paillettes. Elle avait l'air dans tous ses états. Le téléphone a sonné. Elle s'est levée pour répondre et j'ai entendu sa voix qui disait :

— Ne t'en fais pas, elle est superbe. Les taches ont complètement disparu. Je t'en prie, ne dis rien. Il ne l'a pas fait exprès, crois-moi. Il est malade et il avait sommeil. Il a simplement voulu se reposer dessus.

Les voix à l'autre bout du fil ont fait pleurer Maman tout bas. Une immense haine bouillait en moi. Pourquoi est-ce que ces femmes la faisaient toujours pleurer? J'avais l'impression que Maman s'enfonçait de jour en jour dans un désespoir de plus en plus profond, et ma colère grandissait. J'ai regardé autour de moi. J'ai aperçu des ciseaux par terre. Je les ai pris. Ils étaient lourds et trop grands pour mes petites mains. Je les ai ouverts avec difficulté, j'ai glissé le tissu entre les lames et je les ai resserrées. Après quelques coups de ciseaux, il y avait un grand trou dans la robe.

Asi a approuvé :

— Ça leur apprendra !

— Que va mettre tante Shahin, maintenant ? a demandé Babi, ennuyé.

— Elles l'ont bien mérité. Elles n'avaient qu'à ne pas faire pleurer Maman, a répondu Asi.

10.

Quand j'ai vu l'accroc, j'ai hurlé. En m'entendant, Shahaab a lâché les ciseaux. Je tremblais de tous mes membres comme si je m'étais électrocutée. J'avais les yeux qui jaillissaient de leurs orbites.

— Oh, mon Dieu ! Qu'est-ce que tu as fait ?

Je me suis précipitée sur lui. Il a filé vers l'escalier aussi vite que ses petites jambes pouvaient le porter. Il est monté à l'étage à toute allure, a fermé la porte de sa chambre et a essayé de tourner la clé dans la serrure, mais je savais qu'il n'y parviendrait pas. Je l'ai suivi, les jambes molles. Je n'étais qu'au milieu de l'escalier quand j'ai dû me cramponner à la rampe pour ne pas perdre l'équilibre. J'ai crié :

— Descends tout de suite, sale gosse ! Qu'est-ce que je vais faire de toi ? Tu vas me faire mourir !

J'ai crié et hurlé longtemps, puis ma colère s'est épuisée. J'étais au bord des larmes. Je me suis assise sur les marches, j'ai enfoui mon visage entre mes mains et j'ai pleuré. Je ne sais pas depuis combien de temps je sanglotais quand j'ai senti la petite main de Shahaab se poser, légère, sur mes cheveux. Il n'avait jamais supporté que je sois triste, mais je n'avais pas encore compris qu'il était même prêt à se faire punir et frapper pour que je cesse de pleurer.

Je ne savais que faire de lui. Je l'ai regardé. Ses grands yeux noisette étaient brillants de larmes et le chagrin qui assombrissait son visage m'a serré le cœur. Il souffrait, lui aussi, je le savais. Je l'ai serré dans mes bras et lui ai demandé :

— Pourquoi ? Pourquoi est-ce que tu fais toutes ces bêtises ? Tu étais si sage quand tu étais plus petit. Qu'est-ce qui t'est arrivé ?

Il a baissé la tête.

— Je sais que tu agis ainsi par rancune, mais ça n'arrange rien, au contraire. Tu te rends compte de ce que tu viens de me faire ? Tu crois que tante Shahin est la seule à qui tu aies fait du mal ? Dès que tu fais une bêtise, c'est moi que tu blesses, plus douloureusement que les autres. Tu ne m'aimes pas ? C'est ça ?

Il a éclaté en sanglots. Les larmes ruisselaient sur son visage et il s'est blotti dans mes bras.

— Si tu m'aimes, arrête de faire des choses pareilles. Si quelqu'un te tourmente, viens me le dire et je m'en chargerai. Ce n'est pas à toi de régler tes comptes tout seul.

Il m'a jeté un regard interloqué et j'ai compris mon erreur.

— Non, non, bien sûr, tu n'as pas besoin de me le dire. Si quelqu'un t'embête, je le saurai et, surtout, Dieu le verra et l'entendra, lui aussi, et il donnera une leçon aux méchants, bien plus efficacement que toi. Il veillera sur toi. Mais sois raisonnable et laisse-nous, Dieu et moi, prendre les choses en main. Tu veux bien ? Tu me le promets ? Si tu m'aimes un tout petit peu, cesse de faire ces bêtises. Autrement, je mourrai de chagrin. J'ai failli mourir en voyant ce que tu as fait à cette robe. Tu veux que je meure ? Tu n'aurais plus de maman, tu sais.

Il a appuyé sa tête contre mon épaule. J'ai doucement détaché ses mains de mon cou, je l'ai regardé droit dans les yeux et j'ai repris :

— Alors tu me le promets ? C'est d'accord ?

Il a hoché la tête.

— Tu me promets que, si quelqu'un te fait du mal, tu viendras tout de suite me trouver ?

Il a de nouveau hoché la tête. Nous étions un peu calmés.

Je me suis relevée et suis allée regarder la robe de plus près. J'ai examiné l'accroc, horrifiée. La seule solution était de découdre la jupe du corsage et de remplacer le pan endommagé. Je suis allée à la cuisine, je me suis versé une tasse de thé pour me donner un peu de courage. Quelques instants plus tard, j'ai sursauté. Où était Shahaab ? Et s'il faisait une nouvelle bêtise ? J'ai couru dans la pièce et je l'ai vu qui cherchait, de ses petites mains, à recoller la déchirure avec du ruban adhésif. Mes yeux se sont emplis de larmes et je lui ai dit :

— Tu n'y arriveras pas comme ça, mon chéri. Ne t'inquiète pas. Je sais comment faire pour que ça ne se voie pas.

J'ai retiré le cintre de la porte, j'ai pris la robe et ai commencé à découdre la jupe. Il s'est assis à côté de moi, m'observant avec curiosité et inquiétude. J'ai étalé la jupe par terre. Ses nombreux plis se sont écartés et j'ai vu qu'il y avait une couture juste à côté de l'accroc. J'ai découpé une longue bande de tissu et je l'ai donnée à Shahaab.

— Tiens, c'est pour toi, mais débrouille-toi pour que personne ne le voie.

Il a chiffonné le tissu d'un air dégoûté et l'a jeté à la poubelle. Je suis allée chercher la machine à coudre et ai entrepris de froncer la jupe et de refaire la couture.

Shahaab a couru à la fenêtre en entendant s'ouvrir la porte du garage. J'ai chuchoté :

— Va vite dans ta chambre et couche-toi.

Il a gravi l'escalier à toutes jambes. Nasser et Arash sont entrés et j'ai essayé de prendre l'air naturel.

— Vous rentrez bien tôt, ce soir ! ai-je remarqué.

— C'est toi qui m'as demandé d'aller chercher Arash et de rentrer de bonne heure pour que nous puissions assister à la cérémonie du henné.

— Je sais, mais je pensais que tu aurais oublié.

— Qu'est-ce que tu fais? La robe n'est pas encore finie?

— Si, mais elle avait été un peu tachée. Je l'ai apportée ici pour la nettoyer et je n'ai fait qu'aggraver les choses. Il a fallu que je remplace un morceau. Il y a tellement de plis que personne ne le remarquera. Je t'en prie, ne le dis à personne.

— Que tu es maladroite! Tu ne vaux pas mieux que ton fils.

— Comment ça, maladroite? Les accidents, ça arrive. Je me faisais du souci pour Shahaab.

— Pourquoi? Il a encore fait quelque chose?

— Non, simplement il est malade. Je suis inquiète. Il a dormi toute la journée.

— Eh bien, tant mieux. Comme ça, au moins, il s'est tenu tranquille. Tu devrais te préparer si tu veux être à l'heure pour la cérémonie.

— Allez-y sans moi. Il faut que je termine la robe sans que personne en sache rien.

— Comment ça? Qu'est-ce que je vais leur dire? Elles ont besoin de toi.

— Mais non! Ce que je peux faire de plus utile pour elles, c'est de finir cette robe. Nous avons tout préparé ce matin. Akram et sa fille viennent donner un coup de main. Shadi est encore avec Fereshteh. Allez vite la chercher et expliquez-leur que Shahaab est malade et que je ne peux pas le laisser seul. Elles préféreront ne pas avoir les petits dans les jambes, de toute façon. Si elles ont besoin d'aide pour servir le dîner, passe-moi un coup de fil et nous vous rejoindrons.

Arash est allé chercher Shadi, mais a dit que Fereshteh l'avait supplié de la ramener dans la soirée parce qu'elles avaient répété une danse pour les invités. Je lui ai donné son bain, je l'ai habillée et j'ai noué un ruban rose dans ses jolis cheveux. Je l'ai mise dans les bras de Nasser et je les ai accompagnés jusqu'à la porte. En me retournant, j'ai vu Shahaab qui les suivait des yeux avec envie.

Il faisait déjà nuit quand la robe a été réparée, et j'étais loin d'avoir fini : j'avais encore toutes les paillettes à coudre. J'étais fatiguée et j'avais mal aux yeux. J'étais tellement concentrée sur ma tâche que j'avais complètement oublié Shahaab qui est arrivé, apportant une bouteille d'eau et deux bonbons. Puis il est retourné à la cuisine en courant et est revenu avec un verre. J'ai compris qu'il voulait faire quelque chose pour moi. Il me brisait le cœur.

— Tu veux m'aider, c'est ça ?

Il a hoché la tête. J'ai bu l'eau et, cédant à la tristesse et à la lassitude, je lui ai dit :

— La plus gentille chose que tu pourrais faire pour moi serait de me parler. Dis-moi un seul mot. Dis « maman »...

J'ai essuyé les larmes qui ruisselaient sur mes joues et je me suis remise au travail.

Quelques instants plus tard, j'ai entendu une toute petite voix chargée d'émotion :

— Maman !

Mon cœur a fait un bond dans ma poitrine et je l'ai regardé, incrédule.

— Qu'est-ce que tu as dit ? C'était toi ?

J'ai posé les mains sur ses épaules. Les larmes ont à nouveau jailli de mes yeux et je l'ai supplié :

— Redis-le ! Juste une fois !

La sonnerie du téléphone m'a fait sursauter. Je riais et pleurais en même temps quand j'ai décroché.

— Nasser, tu sais ce qui vient de se passer ? Shahaab vient de dire « Maman ». Je te jure que c'est vrai. Il a une si jolie voix. Il a juste dit « Maman », comme ça... Oui, j'arrive. Dis-leur d'attendre que je sois là pour servir le dîner. Je les aiderai. Oui, oui, la robe est presque terminée. Je l'apporterai demain. On s'habille et on vient.

J'ai rapidement pris une douche et me suis changée. J'ai noué mes cheveux mouillés en chignon et ai mis un peu de rouge à lèvres. Shahaab me regardait avec un adorable sourire. Mon bonheur semblait toujours faire le sien, comme si nos deux âmes étaient indissolublement liées. J'étais tellement heureuse que les mots se bousculaient dans ma bouche :

— Dieu soit loué ! Je le savais ! Je savais bien que tu n'es pas anormal. Maintenant, je pourrai garder la tête haute devant eux, et ils seront bien obligés de ravaler leurs méchants ragots et toutes leurs insinuations.

Je l'ai pris par la main et, fièrement, je me suis dirigée vers la maison de Hossein.

11.

Le visage fatigué et tendu de Maman m'avait fait tellement de peine que j'étais prêt à tout pour apaiser son chagrin. Au point que j'en ai oublié ma peur de parler ; j'ai ouvert la bouche et j'ai dit très facilement :

— Maman.

Cette voix inconnue a sonné étrangement à mes oreilles. Était-ce vraiment la mienne ? J'ai été tout content de voir la joie de Maman. Elle était si belle quand elle était heureuse ! Mais peu à peu son enthousiasme et son excitation inhabituelle ont commencé à m'inquiéter. Sur le chemin de la maison d'oncle Hossein, Asi a demandé :

— Et si elle raconte au père d'Arash que nous avons parlé ? Et si elle le dit aussi aux autres ?

J'ai eu peur et j'ai dégagé ma main de la sienne. Je voulais rentrer. Maman s'est tournée vers moi, radieuse. Elle m'a repris la main en disant :

— Allons-y, mon chéri ; allons-y, mon gentil garçon.

Dès que nous sommes entrés, tout le monde s'est tu. En temps normal, personne ne faisait attention à moi, mais cette fois ils me dévoraient tous de leurs regards curieux. Mon cœur s'est mis à battre plus vite. Maman aussi a été un peu étonnée. Fataneh a couru vers nous, l'air sournois. Elle s'est accroupie devant moi et m'a dit en souriant :

— Shahaab ! Il paraît que tu parles ? Sois gentil, dis « Fataneh », pour que j'entende le son de ta voix.

Son visage recouvert de maquillage, tout proche du mien, était effrayant. Je me suis caché derrière Maman.

— Allons, dis quelque chose.

J'avais trop chaud. Maman m'a tiré par la main en disant :

— Laisse-le tranquille. Tu le perturbes.

— Tu as bien dit qu'il parlait, non ? Je veux juste l'entendre prononcer mon nom.

— Tu lui fais peur.

— N'importe quoi !

Khosrow m'a jeté un regard narquois. Le père d'Arash s'est avancé. Il a, lui aussi, approché son visage du mien.

— Maintenant que tu as dit « Maman », fais-moi plaisir et dis « Papa ».

Tout le monde attendait. J'étouffais, mon cœur battait beaucoup trop vite. Maman, ma seule source d'espoir et de protection, m'avait trahi. Elle avait raconté à tout le monde ce qui devait être un secret entre elle et moi. J'ai arraché ma main de la sienne et j'ai couru vers notre maison, me promettant de ne plus jamais commettre cette erreur, de ne plus jamais avoir pitié d'elle.

Pendant quelques jours, tout le monde n'a parlé que de moi, puis ils s'en sont désintéressés. Tous, même Maman, ont fini par se persuader que c'était le fruit de son imagination. Elle avait tellement envie de m'entendre parler ! Ils m'ont laissé tranquille, et j'ai pu à nouveau me réfugier dans le cocon de mon mutisme.

12.

Pendant le premier mois de l'été, tout le monde a été très occupé par le mariage et les fêtes qui ont suivi. À cause de tous ses cours, Arash n'avait pas le temps d'assister aux festivités et n'avait visiblement pas très envie d'y aller. Il préférait rester à la maison, lire, regarder la télé, dessiner ou réaliser ce qu'il appelait des projets artistiques. J'avais l'impression qu'il n'aimait pas tellement communiquer, lui non plus, ni discuter avec les autres. Son ami Saman, qui était exactement comme lui et dissimulait ses yeux de fouine derrière de grosses lunettes, venait souvent chez nous. Ils passaient leur temps à discuter de choses sérieuses, ou bien, pour prouver la justesse de leurs théories, ils démontaient les radios, l'aspirateur et d'autres appareils et, bien sûr, personne n'appelait ça faire des bêtises. Le père d'Arash disait :

— Mon fils fait des expériences. Il est tellement intelligent. Un jour, il inventera quelque chose.

Maman profitait de ce qu'Arash restait à la maison pour me laisser avec lui pendant qu'elle allait à toutes les fêtes en emmenant Shadi. En général, Arash ne s'occupait pas de moi. Comme son père, il ne me jugeait pas digne de son attention. Tout le monde m'ignorait, et moi, je me sentais rejeté. Quand ils se préparaient à sortir, la maison était en effervescence et je les suivais de pièce en pièce. Maman essayait plusieurs robes, avant de choisir celle qu'elle mettrait. J'aurais voulu qu'elle y consacre toute la journée pour que je n'aie jamais à affronter le silence qui s'abattait sur la maison après leur départ. Elle m'embrassait et disait :

— Le dîner était délicieux.

Un délicieux repas, voilà comment ils nous achetaient les soirs où ils sortaient.

— Assieds-toi sagement et fais un joli dessin pendant que nous partons, et ensuite va vite te coucher.

Mais je n'avais pas envie de faire quoi que ce soit dans cette maison silencieuse. Je griffonnais à la hâte quelques traits qui ne représentaient rien. Jour après jour, je m'attachais de plus en plus à mes amis imaginaires.

Asi disait :

— Qu'ils aillent tous au diable.

Mais Babi était très triste.

13.

En tout début de soirée, à la fin d'une chaude journée d'été, il est arrivé quelque chose d'inhabituel. Fereshteh est passée chez nous. Elle portait un joli foulard.

— Qu'est-ce qu'elle s'est fait? Elle est plus jolie qu'avant, a remarqué Asi.

Contrairement à son habitude, elle ne s'est pas jetée sur Shadi dès son arrivée. C'était moi qu'elle voulait voir. Elle m'a appelé par mon nom, comme elle le faisait autrefois. Je suis sorti de derrière la porte. Elle m'a serré dans ses bras. J'aimais bien quand elle faisait ça. J'ai inspiré profondément pour sentir son parfum et j'ai écouté ce qu'elle disait, intimidé. Elle s'est adressée à moi, avant de se tourner vers Maman :

— Tu as envie de venir au parc avec moi? Maryam, j'aimerais emmener Shahaab faire un tour. Tu es d'accord?

Maman lui a jeté un regard soupçonneux.

— Shahaab ? Pourquoi lui ?

— Comment ça, pourquoi lui ? Je l'aime bien. Tu as oublié comment on jouait ensemble, avant ? On va juste faire un tour au parc et on rentre.

— Non, Fereshteh. J'ai peur qu'il arrive quelque chose et, franchement, je ne supporterai pas de nouveaux problèmes. Si tu veux emmener Shadi, je ne demande pas mieux, mais pas Shahaab. Je ne suis pas rassurée. Je préfère qu'il reste avec moi.

— Je te jure de bien le surveiller. Il n'arrivera rien. J'ai beaucoup réfléchi ces derniers temps. On ne s'occupe pas assez de lui. Depuis que Shadi a commencé à parler et à être aussi mignonne, j'ai négligé Shahaab. Je vois bien à son regard qu'il m'en veut, et j'aimerais me faire pardonner. Je t'en prie. Je pourrais passer le prendre tous les deux ou trois jours, et sortir un peu avec lui.

Maman continuait à la regarder bizarrement. Je mourais d'envie d'accompagner Fereshteh. Quel miracle me valait cette grâce exceptionnelle ? J'ai tiré Maman par la main et je l'ai fixée avec des yeux suppliants. Elle était sur le point de refuser, mais mon regard a eu raison de sa résolution.

— Je ne sais pas, a-t-elle murmuré. J'ai peur qu'il fasse des bêtises.

— Ne t'en fais pas, il sera sage comme une image. Pas vrai, Shahaab ?

J'ai hoché la tête.

— Très bien, alors prépare-toi vite et je t'emmène.

J'ai couru à la salle de bains, fou de joie, je me suis lavé les mains, le visage et les pieds en faisant particulièrement attention à mes genoux. Maman est venue m'aider. J'ai enfilé mon short bleu et la chemise à carreaux bleus et blancs qui sentait encore le neuf. J'ai laissé Maman me faire une raie sur le côté avec un peigne mouillé.

— Quel joli garçon ! s'est écriée Fereshteh. Il est encore plus beau que Shadi, tu ne trouves pas ?

J'ai pris la main de Fereshteh. Nous avons franchi la porte et j'ai été encore plus content et fier en entendant Shadi qui pleurnichait derrière nous.

— Pauvre Shadi, a dit Babi. Elle aurait bien voulu venir avec nous.

— Elle ne peut pas, a répliqué Asi sévèrement. En plus, elle est déjà sortie avec Maman aujourd'hui.

— Ça ne compte pas. Elle nous emmène faire les courses et elle appelle ça sortir. Elle nous prend pour des idiots, ou quoi ?

Cette sortie était bien différente de celles que je faisais avec Maman. J'avais l'impression de m'être échappé d'une cage. Je me sentais léger. Je me suis tourné vers Fereshteh pour voir si elle était aussi heureuse que moi. J'aurais voulu la remercier avec mes yeux, mais elle était distraite. Elle paraissait préoccupée. On aurait pu croire qu'elle avait oublié ma présence ; pourtant, elle me tenait par la main. Je l'ai un peu tirée par le bras pour attirer son attention, mais elle a réagi avec impatience :

— Écoute, Shahaab, si tu es sage et si tu fais bien tout ce que je te dis, je t'achèterai une glace au retour, d'accord ?

Je me suis figé. J'avais l'impression qu'elle cherchait à m'acheter. Khosrow aurait pu dire ça. Est-ce qu'elle avait l'intention de se moquer de moi, elle aussi ?

Nous avons traversé la rue et sommes entrés dans le parc. Fereshteh m'a conduit à l'aire de jeux sans dire un mot. Elle avait l'air encore plus crispée qu'avant et regardait tout le temps autour d'elle. J'ai compris qu'elle cherchait quelqu'un. Au bout d'un moment, un jeune homme nous a croisés et a chuchoté quelques mots. Fereshteh a souri et m'a dit :

— Va jouer, Shahaab. Je t'attends ici, sur ce banc.

Elle m'a lâché la main. Je me suis dirigé vers l'aire de jeux, tout en me retournant sans cesse pour les regarder avec curiosité. Fereshteh s'est assise à côté de l'étranger sur le banc. Ils semblaient se connaître. Je commençais à deviner la raison de l'étonnante gentillesse de Fereshteh à mon égard. Je ne les quittais pas des yeux. J'ai fait un peu de balançoire, puis je suis allé dans le coin des toboggans. J'ai tourné autour d'un poteau. Ils ne faisaient pas du tout attention à moi. Je commençais à être fatigué et je ne savais pas quoi faire. Je les ai rejoints timidement. Fereshteh m'a dit :

— Qu'est-ce qui ne va pas, Shahaab ? Tu ne veux plus jouer ?

J'ai secoué la tête et j'ai fait mine de m'asseoir à côté d'eux.

Le jeune homme s'est inquiété :

— Et s'il le dit à tout le monde ?

— Ne t'en fais pas. Il ne parle pas.

Elle lui a murmuré à l'oreille. J'ai baissé la tête. Je savais qu'ils parlaient de ma stupidité et de ma débilité. J'étais plus consterné que fâché.

Il commençait à faire nuit quand Fereshteh lui a enfin dit au revoir. Pendant tout le chemin du retour, elle était excitée et ne cessait de parler et de rire. Elle m'a même embrassé et m'a acheté une glace délicieuse.

À partir de ce jour, nos sorties ont fait partie de ma routine quotidienne ; Maman était ravie et ne manquait pas de remercier Fereshteh. J'aimais bien sortir, jouer au parc et manger des glaces, mais je n'éprouvais aucune reconnaissance envers elle. Je savais que je n'étais qu'un prétexte pour qu'elle puisse sortir de chez elle et retrouver le jeune homme aux cheveux longs qui s'appelait, je le savais maintenant, Ramin. Chaque fois que la police de moralité[1] apparaissait,

1. Branche de la police iranienne chargée de réprimer les actes contraires à la loi islamique et notamment tout contact entre personnes de sexe opposé qui ne sont pas apparentées.

elle faisait semblant de jouer avec moi, comme si elle n'était venue au parc que pour moi. C'était un arrangement dont elle était la principale gagnante, mais il nous convenait à tous les deux et nous n'avions pas l'intention d'y changer quoi que ce soit.

Un jour, Fataneh est passée chez nous après avoir fait ses courses et elle a demandé à Maman :

— C'est vrai que Fereshteh emmène Shahaab au parc tous les jours ?

— Oui. Elle arrive à l'heure pile et sort avec lui. Pourquoi ?

— Non, rien, je me demandais, c'est tout. Elle est vraiment patiente.

— Pour tout te dire, je n'étais pas d'accord au début, mais elle a insisté.

— Ma fille a si bon cœur, tu sais. Elle dit que ça fait du bien à Shahaab.

J'ai posé une main sur ma bouche pour ne pas rire tout haut.

— Qu'elle est bête, cette Fataneh, a dit Asi. Elle s'imagine que Fereshteh va au parc pour nous faire plaisir.

Je n'aimais pas Ramin, mais je n'avais pas le choix. Je me cachais derrière les arbres pour les surveiller. Ils rapprochaient leurs têtes quand ils étaient certains qu'il n'y avait personne. Ça me donnait envie de rire. Je ne comprenais pas pourquoi ils faisaient ça, alors qu'ils avaient tellement peur. Chaque fois que la police surgissait, ils devenaient tout blancs. Ramin partait dans l'autre sens et Fereshteh se dépêchait de me rejoindre. J'avais même appris à reconnaître les policiers en civil, et je courais vers Fereshteh dès que je les repérais.

Un jour, Fereshteh et Ramin étaient tellement plongés dans leur conversation qu'ils n'ont pas remarqué que la police approchait. J'ai essayé de crier, mais ma voix est restée coincée dans ma gorge, comme elle le faisait toujours quand j'étais énervé. J'ai couru vers eux. J'ai attrapé Fereshteh par la main et je l'ai tirée de toutes mes forces.

— Qu'est-ce que tu as? m'a-t-elle demandé, surprise.

J'ai montré la police du doigt. Dès qu'il a vu les hommes, Ramin s'est levé d'un bond et a pris ses jambes à son cou. Nous nous sommes cachés, Fereshteh et moi, derrière les arbres. Elle a retiré son foulard de couleur et jeté un grand voile noir sur sa tête. Les policiers étaient plus rapides que Ramin et ils l'ont rattrapé. L'un d'eux l'a agrippé par la nuque et lui a donné un coup de pied dans les jambes. Ramin est tombé. Nous avons assisté à la scène de loin. J'avais, moi aussi, mal à la nuque et aux jambes. Ils ont traîné Ramin et d'autres gens à l'extérieur du parc. Nous les avons suivis. Deux cars attendaient devant les grilles : un pour les garçons, l'autre rempli de filles en larmes, qui se parlaient tout en suppliant les gardiens. Ils ont poussé Ramin dans le car. Comme je n'avais pas envie que Fereshteh le voie dans cette position humiliante, je l'ai tirée par la main. Le car a démarré et est passé devant nous. Ramin a regardé Fereshteh. Il avait du sang au coin de la bouche. Il m'a fait de la peine. Fereshteh a essuyé ses larmes pendant tout le chemin du retour; elle ne m'a pas acheté de glace, mais ça m'était égal. Elle m'a dit :

— Tu as vu comme il est bien, ce garçon ? Il s'est laissé attraper pour que nous n'ayons pas d'ennuis. Ils l'ont poursuivi et ne nous ont pas vus. Que vont-ils lui faire maintenant ? S'ils le fouettent, il mourra, c'est sûr.

Et elle a recommencé à pleurer.

14.

Nous n'avons pas vu Fereshteh pendant plusieurs jours. Maman s'étonnait et me demandait tout le temps :

— Pourquoi est-ce qu'elle ne vient plus te chercher ? Tu as été méchant avec elle ?

Je haussais les épaules. Mais, un après-midi, Fereshteh est revenue.

— J'ai cru que tu en avais assez d'aller au parc avec Shahaab, lui a dit Maman. Ce serait bien naturel, après tout. Les cours ne vont pas tarder à recommencer et bientôt il fera nuit de bonne heure. Il fait même déjà plutôt frais. Tu ne devrais pas te donner tout ce mal.

Asi a ri :

— Elle ne se donne aucun mal ! Ce garçon lui manque. Elle retrouvera le sourire dès qu'elle le verra.

Je me suis préparé à toute vitesse. J'étais impatient de voir si Ramin s'était fait taper par les policiers.

Nous avons couru jusqu'au parc. En voyant Ramin, j'ai dû mettre ma main devant ma bouche pour ne pas pouffer. Asi et Babi riaient.

— Regarde-le, s'est esclaffé Babi. Pourquoi est-ce qu'il s'est rasé le crâne ?

Il avait le visage encore plus mince qu'avant et il était tellement gêné qu'il gardait la tête basse. Fereshteh a oublié de m'envoyer à l'aire de jeux. Elle s'est précipitée vers Ramin en s'écriant :

— Oh mon Dieu ! Qu'est-ce qu'ils t'ont fait ?

— Ne me regarde pas. Je suis affreux. Tu ne pourras plus m'aimer avec la tête que j'ai, j'en suis sûr.

— C'est pour ça que tu ne voulais pas que je te voie ? Je te trouve toujours beau, moi. Si tu savais comme je me suis inquiétée !

J'ai dû appuyer ma main très fort sur ma bouche pour me retenir de rire. Asi et Babi se roulaient par terre de joie. Je me suis caché derrière le banc.

— Nous ne pouvons pas continuer comme ça, a dit Ramin. Ils m'ont condamné à quarante coups de fouet avec sursis.

— Qu'est-ce que ça veut dire ?

— Mon père les a suppliés de ne pas me fouetter, mais ils ont dit que, s'ils me prenaient encore une fois, j'aurais droit à quarante coups en plus de ma nouvelle condamnation.

— Oh, mon Dieu !

— J'étais tellement soulagé que tu aies pu t'échapper. Je préfère ne pas penser à ce qui aurait pu t'arriver.

— Mais comment est-ce qu'on va se revoir ? Je mourrai si je ne te vois plus. J'ai cru devenir folle, ces derniers jours.

— Je sais, mais le parc est trop dangereux. Il faut trouver un autre endroit, plus sûr.

— Tu as une idée ?

— Ce qu'il nous faut, c'est un appartement. Mon ami Ismael en a un. Il veut bien me passer les clés pour qu'on puisse s'y rencontrer de temps en temps.

— Vraiment ? Un appartement à lui, à son âge ?

— Il est plus vieux que nous. Mais il est très serviable. On s'entend bien. Il a une petite échoppe dans la rue où j'habite. Son appartement est juste au-dessus de la boutique.

— Non, j'ai trop peur. Je ne veux pas.

— Et si on se fait prendre dans la rue, au parc ou dans un restaurant ? Et si je me fais fouetter ? Après tout, on ne fait rien de mal.

Soudain, Ramin s'est levé d'un bond en disant :

— Les voilà... Demain, à la même heure, au supermarché.

Il a filé.

Nous sommes restés assis un moment sur le banc, Fereshteh et moi. Je n'avais pas envie de jouer. Fereshteh s'est tournée vers moi :

— Qu'est-ce que je dois faire ?

J'ai haussé les épaules.

Deux jours ont passé sans que Fereshteh se manifeste. Je pensais que nos sorties au parc étaient définitivement terminées et que je ne la reverrais pas. Puis, le troisième jour, quelqu'un a sonné chez nous avant midi. C'était Fereshteh. Je l'ai regardée, surpris. Maman était étonnée, elle aussi :

— Tu as changé d'horaire ? Tu ne vas plus au parc en fin d'après-midi ?

— Il y a trop de monde. Je me suis dit que ce serait plus agréable le matin.

Quand nous sommes sortis, Fereshteh m'a houspillé :

— Dépêche-toi, Shahaab, nous sommes déjà en retard.

Nous n'avons pas pris la direction du parc. Après avoir couru un moment et traversé plusieurs rues, nous sommes arrivés à une petite boutique de quartier, essoufflés et en nage. Le propriétaire nous a fait signe d'aller jusqu'au fond du magasin. Il y avait deux tabourets et une petite table contre le mur. Fereshteh m'a hissé sur un des tabourets, elle s'est appuyée contre l'autre et a regardé autour d'elle. Ramin a surgi.

— Il ressemble à une allumette ! a remarqué Asi.

J'ai pouffé de rire ; Fereshteh et Ramin m'ont regardé avec étonnement. Fereshteh a adressé un clin d'œil à Ramin et a posé un doigt sur sa tempe. Je savais ce que ce geste voulait dire. Mon visage est devenu brûlant et j'ai baissé les yeux.

— Qu'est-ce qu'on va faire ? a demandé Fereshteh.

— S'ils nous surprennent ici, nous ne pourrons pas nous échapper. Ils fermeront la boutique et Ismael aura des ennuis. Montons à l'appartement.

— Voyons, nous ne pouvons pas rester seuls dans la maison d'un étranger. Ce n'est pas décent. Que va penser Ismael ?

— Rien. Il sait qu'on est amis, toi et moi, et qu'on ne peut pas se retrouver dans la rue ni au restaurant. On n'a pas le choix.

Il a pointé le menton vers moi en ajoutant :

— Et puis tu as un chaperon, tu n'as pas de souci à te faire.

J'avais été fâché quand Fereshteh avait montré sa tête du doigt, mais en entendant ces mots j'ai retrouvé mon calme. J'étais plutôt fier.

Un homme très laid qui devait avoir à peu près trente ans, avec une grosse moustache et des cheveux bouclés, s'est approché de nous. Il m'a tendu un cornet de glace et a dit :

— Montez vite avant de m'attirer des ennuis. S'ils vous prennent ici, je serai dans une sacrée merde.

Ramin a désigné une porte :

— L'escalier est là, à côté des toilettes. Je vais passer le premier. Rejoins-moi dans quelques minutes.

— D'accord, a répondu Fereshteh d'une voix tremblante. Dès que Shahaab aura mangé sa glace.

— Non, ce sera trop long. Shahaab n'a qu'à finir tranquillement sa glace ici en attendant qu'on redescende.

— Non. Il n'est pas question que je monte sans lui.

— Très bien. Alors qu'il vienne avec sa glace avant que je prenne racine là-haut.

Ramin est parti. J'ai léché un peu de ma glace, sans appétit. Le type bouclé nous regardait et a fait signe à Fereshteh de monter. Elle hésitait, mais elle a fini par se lever en disant :

— Partons d'ici, Shahaab.

Je me suis levé et elle m'a pris par la main. Nous sommes sortis de la boutique. Le type lui a crié quelque chose mais elle ne s'est pas retournée. Nous avions atteint le coin de la rue quand nous avons entendu Ramin qui nous rejoignait en courant. J'ai essayé de marcher plus vite. Fereshteh, elle, a ralenti. Ramin nous a rattrapés, hors d'haleine.

— Qu'est-ce qui s'est passé ? Pourquoi es-tu partie ?

— Je ne peux pas. Je n'aime pas cet Ismael. Il me regarde de travers et ça me gêne.

— Ignore-le. Ce pauvre type nous prête son appartement ! Tu n'as pas confiance en moi ?

— Si, mais cet endroit ne me plaît pas.

— Alors qu'est-ce qu'on va faire ? Tu connais un autre endroit où on pourrait aller ? Ou bien tu préfères rompre ? Tu ne veux plus me voir ?

— Non, non... Je ne supporte pas d'être séparée de toi.

— Moi non plus. Je deviendrai fou si je ne peux plus te voir. Qu'est-ce que tu veux, on est obligés d'en passer par là, puisqu'on ne peut pas se voir dehors. J'ai tellement de choses à te dire. Si tu savais tout ce qui m'est arrivé ! La police a aussi commencé à avoir des soupçons à cause de nos conversations téléphoniques. Ça fait combien de temps qu'on ne s'est pas parlé pour de vrai ? Viens, s'il te plaît, juste cette fois, et si ça ne te convient pas, on trouvera une autre solution.

Fereshteh m'a serré la main très fort et, d'une démarche hésitante, elle a repris la direction de la boutique. Cette fois, nous sommes allés directement jusqu'au fond. Il faisait noir dans l'escalier et ça sentait mauvais. Je me suis pincé le nez. En haut des marches, nous avons franchi une porte marron foncé et nous sommes entrés dans une grande pièce. Elle était dégoûtante et en désordre ; en plus, elle puait la cigarette. Des vêtements étaient empilés sur tous les meubles. J'ai vu un oreiller et des draps en boule sur un canapé, de la vaisselle sale sur la table et d'énormes cendriers qui débordaient. Un affreux squelette en plastique et plusieurs peintures horribles étaient suspendus aux murs. Sur la télé, il y avait un pot qui contenait des fleurs mortes. Je détestais tout dans cette pièce. J'aurais préféré être dans notre belle maison lumineuse. Fereshteh a froncé les sourcils.

— Quelle porcherie ! a-t-elle dit. Pourquoi est-ce que c'est dans un état pareil ?

— C'est une chambre de célibataire. Tu t'attendais à quoi ? Il est seul, il travaille toute la journée et n'a pas le temps de faire le ménage.

J'ai remarqué que Ramin tenait toujours mon cornet de glace à moitié fondu. Il l'a posé devant moi, a allumé la télé et m'a dit :

— Sois sage. Finis ta glace et regarde la télé un petit moment.

Ils se sont assis juste derrière moi sur le canapé. Au début, ils ont parlé de la police, du tribunal, de leurs soucis et d'autres choses de ce genre, mais ensuite ils ont chuchoté et je n'ai plus compris ce qu'ils disaient. Quand ils ont cessé de parler, je me suis retourné. Fereshteh avait retiré son foulard et son manteau et avait posé la tête sur l'épaule de Ramin. Ils se tenaient par la main et Ramin reniflait les cheveux de Fereshteh. Il avait l'air très excité. J'aurais tellement préféré être au parc !

Ça s'est passé de la même façon le lendemain. Cette fois, Ramin a mis un DVD dans le lecteur et a monté le son.

— C'est un superfilm, Shahaab, tu vas voir.

Je leur ai jeté un regard méfiant. Assis devant la télé, j'essayais d'entendre ce qu'ils disaient, mais ils se taisaient. J'ai regardé derrière moi. Mon Dieu ! Instinctivement, j'ai posé la main sur ma bouche et me suis retourné vers l'écran. Soudain, je ne sais pas pourquoi, Fereshteh a bondi du canapé. Je l'ai attrapée par la main et l'ai entraînée vers la porte.

Ramin l'a suppliée :

— Qu'est-ce que tu as ? Qu'est-ce qui ne va pas ? Pardonne-moi. Je t'aime. J'ai besoin de toi.

— Moi aussi. Et c'est pour ça que je ne veux plus venir ici.

— Je te promets de ne plus recommencer.

— Je préfère qu'on se retrouve au parc. Il faut que j'y aille. Au revoir. À demain, au parc.

J'étais fier de Fereshteh. Je lui ai donné la main et nous sommes redescendus. Elle m'a laissé la guider. Dehors, l'air était pur et j'ai inspiré profondément.

Le lendemain nous sommes allés au parc, comme avant. Fereshteh m'a conduit à l'aire de jeux et a scruté les environs d'un air inquiet. Ramin était caché derrière les arbres. Il nous observait de loin. Il a fait signe à Fereshteh de ne pas le regarder. Elle était embarrassée. Je ne m'amusais pas. Je suis descendu de la balançoire et j'ai donné la main à Fereshteh. Nous sommes rentrés à la maison en marchant lentement.

Les jours passaient et Fereshteh paraissait de plus en plus triste et seule. Enfin, un jour où les gardiens avaient sans doute des choses plus importantes à faire, Fereshteh et Ramin ont pu s'asseoir l'un à côté de l'autre au parc et bavarder un moment. Leurs yeux brillaient de bonheur, et moi aussi, j'étais content. Chaque fois qu'ils étaient ensemble au parc, je me sentais bien. Sur le chemin du retour, Fereshteh me parlait gaiement, elle me racontait ses rêves et ses secrets. Je l'écoutais avec attention. Je savais qu'elle n'attendait pas de réponse de ma part, qu'elle avait besoin de parler, c'est tout. Et puis elle a dit :

— Je ne peux pas envisager de ne plus le voir, Shahaab ! Si seulement nous pouvions nous retrouver au parc en toute sécurité ! Est-ce que tu veux bien faire le guet pour nous et nous prévenir si tu vois la police arriver ?

J'ai hoché la tête. J'étais fier et prêt à faire tout ce qu'elle voulait pourvu qu'ils ne retournent pas dans cette chambre dégoûtante.

Le lendemain, le parc paraissait calme. Je tournais autour de leur banc en faisant semblant d'être une sentinelle. Quelques adolescents sont passés en courant, l'air effrayé. Ça m'a inquiété et, comme un détective de cinéma, je me suis caché derrière un arbre. Les policiers sont arrivés depuis une rue en haut du parc et se sont déployés très rapidement dans les allées. J'ai couru à toutes jambes pour rejoindre Fereshteh. Ramin et elle ont bondi sur leurs pieds dès qu'ils ont vu mon visage terrifié.

— Ils sont là ? a demandé Ramin.

Il s'est glissé derrière un arbre, mais s'est fait prendre par un gardien qui s'était dissimulé là dès le début.

Un autre a surgi derrière Fereshteh et a crié d'une voix très en colère :

— Allez, vite ! Suivez-nous.

Ils étaient tous les deux blancs comme un linge. Moi aussi, sûrement.

Fereshteh a dit d'une voix affolée :

— Nous ne faisions rien de mal, je le jure.

— En avant.

Ils nous ont conduits vers l'entrée du parc, tremblants de peur. Ramin avait les lèvres bleues quand il a dit :

— Laissez-les partir. C'est ma faute.

— Tais-toi ! Pour le moment, on vous embarque tous.

Le gardien a poussé Ramin pour qu'il marche plus vite. Ramin a trébuché et il est tombé. Il s'est relevé, honteux. Fereshteh pleurait et j'ai détourné les yeux pour ne pas voir Ramin humilié. Ça me gênait. À l'entrée du parc, ils ont conduit Fereshteh jusqu'au car des femmes, où se trouvaient deux gardiennes. Pensant que les femmes seraient plus compréhensives, Fereshteh s'est mise à les implorer et à sangloter de plus belle. Mais je les ai trouvées encore plus impitoyables que les hommes. Elles l'ont poussée dans le car. J'ai cru m'évanouir de peur. Je me suis cramponné à la robe de Fereshteh, hurlant de terreur. Un officier, un homme d'âge moyen, s'est avancé. Fereshteh l'a supplié :

— Je vous en prie, monsieur. Je n'ai rien fait. Cet enfant est anormal, il est muet. Je l'ai conduit au parc et il a le cœur fragile. Il va faire un malaise. S'il vous plaît, laissez-moi le ramener chez lui.

La responsable du bus a ordonné :

— Retourne à ta place, tout de suite !

Elle s'est tournée vers l'officier :

— Elle ment. Les filles comme elle, je les connais. Laissez-la-moi, je m'en charge.

J'ai hurlé de plus belle. Les gardiens nous regardaient, hésitants.

Fereshteh a sauté du car en criant :

— Il va perdre connaissance ! En plus, il est épileptique !

— Qu'elle le ramène chez lui, est intervenu l'officier.

— Non ! C'est du cinéma ! Regardez son hijab ! Je vais calmer le petit. Laissez-moi...

— Zahra, laisse-la partir. Quant à toi, file et que je ne te revoie plus dans les parages.

Fereshteh m'a pris par la main et nous avons couru tous les deux jusqu'à la maison en pleurant sur tout le trajet. Quand nous sommes arrivés, Fereshteh a dit :

— Allons d'abord chez moi. Ma mère n'est pas là. Je vais te débarbouiller, puis je te raccompagnerai chez ta mère.

Fereshteh a sorti ses clés et a ouvert la porte tout doucement. Il n'y avait personne. Elle s'est laissée tomber sur son lit et s'est mise à pleurer. Je me suis assis par terre et j'ai appuyé la tête contre le mur. J'étais trop fatigué pour bouger. Au bout de quelques minutes, nous nous sommes calmés. Assise sur le lit, Fereshteh m'a demandé :

— Tu as vu comme ils ont frappé ce pauvre Ramin ? Et les coups de fouet qu'ils vont lui donner ? Oh mon Dieu ! Il n'y survivra pas. Il va mourir, c'est sûr.

Elle a recommencé à pleurer. Je me suis approché d'elle. Elle me faisait de la peine. Je lui ai caressé les cheveux. Elle m'a serré dans ses bras en murmurant :

— Qu'est-ce qu'il faut faire ? Est-ce qu'il faut prévenir ses parents pour qu'ils aillent le chercher ?

Elle a tendu la main vers le téléphone et a composé un numéro. Quelques instants plus tard, elle a dit en contrefaisant sa voix pour paraître plus âgée :

— Madame, les gardiens ont arrêté votre fils Ramin au parc aujourd'hui. Vous devriez essayer de le sortir de là.

Et elle a raccroché.

Les sorties au parc se sont interrompues. Fereshteh était malheureuse et énervée, elle se disputait avec toute sa famille. Elle venait chez nous et pleurait pour un oui ou pour un non. Fataneh ne savait plus quoi faire d'elle. Un jour, elle a dit à Maman :

— Je ne comprends pas ce qu'elle a. Elle ne cesse de se plaindre. Elle est tout le temps de mauvaise humeur. Elle t'a raconté quelque chose ?

— Pas vraiment. Tout ce qu'elle dit, c'est que Khosrow lui casse les pieds et que ça la contrarie. Puis elle monte dans la chambre de Shahaab.

— N'importe quoi ! Ce pauvre Khosrow. Ce n'est pas un ange, peut-être, mais il n'est pas non plus aussi mauvais qu'elle le prétend.

Dix jours plus tard, Fereshteh est arrivée, heureuse et frémissante, légèrement maquillée, portant un foulard de couleur.

— Debout, Shahaab, a-t-elle dit. Ça fait longtemps qu'on n'est pas sortis, tous les deux.

Maman l'a regardée, songeuse.

— Tu retournes au parc ?

— Je m'ennuie tellement. L'école recommence bientôt et je ne pourrai plus emmener Shahaab. Il faut profiter des derniers jours qui nous restent.

Mille questions se bousculaient dans ma tête. Que s'est-il passé ? Ils ont relâché Ramin ? Ils n'ont plus peur d'aller au parc ? Si je revois les gardiens, je vais m'évanouir, c'est sûr.

Dès que la porte s'est refermée derrière nous et que j'ai été seul avec Fereshteh, je me suis arrêté, je l'ai tirée par la main et l'ai regardée fixement. Elle m'a rendu mon regard en demandant :

— Qu'y a-t-il ? Allons-y. Tu as peur ?

J'ai hoché la tête.

— Ne crains rien. Nous n'allons pas au parc. Nous allons faire un saut à la boutique pour voir Ramin, et nous revenons tout de suite. Voilà tout.

J'ai fait une grimace de dégoût et j'ai secoué la tête.

— Que veux-tu que je fasse ? Nous n'avons pas d'autre endroit où nous voir. Je n'ai pas le choix. Je deviens folle. Il me manque tellement ! Il ne te manque pas, à toi ?

J'ai fait non de la tête. Elle a ri.

— C'est parce que tu n'es pas amoureux de lui. Tu ne sais même pas ce que ça veut dire. Je n'ai pas arrêté de penser à lui pendant tout ce temps. C'est un garçon formidable. Il a pensé à moi, lui aussi. Je me suis fait tellement de souci pour lui. Tu sais combien de coups de fouet il a reçus ? Le pauvre ! Et tout est ma faute. C'est le premier jour où il peut sortir de chez lui. Il faut absolument que je le voie. Il paraît que les médecins lui ont dit qu'il risquait d'avoir des problèmes rénaux à cause des coups de fouet ! Si je n'avais pas fait autant d'histoires et si j'avais accepté de continuer à aller chez Ismael, rien de tout ça ne serait arrivé.

— Flûte alors ! a rouspété Asi. Maintenant, on va devoir aller là-bas tout le temps.

Ce jour-là, Fereshteh et Ramin étaient très contents. Il lui a montré fièrement ses cicatrices. Fereshteh l'a regardé avec inquiétude et a demandé :

— Ça fait mal ?

Il lui a raconté d'un ton héroïque tout ce qui lui était arrivé et elle l'a félicité pour son courage.

Peu à peu, Fereshteh a pris l'habitude de le retrouver dans cette chambre horrible, mais moi, je m'ennuyais. Je détestais Ismael qui voulait tout le temps me prendre sur ses genoux. Fereshteh et Ramin étaient collés ensemble, et ça ne me plaisait pas. Un jour, Ramin a dit :

— Shahaab, descends nous chercher une boisson gazeuse.

Je n'aimais pas descendre tout seul. J'avais peur d'Ismael. J'ai ignoré Ramin et me suis retourné. Il m'a pris la main et m'a dit :

— Allons, sois gentil. Il a mis de côté une glace spéciale pour toi. Mes cicatrices me font encore mal. Va vite nous chercher à boire. Je meurs de soif.

J'ai regardé Fereshteh qui était assise, silencieuse. Je n'ai pas réussi à comprendre ce que disaient ses yeux.

Je suis descendu, tremblant de crainte. J'ai montré les boissons du doigt. Avec un affreux sourire, Ismael m'a tendu une bouteille et deux verres.

Je suis reparti. Je n'avais fait que quelques pas quand j'ai remarqué qu'il me suivait. J'ai eu tellement peur que j'ai lâché la bouteille et que j'ai couru dans l'escalier. Son visage horrible était encore plus effrayant dans la cage d'escalier obscure.

Il était sur le point de m'attraper quand la cloche de la boutique a annoncé l'arrivée d'un client. Il est retourné au magasin. J'ai continué à monter, les jambes flageolantes. J'ai tiré la poignée de la porte mais elle était fermée à clé. J'ai donné un coup de pied dans le battant. J'étais dans tous mes états. Je me suis assis derrière la porte et je me suis mis à pleurer.

— Pauvres de nous, a gémi Babi. Ils peuvent nous faire tout ce qu'ils veulent parce que nous ne savons pas parler. Personne ne s'occupe de nous.

J'étais fâché contre Fereshteh qui avait laissé Ramin me traiter comme ça, et en plus elle refusait de me laisser entrer. Quelques minutes plus tard, elle a ouvert la porte. Elle tenait son foulard et son manteau et se disputait avec Ramin. Elle était décoiffée. Elle a ajusté son foulard dans l'escalier et a enfilé son manteau dans la boutique. Je l'ai précédée dans la rue en courant. J'ai pleuré sur tout le chemin du retour et aucune de ses caresses n'a pu me calmer. Je n'avais plus confiance en elle. Je me sentais trahi et j'ai décidé de ne plus jamais sortir avec elle. Je me cachais chaque fois qu'elle venait me chercher et un jour, alors qu'elle essayait de m'obliger à sortir avec elle, j'ai hurlé, je me suis cramponné à la rampe de l'escalier et j'ai pleuré. Maman n'a pas compris ce que j'avais, mais elle m'a défendu.

Fereshteh n'est plus venue et mes sorties estivales ont pris fin. J'avais beaucoup appris pendant cette période, des choses qui n'étaient pas de mon âge. Tout cela me tournait dans la tête. Je ne comprenais pas très bien ce qui s'était passé. Asi, Babi et moi en parlions parfois, gênés. J'ai essayé de le faire avec Shadi un jour mais beurk ! C'était répugnant. J'ai dit à Asi :

— C'est dégoûtant. Elle a la bouche pleine de bave.

15.

Les enfants sont retournés en classe et notre vie a repris son cours familier. Fereshteh n'est pas revenue voir Shahaab. Je ne sais pas ce qui s'était passé, mais Shahaab n'avait plus envie de sortir avec elle. Il était devenu plus calme et plus introverti, il ne courait même plus autour de sa chambre en jouant à ses jeux bizarres. Il ne me montrait plus ses dessins et, les rares fois où il m'est arrivé d'en voir, j'ai été incapable de comprendre ce que représentait ce fouillis de lignes. Un jour, me surprenant à en regarder un, il me l'a arraché des mains et l'a déchiré. Il était manifestement fâché que je l'aie vu. Ce qui m'ennuyait le plus, cependant, c'était sa relation avec son père. Nasser était un homme sérieux, travailleur, qui vouait sa vie à sa famille, mais il lui manquait une qualité qu'il aurait dû acquérir dans son enfance. Il était incapable de manifester son amour. Il trouvait ridicule d'exprimer ses émotions et avait honte de le faire. Pour lui, tout ce qui ne reposait pas sur la logique pure était superflu et absurde. Et il était tellement perfectionniste qu'il ne pardonnait aucun défaut, ni à nos enfants ni à moi. Arash se donnait tant de mal pour satisfaire son père que c'était devenu une obsession. Il passait son temps le nez plongé dans ses devoirs ou à prendre des cours particuliers. Nasser parlait de lui avec orgueil et tout le monde louait ses efforts, ce qui prêtait encore plus d'importance à ses résultats scolaires. Lorsque Nasser s'est convaincu que Shahaab était retardé, il a reporté tous ses espoirs sur Arash. C'était comme si la honte d'avoir un enfant débile n'était supportable qu'à condition que son aîné soit un génie.

Comment un homme pareil aurait-il pu comprendre Shahaab ? Aucun lien affectif solide ne les attachait, et chaque jour les éloignait davantage l'un de l'autre. Soucieuse et peinée, je cherchais désespérément à les rapprocher. Un jour, j'ai tendu une assiette de fruits à Shahaab en lui demandant de l'apporter à son père. Il l'a reposée brutalement sur la table.

— Shahaab, qu'est-ce que tu as ? Ton papa vient de rentrer et il est fatigué. Apporte-lui des fruits et assieds-toi un moment près de lui. Il aimerait bien te voir un peu plus.

Il a pris un air mécontent. Je lui ai tendu l'assiette une seconde fois.

— Allons, ne sois pas têtu comme ça. Apporte cette assiette à ton père. Tu ne l'aimes pas ou quoi ?

Il a serré les lèvres et a jeté l'assiette par terre, où elle s'est brisée en morceaux.

— Que se passe-t-il encore ? a crié Nasser.

J'ai regardé Shahaab, interdite. Il a couru se cacher dans sa chambre.

— Ce n'est rien. J'ai fait tomber une assiette.

16.

Maman me mettait en colère chaque fois qu'elle parlait de « Papa ».

— Quelle idiote ! disait Asi. Ce n'est pas notre père, c'est celui d'Arash. Maman sait parler, et elle est tellement intelligente qu'elle comprend tout ce que nous voulons, alors pourquoi est-ce qu'elle est bornée comme ça ? Elle ne sait pas que les gentils enfants, les enfants normaux, intelligents, jolis ont des papas, et que les gosses débiles, affreux, malades, qui ne savent pas parler ont des mamans ? Si elle observait un peu mieux le père d'Arash, elle comprendrait ça. Mais elle a toujours l'esprit ailleurs. Elle se fait tout le temps du souci pour nous. Elle ne remarque même pas que, quand Père appelle Arash, il dit toujours : « Viens ici, mon fils », et qu'il le présente fièrement comme son fils partout où il va. Quand il le regarde, ses yeux brillent de bonté et de rire. Mais nous, il n'aime pas nous regarder. Il n'aime pas nous montrer aux autres. Il dit toujours à Maman : «Va chercher ton gosse», ce qui veut dire, celui-là, c'est ton fils, pas le mien. Pourquoi ne comprend-elle pas ça? De toute façon, nous n'avons pas besoin de lui. Maman nous suffit.

Je ne sais pas vraiment quand ni dans quelles circonstances Père et moi nous sommes irrémédiablement éloignés l'un de l'autre. Le premier souvenir que je garde de cette distance remonte au jour où ils sont rentrés à la maison avec Shadi. Père la portait tendrement dans ses bras. Il avait les yeux brillants. À l'époque, je me précipitais vers lui dès qu'il rentrait. J'allais jusqu'à la porte et je levais les bras pour qu'il me soulève. Le meilleur endroit, le plus haut, celui d'où je pouvais voir le monde, c'était dans ses bras. Il disait : «Allez, fais-moi un bisou», et j'obéissais avec joie. Il n'avait pas encore renoncé à me parler et ne savait pas que j'étais retardé. Ce jour-là, pourtant, j'ai eu beau lever les bras et courir autour de lui, il ne m'a pas soulevé de terre. Il ne m'a même pas remarqué. Il a fini par embrasser Shadi et par la poser dans son berceau. Quand j'ai voulu embrasser le bébé moi aussi pour attirer son attention, il m'a écarté. J'étais à côté de lui, je me sentais délaissé, j'étais désespéré. Shadi s'est mise à pleurer. En se précipitant pour aller voir Maman, Père m'a marché sur le pied. J'ai crié de douleur, mais il était déjà parti chercher le biberon de Shadi. En revenant, il m'a jeté un regard froid et m'a demandé :

— Pourquoi cries-tu comme ça ?

Il n'avait même pas remarqué qu'il m'avait écrasé le pied.

Le lendemain, Maman s'est inquiétée :

— Pourquoi est-ce qu'il a un bleu au pied ?

Le père d'Arash, qui avait pris quelques jours de congé pour l'aider, a répondu :

— Comment veux-tu que je sache ? Il a dû se cogner quelque part.

Son indifférence au cours de cette période particulièrement difficile m'a montré qu'il n'y avait pas de place pour moi dans son cœur. J'ai commencé à me tenir à distance, craignant qu'il ne me fasse mal une nouvelle fois. Il lui est arrivé plusieurs fois de rentrer à la maison et d'oublier de me soulever, ne remarquant même pas mes bras levés. Alors, un jour, je me suis assis devant le miroir de la porte de l'armoire, je me suis regardé, tout petit, sans défense, et je me suis juré de ne plus jamais l'accueillir par des baisers joyeux.

Plus je tardais à parler, plus il devenait distant. Ma présence semblait faire affront à son orgueil et à sa virilité, à tout ce qu'il était. Il me regardait avec étonnement, se demandant pourquoi Dieu lui avait donné un fils pareil. Il ne m'a plus jamais adressé la parole. Sans doute trouvait-il ridicule de parler à quelqu'un qui ne pouvait pas répondre. Je ne dis pas qu'il agissait ainsi délibérément, mais mon existence le gênait et, malgré mon jeune âge, j'en avais parfaitement conscience.

Je me souviens de notre première visite chez un spécialiste du langage. La pièce était sombre et tout était brun à l'intérieur. Il y avait un tableau effrayant au mur ; on aurait cru un papillon dessiné par un fou. Shadi avait dix-huit mois et était déjà capable de prononcer plusieurs mots. Chacune de ses paroles de bébé était une gifle pour moi. Tout le monde me regardait d'un air interrogateur : « Pourquoi est-ce que tu ne dis rien, toi ? Elle est plus petite que toi et elle parle déjà. »

Peu à peu, c'est devenu une source d'angoisse constante. Chaque fois que je voulais m'exprimer, mon cœur s'emballait, j'entendais un sifflement et les voix qui m'entouraient devenaient sourdes, presque inintelligibles.

Père a expliqué au spécialiste :

— Il a presque quatre ans et il ne parle pas encore. Pourtant, sa sœur de dix-huit mois est un vrai moulin à paroles.

Maman a dit sans réfléchir :

— Touche du bois.

Et elle a posé la main sur le bureau du médecin.

Il a continué :

— Notre généraliste prétend qu'il va très bien, qu'il parlera tôt ou tard, mais nous trouvons que cela met vraiment longtemps. Il y a sûrement quelque chose à faire.

— A-t-il d'autres problèmes ?

— Il a recommencé à se mouiller, a répondu Maman, alors qu'il était propre depuis longtemps.

Je n'en revenais pas. Je ne parvenais pas à croire qu'elle puisse m'embarrasser comme ça devant un étranger. Ce n'était arrivé que deux fois et, en plus, c'était sa faute. Elle n'avait pas fait attention, elle avait attendu trop longtemps pour me conduire aux toilettes, et ce qui ne devait pas arriver était arrivé.

— Quand les enfants font ça, c'est généralement pour attirer l'attention. Vous occupez-vous assez de lui ?

— Nous faisons tout ce que nous pouvons pour lui, a réagi le père d'Arash. Mais je me demande s'il n'a pas aussi un problème sur ce plan-là. Il est très froid, pas du tout affectueux. Il n'a jamais l'air content de me voir, même si j'ai été absent longtemps. Il s'esquive dès que je veux le prendre dans mes bras. Il n'accepte pas que je l'embrasse et semble n'apprécier aucun geste de tendresse. Je lui achète des jouets, mais ça n'a pas l'air de lui faire plaisir. Il ne les regarde même pas.

— Ce n'est pas vrai, est intervenue Maman. Il joue avec quand tu n'es pas là. Il n'y fait pas attention tout de suite, voilà tout – on dirait qu'il ne se rend pas compte qu'ils sont neufs. Certains jours, j'ai simplement l'impression qu'il est têtu.

— Mais pourquoi ? s'est étonné le père d'Arash. Un gosse de cet âge ne sait pas ce que c'est que d'être têtu.

— Est-ce qu'il a des problèmes physiques ? a demandé le médecin. A-t-il commencé à marcher à l'âge normal ? Entend-il correctement ?

— Je ne sais pas, a répondu Maman. Shadi a commencé à marcher deux semaines avant d'avoir un an. Mais lui, il avait déjà quinze mois quand il a fait ses premiers pas. Quant à son ouïe, je ne saurais pas vous dire. Le généraliste l'a examiné et a dit que tout allait bien. Il comprend quand je lui parle. Mais quelquefois, pour peu qu'il regarde un dessin animé ou qu'il joue, il ne m'entend pas quand je l'appelle. Et puis il a de drôles de jeux. Il court autour du bassin pendant des heures en regardant le ciel, puis il s'arrête brusquement avant de recommencer à courir quelques instants plus tard. Ça me donne le vertige, mais il ne m'écoute pas quand je lui dis d'arrêter.

Le docteur s'est levé.

— Mettez-le sur le lit.

Je n'aimais pas les médecins. Ils étaient imprévisibles. Un jour ils vous donnaient des bonbons, un autre, ils vous piquaient sans raison avec une aiguille en prétendant que ça ne ferait pas mal du tout ! Ce mensonge me mettait encore plus en colère que la piqûre elle-même. Il me donnait envie de leur enfoncer une aiguille dans le corps juste pour qu'ils voient si ça faisait mal ou non. Mon docteur habituel avait de beaux cheveux blancs. Il était gentil et petit. Mais celui-ci était immense et il avait une grosse moustache noire. Il ressemblait à un méchant de dessin animé. Je ne l'aimais pas du tout. Et je le détestais encore plus parce qu'il discutait de mes défauts avec mes parents en ma présence, et les poussait à me comparer à Shadi et à ses exploits.

Père m'a soulevé de terre. Je n'aimais pas être assis sur les lits d'examen. J'ai raidi mes jambes pour qu'il ne puisse pas me faire asseoir. Avec un regard sévère, il m'a obligé à plier les genoux.

— Vous voyez ? a-t-il dit au médecin. Je ne comprends pas pourquoi il se montre tellement obstiné par moments.

Le médecin ne lui a pas répondu. Il a commencé à examiner mes oreilles, ma gorge, mon cœur, mon ventre. Le stéthoscope était si froid que j'ai frissonné.

— Tiens-toi tranquille !

Il a retiré le stéthoscope, a approché son visage tout près du mien et m'a dit :

— Tu m'entends ?

J'ai examiné sa moustache noire. Deux des poils qui sortaient de son nez étaient blancs. Babi a dit :

— On dirait de la morve !

Ça m'a donné envie de rire. Le docteur parlait toujours, mais je ne faisais attention qu'à sa moustache qui montait et descendait. Je me suis dit que ce n'étaient peut-être pas des poils blancs mais vraiment de la morve qui lui coulait du nez. Je me suis détourné.

Le médecin a prononcé mon nom, m'a pris par le menton et m'a dit :

— Regarde-moi.

Je me suis forcé à tourner la tête dans l'autre sens. Babi a dit :

— Beurk... Pourquoi est-ce qu'il ne s'essuie pas le nez ? C'est dégoûtant.

— Regarde par ici, mon petit.

Il a repris mon menton pour me faire tourner la tête.

— Tape dans tes mains, comme ça.

Il a frappé bruyamment dans ses mains.

— Je veux te voir taper dans tes mains.

Je lui ai jeté un regard méchant. Babi a dit :

— Quel idiot ! Il croit qu'on a l'âge de Shadi et qu'on joue à tape tape petites mains, ou quoi ?

J'étais vexé. J'ai croisé les bras et j'ai regardé ailleurs.

Le médecin commençait à s'énerver. Nous entendions des enfants qui pleuraient et se disputaient dans la salle d'attente. La secrétaire a glissé la tête par la porte et a dit :

— Docteur, ils font un vacarme infernal à côté. Vous avez encore beaucoup de patients à voir. Et vous n'arriverez pas...

Le médecin lui a montré la porte, s'est retourné vers moi et a repris :

— Tu n'as pas compris ce que je t'ai demandé ? Tape dans tes mains.

J'ai détourné la tête et croisé les bras sur ma poitrine.

Il était visiblement en colère. Il n'a pas eu de mal à m'écarter les bras de force. À cause de l'effort que j'ai dû faire pour essayer de les garder croisés, de l'intrusion du médecin dans mon espace personnel et de sa victoire finale, je suis devenu tout rouge. Il fallait bien que je me défende. J'ai baissé la tête vers la main du médecin qui tenait fermement les miennes et, de mes petites dents pointues, je l'ai mordu de toutes mes forces.

— Aïe ! a crié le médecin, et il m'a lâché.

Je savais que je devais m'enfuir. Le lit était très haut, pourtant j'ai sauté quand même et j'ai filé dans la pièce d'à côté. Mes parents n'en revenaient pas. Le père d'Arash s'est levé pour me rattraper, mais le médecin est intervenu :

— Laissez-le, ça n'a pas d'importance. Ce n'est pas un simple problème de langage. Il souffre aussi de problèmes mentaux, c'est évident. Il faudrait faire des examens complémentaires. Je vous préviens, ce n'est pas bon marché. Ma secrétaire vous donnera les informations utiles. Vous n'aurez qu'à appeler pour prendre rendez-vous quand vous vous serez décidés.

Il a ouvert la porte comme s'il avait hâte de se débarrasser de nous. Maman s'est dépêchée de prendre Shadi dans ses bras, elle a ramassé son sac à main et est sortie. Père m'a rattrapé en quelques pas. Il m'a soulevé de terre et nous sommes partis.

Ils ne m'ont pas ramené chez le docteur pour de nouveaux examens. Maman ne voulait pas.

— Ce médecin n'y connaît rien, a-t-elle déclaré. Le docteur Tabatabayi a raison – il dit que Shahaab va très bien et qu'il se mettra à parler quand ce sera le moment pour lui.

Quant au père d'Arash, il a changé d'avis en apprenant le prix des examens. Mais désormais il était convaincu que je souffrais d'un problème mental et que c'était pour ça que je ne parlais pas. Il gardait son opinion pour lui, bien sûr, parce qu'il redoutait la réaction de Maman. Finalement, voulant se faire une idée définitive de mon état, il a décidé de faire une dernière tentative pour m'obliger à parler avant de se résoudre à admettre une fois pour toutes que j'étais retardé.

Dès cet instant, mes problèmes se sont aggravés. Père rentrait fatigué du travail. Il faisait sa toilette et m'appelait. Il cherchait à rester calme et enjoué, mais de toute évidence il avait horreur de la responsabilité dont il s'était lui-même chargé. Avec une fausse patience, il m'asseyait près de lui et commençait :

— Shahaab, dis « banane », « banane ».

Je serrais les lèvres et regardais par terre, prêt à prendre mes jambes à mon cou. Il répétait :

— Fais comme moi, dis « Aa ».

Sa voix commençait à trembler, trahissant son exaspération grandissante, ce qui me terrifiait encore plus. Ensuite, il commençait à me gronder :

— C'est facile, tout de même ! Tu n'as qu'à dire « baanaane ». Tu comprends ce que je te dis ?

J'étais muet. Le cœur battant, je serrais les lèvres de toutes mes forces, trop blessé pour parler à cet homme. Shadi finissait par s'échapper de l'endroit où Maman la retenait et par courir nous rejoindre. Ou alors Maman la libérait exprès pour qu'elle vienne me tirer d'embarras. En riant, elle se faufilait sans la moindre gêne entre les bras de Père, dont le visage se plissait dans un immense sourire. Quand Maman venait reprendre Shadi, il lui disait :

— Laisse-la, elle ne m'ennuie pas du tout.

Il la serrait dans ses bras et l'embrassait sur la tête. J'avais horreur de voir ça. Après quoi, la leçon changeait. Refusant toujours de renoncer, il m'ordonnait :

— Dis « banane ».

Et Shadi hurlait fièrement :

— *Banane !*

Si elle n'avait pas été dans ses bras, je lui aurais donné un bon coup sur la tête.

— Fais un bruit, n'importe lequel, pour que je sache que tu as une voix. Comment fait le chat ?

Et, de sa petite voix perçante, Shadi répondait :

— *Miaou !*

Elle continuait à faire l'intéressante, attirant l'attention de Père qui m'oubliait, ce qui me permettait de me sauver et d'aller me cacher dans ma chambre. Au bout d'un certain temps, il s'est fait une raison et ces épouvantables séances ont pris fin.

17.

C'était la fin de l'automne. Fereshteh est arrivée chez nous vers quatre heures de l'après-midi. Elle avait maigri et était pâle. Je suis monté en courant à l'étage, mais je me suis assis près de la balustrade pour écouter ce qu'elle disait. Elle a demandé à Maman :

— Dis à Shahaab de descendre. Je vais l'emmener faire un tour.

Maman l'a regardée, étonnée :

— Qu'est-ce qui t'arrive encore ? Pourquoi veux-tu l'emmener se promener ? Les cours ont repris et il paraît que tu as beaucoup de devoirs. Il fait froid dehors et la nuit tombe tôt. Ce n'est plus vraiment la saison de sortir.

— Je veux juste aller me détendre un peu au parc. Je prendrai mes livres pour travailler pendant que Shahaab joue. Je n'en peux plus d'être enfermée. Je travaille mieux dehors, au grand air.

— Quelle menteuse ! a dit Asi. Ne l'accompagne pas !

— Je ne sais pas trop, a hésité Maman. Ce que tu fais ne regarde évidemment que toi et tes parents. Mais je ne crois pas que Shahaab ait très envie d'y aller.

— Je peux lui poser la question moi-même ?

J'ai couru jusqu'à ma chambre, je me suis caché sous les draps et j'ai fait semblant de dormir. Fereshteh est entrée. Elle s'est assise à côté de mon lit et m'a dit tout bas :

— Lève-toi ! Ne fais pas le bébé. Ce n'est pas l'heure de la sieste. Je t'emmène au parc.

Je lui ai tourné le dos.

— On va juste au parc, c'est tout, je te le promets. Ramin a vraiment envie de te voir. Il t'a acheté une petite voiture super. Allons, viens ! Je suis déjà en retard.

Soudain, elle s'est tue. Son silence a piqué ma curiosité. J'ai glissé un œil hors de mes couvertures. Elle avait encore pâli et avait les yeux rivés sur Maman, debout sur le seuil. Nous ne savions pas depuis quand elle était là ni ce qu'elle avait entendu. Fereshteh a bredouillé :

— Il fait semblant de dormir.

Maman lui a jeté un regard soupçonneux et a dit :

— Laisse-le tranquille. Tu sais comme il est têtu. Tu n'arriveras pas à lui faire faire quelque chose dont il n'a pas envie. Il t'en fera voir de toutes les couleurs si tu le forces à t'accompagner, crois-moi. Si tu en as assez de rester chez toi, tu n'as qu'à finir tes devoirs ici.

— Maman est tellement bête, s'est esclaffé Asi.

Nous avons enfoncé notre tête sous les couvertures pour rire.

Fereshteh s'est relevée tristement, m'a tapoté la tête à travers les couvertures et m'a dit :

— Alors toi aussi, tu me laisses tomber...

Et elle est repartie.

Il commençait à faire nuit quand on a sonné. Maman a appuyé sur l'ouvre-porte et est allée voir qui c'était. Khosrow s'est précipité dans l'entrée. Dès qu'il m'a vu, il s'est écrié :

— Ah ! Vous êtes de retour ! Où est Fereshteh ! Pourquoi ne rentre-t-elle pas à la maison ?

Il s'est mis à hurler :

— *Fereshteh !* Où es-tu ? Dépêche-toi ! Papa ne va pas tarder !

Maman s'est avancée, étonnée.

— Khosrow, que se passe-t-il ? Tu cherches Fereshteh ?

— Ah, bonjour. Oui. Qu'est-ce qu'elle a, à traîner encore ici ? Dis-lui de rentrer tout de suite.

— Elle n'est pas là.

— Vraiment ? Comment est-ce que Shahaab est rentré ? Ils n'étaient pas ensemble ?

— Non. Fereshteh est passée cet après-midi pour l'emmener au parc, mais il n'a pas voulu y aller. Elle n'est pas chez vous ?

— Non. Mais alors avec qui est-elle sortie ?

— Elle était peut-être seule. Elle a dit qu'elle voulait aller réviser ses leçons au parc.

Khosrow est reparti en courant sans même dire au revoir. Cinq minutes plus tard, il est revenu avec Fataneh.

— Maryam, où est Fereshteh ?

— Je n'en sais rien. Elle est venue cet après-midi pour prendre Shahaab, mais il n'était pas très en forme et ne l'a pas accompagnée. Je pensais qu'elle était rentrée chez vous.

— Mais non ! Qu'est-ce que je vais faire ? Si son père apprend ça, il va être fou !

— Il n'est pas si tard. Elle avait pris ses livres. Elle voulait travailler.

— Il fait froid et nuit dehors, a répondu Fataneh d'un ton exaspéré. Quelle menteuse ! Elle est comme Hassani qui n'acceptait d'aller à l'école que le samedi[1].

— Elle est peut-être allée faire ses devoirs chez une amie.

— Quelle amie ?

— Comment veux-tu que je sache ? Tu les connais

1. Allusion à un proverbe persan sur l'inutilité d'agir au mauvais moment.

mieux que moi. Tu n'as pas leurs numéros de téléphone ? Appelle-les et vérifie si elle n'est pas chez l'une d'elles.

— À une heure pareille ?

— Les jeunes ne voient pas le temps passer quand ils sont ensemble.

— Elle doit être chez Sousan, comme d'habitude, est intervenu Khosrow. Son numéro est dans l'annuaire. Il n'y a qu'à l'appeler.

— Bonne idée. Pardon de t'avoir dérangée, Maryam. S'il te plaît, n'en parle pas à Nasser. Je ne voudrais pas qu'il l'apprenne. Elle ne va sûrement pas tarder.

— Préviens-moi dès qu'elle sera rentrée.

— Entendu.

Maman s'est tournée vers moi dès que la porte s'est refermée sur eux.

— Heureusement que tu n'es pas sorti avec elle. Mais pourquoi n'as-tu pas voulu l'accompagner ? Tu sais où elle est ?

J'ai haussé les épaules.

Arash et son père sont rentrés une heure plus tard. Le pauvre Arash était tellement fatigué qu'il ne tenait plus sur ses pieds. Maman a couru vers lui et l'a aidé à retirer son sac à dos.

— Va vite te laver les mains. Le dîner est prêt. Tu as l'air épuisé.

Arash n'a pas cessé de dodeliner de la tête pendant tout le dîner.

— Arash, finis vite ton assiette et va te coucher, a dit Maman.

— Je ne peux pas. J'ai un examen demain, il faut que je révise.

— Non, mon chéri. Va au lit. Tu es trop fatigué pour te replonger dans tes livres. Je te réveillerai plus tôt demain matin.

Arash a avalé encore quelques bouchées, puis il s'est traîné jusqu'à sa chambre. Maman s'est tournée vers Père :

— Pourquoi est-ce que tu lui imposes une pression pareille ? Tu crois qu'il avait vraiment besoin de cours de soutien en maths ? Il a de très bons résultats.

— Ne crois pas ça. Il a eu un B en maths.

— C'est une bonne note pour le collège. Il n'est plus à l'école primaire. Les cours sont plus difficiles. Il ne peut pas avoir que des A.

— Bien sûr que si ! Mon fils est inscrit aux olympiades de maths. Si nous ne faisons pas le nécessaire maintenant, il ne remportera jamais le premier prix.

— Et alors ? Sa santé passe avant le reste ! Pourquoi est-ce que tu tiens tant à ce qu'il décroche le premier prix ?

— Je m'inquiète pour son avenir. Ce garçon-là doit faire notre orgueil et notre joie.

— C'est donc ça ! Son avenir n'est qu'un prétexte. Tu ne penses qu'à toi ! Tu veux pouvoir épater les autres en disant qu'il est le premier de sa classe. Et s'il craque, tu t'en fiches pas mal.

Très en colère, elle a rassemblé les assiettes et les a posées dans l'évier. Asi a dit :

— Bien joué, Maman ! Il y a des fois où elle est vraiment intelligente.

J'étais en train de me brosser les dents quand on a sonné. Le père d'Arash a répondu dans l'interphone et a appuyé sur l'ouvre-porte.

— C'est mon frère ! a-t-il annoncé. Qu'est-ce qu'il vient faire ici à une heure pareille ?

Il a ouvert la porte d'entrée qu'il venait de fermer à clé. Mon oncle est entré, suivi de Khosrow et de Fataneh.

— Que se passe-t-il ? a demandé le père d'Arash.

— Je suis perdu ! Fereshteh a disparu !

— Elle n'était pas chez son amie ? a demandé Maman. Tu l'as appelée ?

— Oui. Nous avons appelé tous les numéros qui figurent dans son répertoire. Personne ne l'a vue.

— Elle n'a pas dit où elle allait ? a demandé Père. Elle est partie comme ça, sans demander la permission ? Quelle heure était-il ?

— Je ne sais pas, moi ! Demande à sa mère.

Fataneh a fondu en larmes.

— Elle est sortie pour aller chercher Shahaab, comme d'habitude. Ma pauvre fille est si gentille, elle voulait aider ce petit. Elle s'est convaincue qu'elle réussirait à le faire parler. Depuis le début de l'été, elle a passé plusieurs heures par jour à essayer de lui apprendre des choses. Je n'arrête pas de lui dire de laisser tomber, qu'elle a assez à faire avec ses devoirs. Je lui ai répété je ne sais combien de fois qu'elle perdait son temps. Mais il lui fait pitié. Elle trouve qu'on ne peut pas le laisser comme ça. Elle voulait faire plaisir à son oncle. Seulement, aujourd'hui, quand elle est venue le chercher comme tous les jours, Shahaab n'a pas voulu l'accompagner. Je ne sais pas où elle est allée !

Surprise, Maman lui a répondu avec colère :

— Comment ça, comme tous les jours ? Ça doit faire trois mois qu'elle n'est pas venue chercher Shahaab !

— Quoi ? Elle n'emmène pas Shahaab au parc tous les jours ? Je suis venue te poser la question moi-même il y a quelque temps.

— C'était cet été. Effectivement, elle l'a emmené au parc pendant un mois, un mois et demi. Ensuite, Shahaab n'a plus voulu y aller, et elle n'est pas revenue avant cet après-midi. Mais Shahaab a refusé de l'accompagner.

Abasourdis, mon oncle, Fataneh et Khosrow ne quittaient pas Maman des yeux. Mon oncle a compris la situation avant les autres, et sa colère a éclaté. Il s'est tourné vers Fataneh :

— Alors, où a-t-elle passé tous ces après-midis ?

Fataneh est devenue toute pâle.

— Je n'en sais rien ! a-t-elle bégayé. Maryam, tu es sûre de ce que tu dis ? Elle aurait pu attendre Shahaab dans la rue sans que tu le saches ?

— Qu'est-ce que tu racontes ? a demandé Maman, furieuse. Depuis quand mes gosses traînent-ils dans la rue à mon insu ? Tu crois que Shahaab pourrait être absent pendant deux heures sans que je le remarque ? Où qu'elle soit allée, Fereshteh y est allée seule, en tout cas pas avec mon fils.

— Tout ça, c'est de ta faute, femme ! a hurlé mon oncle. Voilà comment tu as élevé tes enfants, l'un pire que l'autre ! Quelle mère es-tu ? Ta fille sortait tous les jours pendant deux heures sans que tu saches où elle était ?

— Elle n'a pas qu'une mère, cette petite, elle a aussi un père. Tu n'avais qu'à t'occuper d'elle. Ma pauvre fille voulait aider ton neveu. J'étais censée refuser ?

— Tu n'as toujours pas compris que ce n'était qu'un prétexte ?

— Ce n'est pas le moment de vous disputer, est intervenu le père d'Arash. Ce qu'il faut, c'est retrouver Fereshteh. Quelqu'un a une idée de l'endroit où elle pourrait être ?

— J'ai téléphoné à toutes ses amies ; elle n'est pas chez elles.

— Et la famille ? Qui sait, elle pourrait être chez sa grand-mère ?

— Non, surtout pas ! s'est écriée Fataneh. S'ils apprennent ça, ce sera effroyable. Maryam, je t'en prie, n'en parle à personne. Il ne faut pas que ça se sache.

— Ne t'en fais pas. Je ne vois jamais personne et je ne suis pas du genre à rester une heure au téléphone avec ma belle-famille pour lui raconter tout ce qu'on fait.

Fataneh était perplexe.

— Si elle était énervée, elle a pu aller chez quelqu'un de la famille, a repris Père. Fataneh, vous vous êtes disputées ? Elle était fâchée quand elle est sortie ?

— Non, on ne s'est pas disputées. Je lui ai simplement demandé de laisser ce petit tranquille. Je lui ai dit que s'il pouvait faire des progrès, il les aurait déjà faits. Elle ne m'a pas répondu. Elle a changé, ces derniers temps. Elle est plus silencieuse, elle a maigri. Elle est déprimée. J'ai cru que c'était parce qu'elle se faisait du souci pour Shahaab.

Maman a esquissé un petit sourire narquois.

— Nous devrions appeler ma mère, a dit mon oncle. Inutile d'entrer dans les détails. À son ton, nous comprendrons tout de suite si elle sait quelque chose.

— Je lui ai parlé cet après-midi pendant une heure, a répondu Fataneh. Si je la rappelle, elle va trouver ça bizarre. Il vaudrait mieux que ce soit Maryam qui s'en charge.

— Moi ? Elle trouvera ça encore plus bizarre ! Je ne lui téléphone que quand c'est vraiment important.

— Veux-tu que je l'appelle simplement pour prendre de ses nouvelles ? a demandé le père d'Arash.

— Oui, Nasser, a acquiescé mon oncle. Appelle-la. Si elle a des nouvelles, elle te le dira.

Le père d'Arash a pris le téléphone et il a parlé à Grand-mère et à tante Shahin. Fataneh a aussi appelé ses sœurs, en vain. Elle s'est mise à pleurer. Mon oncle faisait les cent pas dans le salon, très inquiet. Je ne savais pas quoi faire. Asi et Babi se taisaient.

— Il faut prévenir la police, a enfin dit le père d'Arash.

— Oh non ! a protesté Fataneh.

Maman a soudain bondi sur ses pieds comme si elle venait d'avoir une révélation :

— Je sais ! Ils ont dû l'embarquer.

— L'embarquer ? Qui ça ?

— La police de moralité ! Ne vous en faites pas. Ce n'est pas très grave. Ces derniers temps, ils passent leur temps à ramasser des jeunes gens et des jeunes filles au parc.

— Pour quoi ?

— Pour n'importe quoi. Le plus souvent, pour un hijab qui ne leur convient pas.

— Maryam a raison, a approuvé le père d'Arash. Elle a dû aller au parc en partant d'ici. C'est vrai, ils ramassent des jeunes toute la journée pour les conduire au poste. Vous ne les avez pas vus faire ?

— Cette fille impudique, a grommelé mon oncle. Elle va voir ! Comment était-elle habillée ?

Maman a essayé de le calmer.

— Inutile de porter une tenue indécente pour que la police de moralité trouve à y redire.

— Et maintenant, que peut-on faire ?

— Pas grand-chose, a répondu le père d'Arash. Faire la tournée des commissariats pour la retrouver.

— Je vais la tuer !

— Calme-toi, mon frère. Il faut d'abord savoir où elle est.

— Hossein, est intervenue Maman, ne te mets pas dans des états pareils. Aujourd'hui, tous les parents d'adolescents ont des gosses qui se font arrêter par la police de moralité. Quand je travaillais encore au bureau, les collègues racontaient sans cesse des histoires de ce genre. Ça arrive tout le temps, de nos jours. Ne prends pas ça au tragique. Si vous la retrouvez au commissariat, estime-toi heureux. Ça pourrait être bien pire.

Tout le monde a dévisagé Maman comme si chacun imaginait quelque chose d'horrible.

Ils ont envoyé Khosrow chez eux pour qu'il les prévienne si Fereshteh revenait ou téléphonait. Père et oncle Hossein sont partis en voiture faire le tour des commissariats. Fataneh est restée avec Maman parce qu'elle avait peur de devenir folle d'angoisse si elle restait seule. Shadi s'était endormie sur le canapé sans que personne la voie. Maman l'a prise dans ses bras et est montée à l'étage. J'ai couru jusqu'à ma chambre et j'ai fait semblant de dormir. Maman a couché Shadi puis elle venue dans ma chambre et s'est assise sur mon lit. Elle m'a ôté mes chaussettes et a tiré les draps sur moi. Elle m'a caressé la tête et m'a embrassé doucement sur la joue. J'aimais tellement qu'elle fasse ça.

18.

Je me suis réveillé en pleine nuit parce qu'on avait sonné chez nous et que des gens parlaient. Je ne sais plus si j'avais vraiment dormi. Je me suis caché en haut des escaliers. Maman et Fataneh interrogeaient le père d'Arash et mon oncle.

— Alors ? Vous l'avez trouvée ?

J'étais assis dans le noir, appuyé à la balustrade. Mon oncle était plié en deux et le père d'Arash l'a aidé à s'asseoir sur le canapé. Fataneh s'arrachait les cheveux en pleurant :

— Qu'est-ce qu'il a ?

— Rien de grave. Il a mal au dos, comme toujours. Nous ne l'avons pas trouvée.

— Elle n'y était pas ? a demandé Maman, inquiète. Où êtes-vous allés ?

— Partout ! Dans tous les commissariats. On a même fait le tour des hôpitaux du quartier. On a été obligés de prévenir la police. Personne ne sait rien. On attend demain pour passer à la morgue.

Fataneh a poussé un cri et s'est évanouie sur le canapé.

— Fais attention à ce que tu dis devant cette pauvre femme ! a protesté Maman.

On aurait cru que cette terrible nuit ne s'achèverait jamais. Ils ont étalé une couverture par terre pour que mon oncle puisse s'allonger sur une surface dure. Il s'est couché, les yeux au plafond. Les autres ont pris place sur le canapé. Fataneh pleurait sans discontinuer. Je me suis relevé et suis retourné dans ma chambre.

Le lendemain matin, je me suis réveillé de bonne heure, en nage. J'avais fait un cauchemar. Le silence régnait dans la maison. Shadi dormait sûrement encore. Je suis sorti de ma chambre et, tout doucement, j'ai poussé la porte de celle de mes parents. Ils n'avaient pas dormi dans leur lit. J'ai eu peur qu'ils soient partis. Je suis allé sans faire de bruit à la cuisine voir si Maman y était, mais je ne l'ai pas trouvée. Un rai de lumière passait sous la porte d'Arash. J'ai glissé la tête dans sa chambre. Il était assis à son bureau, le nez dans un livre. Maman était allongée sur son lit. Je suis entré lentement et me suis approché.

— Qu'est-ce que tu fais debout aussi tôt? m'a demandé Maman, étonnée de me voir. Il n'est que six heures et demie ! Tu t'es endormi très tard hier soir.

Je me suis couché à côté d'elle et je me suis blotti contre son corps. Je me sentais en sécurité. Arash s'est retourné et a demandé :

— Il était encore debout quand oncle Hossein est passé ?

— Oui. Je ne sais pas à quelle heure il s'est couché. Avec toutes ces émotions, je n'ai pas fait attention.

— Alors comme ça, l'intérêt de Fereshteh pour Shahaab n'était qu'un prétexte ?

— Je m'en suis vaguement doutée dès le début, a répondu Maman.

— Alors pourquoi as-tu accepté qu'elle emmène Shahaab au parc ?

— Fereshteh n'est pas comme les autres. C'est une gentille fille. Quand Shahaab était petit, elle s'occupait beaucoup de lui.

— Oui, mais dès que Shadi est arrivée, elle l'a drôlement laissé tomber. Qu'est-ce qui va se passer, maintenant ? Tu crois qu'ils vont la retrouver ?

— Dieu seul le sait. Et s'ils la trouvent, dans quel état elle sera ? Nous ne pouvons que prier. Pauvre Fataneh, que Dieu la protège.

— Papa me conduit au collège aujourd'hui ?

— Non, mon chéri. Laisse-le dormir. Il a veillé toute la nuit et doit passer prendre ton oncle à huit heures. Une dure journée les attend.

— Ce n'est pas grave. J'irai tout seul. J'ai un

cours d'anglais cet après-midi, alors ce n'est pas la peine qu'il vienne me chercher. Je rentrerai après.

— Laisse tomber ton cours de l'après-midi. Je n'aime pas que tu rentres seul le soir.

— Je ne suis pas une fille. Personne ne va m'enlever !

— Je sais, mais c'est un peu spécial aujourd'hui. Si tu manques une fois, le monde n'arrêtera pas de tourner.

— J'aimerais bien, mais Papa va être furieux si je n'y vais pas.

— Je réglerai ça avec lui. Rentre le plus vite possible. On aura peut-être besoin de toi ici.

Je n'ai pas pu avaler quoi que ce soit au petit déjeuner. J'avais mal au cœur. Où était Fereshteh ? Ramin lui avait-il fait quelque chose ? Et que faisaient-ils dans cette chambre tous les deux ? Si seulement ils n'avaient jamais mis les pieds dans cet appartement dégoûtant ! Pourquoi est-ce que les gardiens ne les laissaient pas aller au parc ? Ils se conduisaient bien, au parc, et ne faisaient jamais rien de mal. Ils parlaient, c'est tout.

Fataneh est arrivée chez nous après le départ du père d'Arash et d'oncle Hossein. Elle pleurait toujours. Maman a essayé de la consoler, mais je voyais bien qu'elle ne croyait pas elle-même à ce qu'elle disait. Elle a apporté le plateau de petit déjeuner dans l'entrée, a assis Shadi devant elle et a commencé à la faire manger. Fataneh se lamentait :

— À qui puis-je parler de cela ! Quelle honte ! Quel malheur ! Qu'ai-je fait pour mériter une telle humiliation ?

Maman cherchait à la calmer avec des paroles pleines d'espoir. Pour la première fois, elles avaient l'air d'être de vraies amies. Aucune ne cherchait à prouver sa supériorité à l'autre. Elles n'échangeaient pas de piques. Elles étaient toutes les deux inquiètes et malheureuses. Fataneh me faisait pitié. Shadi jouait, négligeant son petit déjeuner. Maman parlait à Fataneh et avait complètement oublié la tartine de confiture qu'elle tenait.

— Alors, comme ça, elle mentait chaque fois qu'elle prétendait aller au parc ? a demandé Fataneh. Quand Shahaab a-t-il cessé de l'accompagner ?

— Ça fait longtemps. En août, je crois. Un jour, quand ils sont rentrés, j'ai vu que Shahaab avait pleuré. Et quand Fereshteh est venue le chercher le lendemain, il n'a pas voulu y aller. Il a même refusé de descendre pour la voir. Elle lui a promis une glace et des jouets, mais rien n'y a fait. Je dois dire que j'ai été un peu surprise par l'insistance de Fereshteh.

— Qu'est-ce qui s'était passé, selon toi ?

— J'ai interrogé Fereshteh. Elle m'a dit que Shahaab faisait de la balançoire et qu'elle était assise par terre près de lui quand elle a aperçu plusieurs de ses amies. Elle les a accompagnées pour acheter quelque chose à la buvette. Quand Shahaab a remarqué qu'elle n'était plus là, il a eu peur. Il a cru qu'elle l'avait abandonné et, du coup, il n'a plus voulu sortir avec elle.

— Ça se tient.

— Je ne sais pas. Bien sûr, Shahaab n'a jamais aimé rester seul. Quand je travaillais encore, il pleurait chaque fois que je partais, comme si c'était la première fois que je le laissais. Je crois qu'il a toujours peur qu'on l'abandonne. Chaque fois qu'on sort ensemble, il se cramponne à ma main, comme s'il craignait que je me sauve ! Mais il en a voulu longtemps à Fereshteh. Je me demande s'il n'y a pas eu autre chose.

— Si seulement il pouvait parler ! Si seulement il n'était pas comme ça !

— Que veux-tu dire, « comme ça » ? a lancé Maman, irritée.

— Pardon ! Ne m'en veux pas, je t'en prie. Je ne l'ai pas fait exprès. Je ne suis pas dans mon assiette. Je t'en supplie, ne te fâche pas contre moi. Je n'ai que toi. Tout ce que je veux dire, c'est que s'il pouvait parler, ce serait formidable. Il pourrait savoir quelque chose d'utile.

— Attends ! Donne son petit déjeuner à Shadi si tu veux bien, je vais lui parler.

Pendant tout ce temps, j'avais été assis sur la marche du bas à les écouter.

— Qu'est-ce qu'on doit faire ? a demandé Asi. Il faut leur dire ? Il faut les conduire à la boutique ?

— Non, a protesté Babi. Tu te rappelles comme elle avait peur que quelqu'un sache où elle était? Qu'est-ce qui va se passer si on le leur dit et qu'oncle Hossein l'apprend ? Elle a dit qu'il la tuerait.

— Et Ismael ! a renchéri Asi. Et s'il nous serre de nouveau contre lui et nous court après ? Je le déteste.

Maman s'est approchée de l'escalier. J'ai couru à l'étage, suis allé dans ma chambre et me suis caché sous les couvertures de mon lit qui était en désordre parce qu'elle n'avait pas eu le temps de le faire ce jour-là. Elle m'a dégagé la tête doucement et m'a dit :

— Shahaab, mon chéri, je sais que tu ne dors pas.

Je me suis assis mais j'ai gardé la tête baissée pour ne pas la voir. Maman a mis deux doigts sous mon menton et m'a relevé lentement le visage. Elle m'a regardé dans les yeux et a dit :

— Shahaab, chéri, as-tu compris ce qui se passe ? Je crois que quelqu'un a enlevé Fereshteh. Il faut que nous la trouvions. Tu veux bien nous aider ?

— Nous ? Les aider ? s'est écrié Asi. Nous ? Mais nous sommes débiles et nous ne savons pas parler.

— Mon chéri, a poursuivi Maman, je vais te poser quelques questions. Je voudrais que tu m'écoutes. Si tu veux, tu peux hocher la tête si ce que je dis est juste, d'accord ? Quand tu sortais avec Fereshteh, vous êtes toujours allés au parc ?

Elle a interprété le léger mouvement de ma tête comme un non.

— Vous êtes allés ailleurs qu'au parc ?

J'ai serré les lèvres et détourné le visage.

— Oh, pardon, j'ai mal posé la question. L'autre endroit où il vous est arrivé d'aller, tu sais où c'est ?

J'ai cligné des yeux sans le faire exprès. Maman paraissait très excitée.

— Tu serais capable de m'y emmener ?

Sans doute ma peur s'est-elle reflétée dans mes yeux, parce qu'elle a ajouté :

— Tu as peur ?

J'ai hoché la tête

— Il ne faut pas avoir peur. Je serai avec toi. Je ne laisserai personne te faire du mal. Nous pouvons même appeler ton père.

Ça m'a fait encore plus peur. Je l'ai repoussée et j'ai dégagé mon visage de ses mains.

— Très bien, très bien. Nous ne le dirons à personne. Nous irons tous les deux, juste toi et moi. D'accord ? Tu veux bien me conduire là-bas ? Tu as envie que nous retrouvions Fereshteh, non ? Ce serait merveilleux que nous la trouvions, que nous la sauvions. Tout le monde sera heureux, et ils sauront enfin que tu es vraiment un bon garçon.

Ça m'était bien égal que quelqu'un d'autre que Maman sache que j'étais un bon garçon. Elle s'est dépêchée de changer ma chemise sale et fripée et nous sommes descendus. Fataneh tenait un verre de lait, les yeux tournés vers l'escalier. Shadi essayait de boire mais Fataneh ne faisait pas attention à elle et n'inclinait pas le verre comme il fallait. Maman a enfilé son manteau en disant :

— Fataneh, reste avec Shadi. Nous n'en avons pas pour longtemps, Shahaab et moi.

— Il sait où elle est ?

— Nous verrons bien.

— Je vous accompagne. Je vais devenir folle si je reste ici.

— Non, c'est impossible ! Et Shadi ? Qu'en ferions-nous ? En plus, Fereshteh pourrait téléphoner. Il faut que quelqu'un soit là pour lui répondre. Nous serons vite de retour.

— Tu penses qu'on peut vraiment faire confiance au petit ?

— Si tu préfères, nous pouvons ne pas le croire et je resterai ici. De toute façon, qui sait si elle est allée là où elle a emmené Shahaab il y a plusieurs mois ?

— Pardon ! Excuse-moi. Allez-y, vous apprendrez peut-être quelque chose !

19.

J'avais toute confiance en Shahaab. Il m'a prise par la main et m'a entraînée fièrement dans la rue. Il était si heureux d'être pris au sérieux qu'il en oubliait ses craintes. Cependant, au bout de quelques pâtés de maisons, j'ai senti sa main frémir dans la mienne et il a ralenti le pas.

— Qu'y a-t-il, mon chéri ? C'est là ? Qu'est-ce qui ne va pas ? Tu as peur ? Ne t'en fais pas, je suis avec toi. Montre-moi la maison, c'est tout.

D'un doigt tremblant, il a désigné un bâtiment.

— Lequel ? L'immeuble rouge ?

Il a hoché la tête, a fait un pas en avant et a tendu le bras vers l'enseigne au-dessus de l'entrée.

— La boutique ?

Il a hoché la tête.

— Shahaab, mon chéri, tu es venu ici avec quelqu'un d'autre ? Ou bien tu étais seul avec Fereshteh ?

Il a secoué la tête pour dire non.

— Il y avait donc quelqu'un d'autre avec vous. Qui était-ce ? Un homme ? Tu le reconnaîtrais si tu le voyais ? C'est vraiment important.

Il a hoché la tête pour acquiescer.

— Tu es un bon garçon. Comment les autres peuvent-ils croire que tu es idiot ?

Quand je me suis dirigée vers la boutique, il a dégagé sa main.

— Qu'est-ce que tu as ? Il faut aller voir ce qui se passe. Tu peux m'attendre ici si tu as trop peur. Je reviens tout de suite.

J'ai fait quelques pas, mais il a couru derrière moi et a repris ma main. Je me suis arrêtée devant la boutique. Elle était fermée. J'ai regardé aux alentours, étonnée, en me disant : Quel drôle de magasin ! Il devrait être ouvert à cette heure-ci. Qu'allons-nous faire ?

— C'est fermé. Tu es sûr que c'est le bon endroit ?

Shahaab a hoché énergiquement la tête.

— Très bien. Il n'y a personne. Il va falloir attendre.

Il a secoué la tête.

— Nous ferions peut-être mieux de revenir plus tard.

Shahaab avait l'air inquiet. Il secouait la tête sans arrêt et je ne comprenais pas ce qu'il cherchait à me dire. J'ai hésité un moment, puis j'ai repris sa main pour rentrer à la maison. Il s'est dégagé et a regagné la boutique en courant. Il a tambouriné sur la porte de ses petits poings. Je me suis retournée, embarrassée.

— Tu vois bien que c'est fermé. Il n'y a personne ici, pourquoi frappes-tu comme ça ?

Il continuait à taper du poing et à donner des coups de pied sans m'écouter.

— Tu crois qu'il y a quelqu'un dedans ?

Il a hoché la tête, tout content que je comprenne enfin. J'ai essayé de l'aider en cognant mes clés sur la vitre et sur la grille métallique de la porte. J'ai cherché à voir l'intérieur du magasin, mais il était masqué par d'épais rideaux blancs soigneusement tirés.

Un passant s'est arrêté.

— Vous ne voyez pas que c'est fermé ? Vous n'avez qu'à aller faire vos courses ailleurs !

Je me suis détournée et j'ai continué à frapper à la porte. Au bout d'un moment, une voisine a passé la tête par sa fenêtre en protestant :

— Quel toupet ! Madame, vous voyez bien que c'est fermé. Arrêtez ce tapage !

— Excusez-moi, c'est très urgent.

— En général, il dort jusqu'en début d'après-midi.

— Il dort ici, dans la boutique ?

— Je crois, oui.

— Je suis navrée, mais il faut que je le réveille.

— Vous avez oublié quelque chose chez lui ?

J'ai bondi sur ce prétexte.

— Oui, toutes mes affaires sont dans mon sac à main et je l'ai oublié ici hier soir.

Shahaab m'a adressé un sourire ravi. La femme a hoché la tête et a refermé sa fenêtre. J'ai continué à frapper sur la porte avec mes clés. Ça ne servait à rien. J'étais affreusement déçue.

Shahaab a ramassé un caillou blanc dans la petite plate-bande du trottoir et s'en est servi pour frapper sur la grille.

— Ce n'est pas la peine, lui ai-je dit. Partons. Nous reviendrons dans une heure.

Il a pris une autre pierre et l'a jetée, très en colère. Elle est passée à travers la grille et a brisé la vitrine. Stupéfaite, je me suis retournée. Shahaab a cherché à se cacher derrière moi. Quelques instants plus tard, un homme ébouriffé, tout ensommeillé, est apparu de l'autre côté de la porte. La lumière du jour l'a ébloui. D'une voix rauque, il a hurlé :

— Mais qu'est-ce qui se passe ici? Qu'est-ce que vous faites?

Deux badauds se sont arrêtés pour assister à la scène. Je me suis ressaisie.

L'homme a cherché ses clefs pour remonter la grille. Il a fini par ouvrir la porte et s'est immédiatement remis à hurler :

— *Regarde un peu ce que tu as fait, salope!* Tu vas payer la casse. Tu croyais t'en sortir comme ça?

Il a fait un pas en avant et m'a saisie par le poignet.

Je me suis dégagée et lui ai demandé d'une voix frémissante :

— Vous n'avez pas honte ?

— Vous allez me rembourser ma vitrine ! Pour qui vous prenez-vous ?

— Je vous rembourserai, c'est bon. Mais d'abord, je veux que vous répondiez à mes questions. Une jeune fille du nom de Fereshteh est-elle venue ici hier après-midi ?

L'homme s'est figé. Il est resté silencieux un moment avant de répondre :

— Il y a une centaine de personnes qui entrent et sortent d'ici tous les jours. Vous croyez que je les connais toutes par leur nom ?

— Ce n'est pas pareil. Le petit dit que vous la connaissez bien.

L'homme a baissé les yeux et a fini par remarquer Shahaab qui tendait le cou, toujours caché derrière moi. Désarçonné, il a regardé autour de lui. Voyant les gens qui s'attroupaient, il a lancé :

— Qu'est-ce que vous reluquez comme ça ? Il n'y a rien à voir.

Il a poursuivi plus bas :

— Ce gosse ferait mieux de ne pas fourrer son nez dans les affaires des autres. En plus, il ne parle même pas !

Ma confiance s'est accrue : nous étions au bon endroit.

— On dirait que vous le connaissez bien. Et puis vous vous trompez. Il ne parle pas aux gens comme vous, mais il est parfaitement capable de me parler, et il saura parler à la police, croyez-moi.

L'évocation de la police l'a troublé. Il s'est écarté et a dit :

— Entrez. Expliquez-moi ce que vous voulez.

Je suis entrée, hésitante. Malgré mon aplomb apparent, j'étais loin d'être rassurée.

— Je n'ai aucune explication à vous donner. Dites-moi simplement où est Fereshteh.

— Comment voulez-vous que je le sache ? Vous croyez que toutes les fugueuses impudiques se planquent chez moi ?

— Je sais qu'elle est venue ici.

— Il y a beaucoup de passage. Je ne sais pas de quelle fille vous parlez. Comme vous voyez, il n'y a personne ici. Vous pouvez regarder.

J'ai jeté un coup d'œil autour de moi. Il y avait un oreiller et une couverture sur un banc poussé contre le mur. Manifestement, cet homme y avait passé la nuit. Je me suis dirigée vers le fond de la boutique mais il n'y avait aucun endroit où se cacher. Je ne savais pas quoi faire. Shahaab a lâché ma main et a couru derrière la couchette de l'homme. Celui-ci l'a suivi, et je leur ai emboîté le pas. Il faisait affreusement sombre. Je n'y voyais pas grand-chose. Soudain, j'ai distingué l'homme qui s'était engagé dans un escalier et tenait sous son bras Shahaab qui se débattait.

J'ai hurlé :

— Lâchez-le, imbécile !

L'homme m'a jeté Shahaab. Je l'ai attrapé au vol et, d'une voix tremblante, j'ai demandé :

— Allez-vous nous rendre Fereshteh ou voulez-vous que j'appelle la police ?

— Comment est-ce que je peux savoir que vous ne l'avez pas déjà fait ? ou que vous ne le ferez pas après ?

J'étais désormais convaincue que Fereshteh était bien ici. Apparemment, l'homme voulait négocier. D'une voix plus calme, je lui ai dit :

— Je ne veux pas causer d'ennuis à cette fille. Je n'ai même pas prévenu ses parents. Si vous me la rendez, je la raccompagnerai chez elle et je dirai qu'elle était chez une amie. Je ne parlerai pas de vous, parce que ça ne ferait qu'aggraver ses problèmes. Mais si vous ne me la remettez pas sur-le-champ, je préviendrai tous les commissariats de la ville et vous maudirez le jour où vous l'avez vue. Dans votre propre intérêt, vous feriez mieux de la laisser repartir avec moi. Si elle me suit maintenant, il ne se sera rien passé. Mais si l'affaire s'éternise, c'est à son père et à son oncle que vous aurez à rendre des comptes.

L'homme s'est tu, pesant le pour et le contre. Au bout de quelques instants, il a acquiescé :

— D'accord. Mais si vous parlez de moi ou de ma boutique, je vous jure que vous le regretterez.

— Dans ce cas, allez vite la chercher avant que quelqu'un arrive.

L'homme a gravi les marches, a ouvert une porte et a dit :

— Dépêche-toi. Prends tes affaires. Tire-toi d'ici et ne reviens plus jamais. Va au diable !

Fereshteh est sortie, tout ébouriffée. Elle s'est arrêtée sur le seuil, pâle, maigre, désorientée et visiblement terrifiée. Un garçon de dix-huit ou dix-neuf ans la suivait. Ils avaient l'air si jeunes, si fragiles.

— Oh, Fereshteh ! Qu'est-ce que tu fais ici ?

D'une voix tremblante, elle a demandé :

— Il n'y a que vous deux ?

— Oui. Ne t'inquiète pas. Tout le monde te cherche. Qu'as-tu fait ?

— Je ne veux pas venir ! J'ai peur !

— N'aie pas peur. Nous allons chez moi. Personne ne saura où tu étais. Je dirai que tu étais fâchée contre ta maman et que tu as dormi chez une amie. Mais qu'après, tu as changé d'avis et que tu m'as appelée pour me prévenir.

Fereshteh a lâché doucement la main du garçon et a commencé à descendre les marches à pas lents. Je l'ai aidée à enfiler son manteau et à nouer son foulard. Elle a pleuré tout bas tout au long du chemin. Shahaab la tenait par la main, très fier, et ne l'a pas lâchée jusqu'à la maison.

20.

Le chaos qui avait éclaté la veille au soir a complètement changé de nature avec l'arrivée de Fereshteh. Fataneh l'a giflée avant de s'évanouir. Maman lui a mouillé le visage et elle a repris connaissance. Fereshteh ne cessait de pleurer. Fataneh a fondu en larmes et m'a serré dans ses bras pour la première fois de ma vie. Elle m'a embrassé en disant :

— Que Dieu te bénisse, mon petit chéri. Le destin a fait de toi mon ange gardien.

Maman a envoyé Fereshteh prendre un bain et a raconté toute l'histoire à Fataneh. Celle-ci l'a écoutée, terrifiée, s'arrachant les cheveux, se griffant le visage.

— Maryam, je t'en supplie, ne dis rien à son père. Il la tuera s'il apprend ça.

— Ne t'en fais pas. Nous dirons qu'elle était fâchée contre toi et qu'elle est allée chez une amie. Elle n'a pas vu le temps passer, il était tard et elle ne pouvait pas rentrer toute seule. Et comme elle avait envie de te contrarier, elle a passé la nuit là-bas sans te prévenir. Ce matin, elle a eu des remords, elle a téléphoné pour nous dire où elle était.

Les mensonges de ma mère étaient parfaits, j'étais fier d'elle.

— Bien joué ! a approuvé Asi. Nous avons une maman vraiment courageuse. Si seulement elle tenait tête au père d'Arash et à Grand-mère !

— Où crois-tu qu'ils sont ? a demandé Fataneh. Je m'inquiète pour Hossein. Il avait tellement mal au dos.

— Ils ne vont pas tarder à téléphoner. J'ai demandé à Nasser de nous appeler avant midi.

Les cheveux mouillés, affreusement pâle, Fereshteh est descendue et s'est assise en face de Maman et de Fataneh, qui l'a grondée :

— Qu'as-tu fait ? Tu n'as pas pensé que nous allions nous faire un sang d'encre ? Tu n'as pas pensé au déshonneur ?

Fereshteh a fondu en larmes et Maman a intimé d'un signe à Fataneh de se taire.

— Fereshteh, a-t-elle dit tout haut, j'ai l'impression que tu es un peu souffrante. N'as-tu pas envie de te reposer un peu ?

— Qu'est-ce qui va se passer, maintenant ? a demandé Fereshteh en sanglotant.

Sa mère a répondu fielleusement :

— À ton avis ? Tu nous as déshonorés ! Qu'est-ce que je vais dire à ton père ?

— Je me tuerai !

— Qu'est-ce que tu racontes ? est intervenue Maman. Ce n'est pas un drame, après tout. Tu t'es disputée avec ta mère et, comme une gamine, tu es allée te réfugier chez ton amie sans prévenir personne. Ce matin, tu as regretté ce que tu avais fait et tu nous as appelées.

— J'ai peur de rentrer à la maison.

— Je te comprends. Fataneh, permets-lui de rester ici quelques jours. Elle rentrera quand le calme sera revenu et que son père sera moins fâché.

— Oui. C'est sans doute préférable.

Le téléphone a sonné et Maman a couru décrocher.

— Bien sûr que si ! a-t-elle répondu d'un ton joyeux. Nous avons d'excellentes nouvelles... Oui, je te jure, nous l'avons retrouvée... Oui, elle va bien. Elle était chez une amie. Elle a appelé ce matin... Je n'ai pas pu te prévenir parce que je ne savais pas où tu étais.

Maman a changé de ton pour poursuivre :

— Bonjour, Hossein... Bonne nouvelle, n'est-ce pas ?... Comment peux-tu dire une chose pareille ? Tu devrais être content que tout se termine bien.

La communication a été coupée. Maman a reposé le combiné lentement.

— Qu'a-t-il dit ? a demandé Fataneh.

— Il est très fâché. Ça se comprend, mais il finira par se calmer. Il vaudrait mieux qu'il ne voie pas Fereshteh pendant quelque temps. Fereshteh, monte t'allonger sur le lit de Shahaab. Tiens-toi à distance de ton père pour le moment.

Fereshteh s'est tournée vers moi. Je me suis levé, tout content, je l'ai prise par la main et l'ai conduite à l'étage. Elle s'est couchée sur mon lit. J'ai voulu tirer la couverture sur elle.

— Non ! a-t-elle protesté avant de refondre en larmes.

Je n'étais plus fâché contre elle. Je me suis assis au bord du lit et je lui ai caressé doucement les cheveux.

— Je suis perdue. Je suis une très mauvaise fille. Mon père a raison de vouloir me tuer.

J'ai secoué la tête énergiquement et ai embrassé ses joues mouillées. Elle s'est assise et m'a serré très fort dans ses bras.

— Shahaab, je n'ai que toi. Tu es le seul qui me soit proche, le seul à tout savoir. Je suis sûre que tu comprends tout. Tu sais que je ne voulais pas aller là-bas, je le jure devant Dieu ! J'ai résisté de toutes mes forces.

Nous nous sommes mis à trembler, Fereshteh et moi, en entendant la porte du garage. Mon oncle est entré en hurlant :

— Où est cette traînée ?

— Hossein, je t'en prie, calme-toi, a supplié Fataneh. Assieds-toi, prends un verre d'eau.

— Je ne me calmerai pas avant de l'avoir tuée ! Comment a-t-elle pu oser partir de chez moi ! Je ne veux plus d'une fille qui ment en prétendant aller au parc et qui découche !

— Calme-toi. Pense à ton dos. Il faut que tu te reposes ou tu risques la paralysie.

— Comment veux-tu que je me repose ? Tout le monde me harcèle ! Je travaille comme un malade à longueur de journée pour ces ingrats, et vois comment ils me traitent !

— Hossein, est intervenue Maman, ce n'est pas un drame. Assieds-toi, je vais tout te raconter. Ne prends pas les choses au tragique comme ça, voyons.

Khosrow a pris la parole pour la première fois :

— Comment ça « ce n'est pas un drame » ? Qui sait où elle était et avec qui ?

— Toi, Khosrow, tais-toi ! a lancé Fataneh d'une voix pleine d'animosité. Si ces derniers temps elle est allée chez une amie faire ses devoirs au lieu d'emmener Shahaab au parc, c'est parce qu'elle en a plus qu'assez que tu lui casses les pieds comme tu le fais.

— Ah oui ? Et je devrais me taire ? Je te rappelle que je suis son frère.

— Et alors ? a demandé Maman. Si tu étais un bon frère, tu ne la harcèlerais pas comme ça. C'est toi qui l'as obligée à aller se réfugier chez son amie.

— Moi ? Mais qu'est-ce que j'ai à voir là-dedans, moi ? Je n'ai rien fait.

— Tu sais très bien ce que tu as fait, cesse de faire l'idiot. Hossein, s'il te plaît, assieds-toi et bois ça. Nasser, aide-le à s'asseoir.

Pendant tout ce temps, Fereshteh se cramponnait à moi, tremblante. Je parvenais à peine à respirer. Quand les voix se sont un peu apaisées en bas, les bras de Fereshteh se sont détendus et j'ai pu me dégager. Elle est retombée sur le lit. Je suis descendu lentement, je me suis approché de Maman et me suis accroché à sa jupe. Toucher quelque chose qui lui appartenait m'a réconforté. Elle a dit avec douceur :

— Hossein, ces enfants sont à un âge difficile. Il faut faire preuve d'un minimum de compréhension. La moindre contrariété les bouleverse de façon démesurée. Leurs réactions sont irréfléchies et puériles, et ils les regrettent presque tout de suite. Fereshteh est une fille très sensible. Elle s'est disputée avec sa mère, Khosrow n'arrête pas de l'asticoter, alors elle s'est sauvée chez une amie, ce qu'elle avait manifestement déjà pris l'habitude de faire en cachette. Fataneh n'a pas compris que Fereshteh était dans tous ses états, voilà pourquoi elle n'a pas parlé de leur querelle. Elle n'y attachait aucune importance. Et puis, après avoir passé une nuit là-bas, Fereshteh a eu des remords et elle nous a appelées. C'est tout.

— C'est tout ? J'ai vécu un enfer la nuit dernière. J'ai failli faire une crise cardiaque en regardant des cadavres à la morgue la matinée entière. Si tu savais ce qui a pu me passer par la tête ! Je suis mort et ressuscité cent fois ! Et toi, tu viens me dire « c'est tout » ?

— C'est encore une enfant. Elle ne s'est pas rendu compte de ce qu'elle faisait. Tu as raison, bien sûr, et elle ne recommencera pas. Mais pour le moment, heureusement, tout est bien qui finit bien. Calme-toi et rends grâce au ciel. Pense à ta santé.

Fataneh lui a tendu le verre en ajoutant d'une voix larmoyante :

— Tu as le droit d'être fâché. Mais Maryam a raison. C'est un âge difficile pour les enfants. Elle n'a pas réfléchi. Si tu savais comme elle est malheureuse maintenant, elle pleure et demande pardon.

— Où était-elle au juste ?

— Chez une amie, je t'ai dit.

— Quelle amie ? Je croyais que vous les aviez toutes appelées hier soir ?

— Père, elles mentent ! a crié Khosrow, indigné. Quelle amie ? C'est moi qui leur ai téléphoné. Comment s'appelle-t-elle ? Donnez-moi son adresse, j'irai l'interroger moi-même.

Mon cœur s'est arrêté de battre. Et si oncle Hossein le soutenait ?

La voix de Maman tremblait un peu :

— Khosrow, tu es insupportable ! Tu t'imagines que tu connais toutes ses amies, toutes ses camarades de classe ? Je suis déjà allée chez ces gens. Ils sont charmants. J'ai parlé à sa mère au téléphone.

— Pourquoi est-ce qu'ils ne nous ont pas appelés hier soir, s'ils sont aussi charmants ? a demandé Hossein, fatigué mais encore énervé.

— Sa mère pensait que vous saviez où était Fereshteh. Elle a cru que vous l'aviez autorisée à passer la nuit chez eux.

— Je te jure qu'elle ment ! a protesté Khosrow. D'où sort cette amie ? Personne ne l'a encore jamais vue !

— Shahaab la connaît, lui. Il y est allé plusieurs fois avec Fereshteh. Il connaît le chemin et c'est même lui qui m'y a conduite.

Tous les yeux se sont tournés vers moi.

— Lui ? a lancé Khosrow d'un air dégoûté. Ce crétin ? Quand je vous dis que ce ne sont que des mensonges. Ce débile ne sait rien de rien. Si tu sais où c'est, eh bien, emmène-moi là-bas !

Il a foncé sur moi, m'a attrapé par le poignet et m'a traîné jusqu'à la porte d'entrée. Maman et Fataneh avaient l'air terrifiées. Elles ne savaient pas quoi faire.

— Allons, en route, gogol. Je ne te lâcherai pas tant que tu ne m'auras pas montré leur maison.

J'ai senti la rage m'envahir. Tout ce qu'il m'avait fait subir par le passé a défilé devant mes yeux. Avec toute la haine et la force qui s'étaient accumulées dans mon petit corps, j'ai arraché ma main de la sienne et j'ai hurlé :

— *Ta mère est brune, c'est une pute !*

C'étaient les gros mots les plus affreux que je connaissais. Il m'était déjà arrivé de les prononcer dans ma tête pour insulter les méchants. Mais le silence qui a suivi m'a fait prendre conscience que, cette fois, je les avais dits tout haut. Khosrow était pétrifié. Je suis resté figé moi aussi, pendant quelques secondes, puis j'ai pris mes jambes à mon cou et j'ai filé dans l'escalier pour échapper à leurs regards. J'avais besoin d'être au calme pour réfléchir à ce qui venait de se passer. J'entendais les exclamations de joie de Maman derrière moi.

— Il a parlé ! Vous avez entendu ?

Mon oncle s'est étranglé.

— Pour parler, il a parlé. Quel langage !

Et il s'est esclaffé. Son rire était contagieux et les autres l'ont imité. Ils ont d'abord réussi à garder plus ou moins leur sérieux, mais ils n'ont pas tardé à être pliés en deux. Des larmes ruisselaient sur les joues de mon oncle. Tout en les essuyant, il a dit :

— Nasser, si c'est comme ça que ton fils parle, il vaudrait peut-être mieux qu'il continue à se taire. Il va traîner le nom de notre famille dans la boue !

Le père d'Arash était abasourdi :

— Où a-t-il appris des mots pareils ?

— Là où tous les gosses les apprennent.

Je suis entré dans ma chambre, mais comme Fereshteh y dormait, je ne pouvais pas être seul avec mes amis. J'ai ouvert la porte du balcon. Je suis resté un moment dans un coin. De là-haut, j'ai vu la famille de mon oncle repartir. Père tenait mon oncle par le bras. Il n'avait plus l'air fâché et Fataneh n'arrêtait pas de le remercier. Khosrow, en revanche, paraissait très énervé.

Après leur départ, le calme est revenu. J'ai gravi l'escalier qui menait au toit et me suis assis sur la dernière marche. J'étais terriblement fatigué.

— Tu les as insultés ! a remarqué Asi.

— Oui ! Et ils m'ont entendu ! Est-ce qu'une voix est sortie de ma bouche ?

— Tu as vu comme ça les a étonnés ? Ils n'ont plus dit un mot. C'était comme si tu avais giflé Khosrow.

— C'était des gros mots, non ? a demandé Babi.

— Oui. Le père d'Arash a demandé qui nous les avait appris.

Je me sentais aussi léger que si on m'avait retiré un poids des épaules. J'avais fait un premier pas. Le soleil d'hiver était doux sur mon visage. Tout me paraissait si beau. Je me suis approché du bord et j'ai regardé le jardin du voisin, qui était grand et rempli d'arbres. Deux de ceux dont les branches arrivaient jusqu'à notre toit avaient des feuilles, les autres étaient nus. Je n'avais jamais vu ces arbres d'en haut. Leurs branches paraissaient plus fraîches, plus vertes, d'ici. Quelque chose a remué au milieu des rameaux. Oh ! un nid ! J'étais captivé. J'ai entendu du bruit, mais j'étais trop absorbé par la beauté de ces oiseaux pour me rendre compte de ce qui se passait autour de moi. Comme je voulais les voir de plus près, je me suis penché au-dessus du parapet autant que je pouvais. Soudain, j'ai éprouvé une violente douleur dans le dos. Quelqu'un m'a soulevé. Je me débattais dans les bras du père d'Arash. Je ne comprenais pas ce qui se passait. J'étais choqué. Il m'a frappé plusieurs fois. Je ne saurais pas dire si ces coups étaient vraiment douloureux ou si j'avais mal parce que je ne m'y attendais pas et qu'il me tapait sans raison. J'éprouve encore cette douleur chaque fois que je regarde l'escalier qui mène au toit.

Il a fini par me reposer par terre. J'ai regardé son visage furieux avec étonnement. Je me demandais pourquoi il était tellement en colère. Il a agité son index devant mon visage en disant :

— Qui t'a permis de monter sur le toit ? Combien de fois faudra-t-il te dire que personne n'a le droit de venir ici ?

Debout sur la marche du haut, Maman a soupiré :

— Dieu soit loué, tu l'as rattrapé à temps.

— Il avait déjà tout le haut du corps par-dessus bord ! On a eu de la chance !

Il s'est retourné vers moi :

— Si je te revois ici encore une fois, je te donnerai une volée que tu ne seras pas près d'oublier. Tu mériterais une tape sur la bouche aussi – il a effleuré mes lèvres – à cause des gros mots que tu as dits. Dorénavant, il ne faudra dire que de jolies choses. Tu m'as bien compris ?

— Laisse-le, a murmuré Maman. Ce n'est pas le moment.

Elle m'a pris par la main et nous sommes redescendus très doucement.

— Nasser, cet escalier est vraiment dangereux. Il faudrait faire quelque chose.

J'avais la tête à l'envers. Le choc et la perplexité cédaient peu à peu la place à la haine et à la colère. La brutalité des coups que j'avais reçus était d'autant plus grande qu'ils étaient complètement injustifiés. Quand nous sommes arrivés en bas, j'ai couru jusqu'à la salle de bains et j'ai refermé la porte derrière moi.

— Quel idiot ! a dit Asi. On était bien obligés d'aller sur le toit tout seuls, puisque Fereshteh dort dans notre chambre !

— Ils disent que c'est dangereux d'y aller, a répliqué Babi.

— Ce n'est pas dangereux du tout. Comme ils ne savent pas monter ces marches, ils disent que c'est dangereux. Et pourquoi est-ce qu'il nous a tapé sur la bouche ?

— À cause des gros mots que nous avons dit.

— Qu'il est bête ! On ne tape pas les gens pour des gros mots ! Je ne sais pas combien de fois nous l'avons entendu dire *pedar-sagh* ou *pedar-sootkhteh*[1]. Les enfants dans la rue disent ces mots-là eux aussi. Et dès que Shadi dit *pedar-sad khar*[2], tout le monde rigole. La seule personne qui se fâche est celle qui est insultée. C'est elle qui se fâche. Nous n'avons pas dit de gros mots au père d'Arash, nous les avons dits à Khosrow. Alors pourquoi est-ce qu'il s'est mis en colère ? Parce qu'il aime tellement Khosrow qu'il veut le défendre ? Pourquoi est-ce qu'il ne nous défend pas quand Khosrow nous traite de crétin ? Il prétend que maintenant nous ne devons dire que des choses gentilles. De toute façon, qui a envie de parler ? À lui, en plus ? Surtout, n'oubliez pas : il ne faut plus dire un seul mot !

1. *Pedar-sookteh* signifie littéralement « père brûlé » (autrement dit, que ton père brûle en enfer.) C'est un synonyme de vaurien, mais cela signifie également « petit polisson », une expression de tendresse utilisée pour les jeunes enfants.

2. *Pedar-sad* est une prononciation enfantine de *pedar-sag* (fils de chien) alors que *khar* signifie « âne » en farsi (les noms d'animaux sont couramment utilisés pour des insultes en farsi).

21.

Les insultes de Shahaab ont fait merveille. Fataneh a profité du changement d'atmosphère pour prendre Hossein par le bras en lui disant :

— Dépêche-toi. Rentrons. Tu ferais mieux d'aller te coucher.

— Et Fereshteh ? a insisté Khosrow. Pourquoi est-ce qu'elle ne vient pas ?

— Je te l'ai dit. Elle est encore chez son amie et ensuite elle passera quelques jours chez Maryam pour réviser ses cours.

— Ah oui, c'est ça ! ses cours !

— Tu as raison. Si elle ne rentre pas, ce n'est pas à cause de ses devoirs. C'est pour ne plus te voir et parce qu'elle veut avoir la paix. Dieu sait que je te fuirais aussi si je le pouvais.

Ils sont partis et la maison a retrouvé son calme. Nasser s'est allongé sur le canapé et a dit :

— Nous avons eu de la chance que ça se termine bien. Qui sait ce qui serait arrivé si nous ne l'avions pas retrouvée ? Tu n'imagineras jamais ce que nous avons pu voir ce matin. Maintenant dis-moi, tout s'est vraiment passé comme tu l'as raconté ?

Je l'ai regardé, hésitante. Je ne savais pas quelle part de vérité il pourrait supporter. Ma grand-mère disait toujours : « Moins les hommes en savent, mieux ça vaut ! » J'ai donc répondu calmement :

— Oui, bien sûr, sauf que Fereshteh n'est pas chez son amie mais là-haut. Fataneh préférait que tout le monde soit calmé avant que la petite ne rentre.

— Où est-elle ?

— Elle se repose dans la chambre de Shahaab. Je me demande si elle n'est pas un peu patraque.

— Elle a pris froid ?

— Non, elle est pâle, elle n'a pas le moral. Cette fille qui était si gaie et si exubérante s'est complètement repliée sur elle-même. En plus, elle pleure tout le temps.

— Pourquoi ? Qu'est-ce qu'elle a ?

— Je ne sais pas. Je crois que Khosrow la pousse à bout.

— Ce n'est pas nouveau.

— Et sa mère ne la comprend pas non plus. Ça serait bien qu'elle passe quelques jours ici. J'essaierai de comprendre ce qu'elle a. D'ailleurs, il faut que je monte voir comment elle va. Tu veux m'accompagner ?

— Non. Elle s'est vraiment mal conduite et a failli faire mourir mon frère d'inquiétude. Je préfère l'éviter. Tu as vu Shahaab ?

— Mon fils a parlé ! Tu vois que je ne m'étais pas trompée l'autre jour. Il m'avait vraiment appelée « Maman ».

— Mais qu'est-ce que ça veut dire ? Il sait vraiment parler ?

— Apparemment. Quand il en a envie.

— Alors ça ! Il ne dit pas un mot pendant des années et tout d'un coup il se met à jurer comme un charretier ! Je n'y comprends rien. Tu crois qu'il sait dire beaucoup de choses ? Pourquoi ne veut-il pas parler ? Quel problème a-t-il ? Quel enfant compliqué ! Nous devrions le conduire chez un psychologue.

— Maintenant qu'il a commencé à parler, il n'y a plus de problème. Peu à peu, il arrivera à tout dire. C'était tellement drôle ! Je l'ai trouvé adorable !

— Peut-être, mais il faut faire attention. Si nous rions chaque fois qu'il dit des horreurs, il deviendra incontrôlable. Ça pourrait devenir très embarrassant. Il faut réagir tout de suite. Ne le cajole pas simplement parce qu'il a parlé. Il doit comprendre que nous ne serons contents que s'il dit des choses convenables.

— Je vais avoir du mal. J'ai envie de le couvrir de baisers !

— C'était franchement drôle, c'est vrai, surtout avec la tête qu'il faisait ! Pourtant, crois-moi, il ne faut pas être trop indulgents. Où est-il, d'ailleurs ?

— Il est monté. Je vais aller le chercher pour qu'on lui parle.

Fereshteh m'a dit qu'elle n'avait pas vu Shahaab. Nous l'avons cherché partout, sous les lits, dans toutes les chambres, à la salle de bains. Nasser commençait à s'inquiéter.

— Il ne peut pas être sorti de la maison. Il est forcément en haut, quelque part. Et sur le balcon ?

Nous sommes remontés quatre à quatre. La porte du balcon était ouverte.

— Et s'il était sur le toit ? a suggéré Nasser.

Nous avons échangé un regard terrifié. L'escalier qui menait au toit et le garde-fou très bas de la terrasse étaient dangereux. Nous sommes montés lentement. J'ai eu le souffle coupé dès que j'ai vu Shahaab penché au-dessus de la balustrade.

J'ai posé la main sur ma poitrine et me suis figée sur les marches. Nasser s'est avancé lentement vers lui, sans faire de bruit. Je ne sais pas ce qui avait attiré l'attention de Shahaab. Il se penchait au-dessus du parapet pour mieux voir. Nasser l'a attrapé au moment où il allait basculer et lui a donné une bonne correction pour lui faire passer l'envie de monter cet escalier.

22.

Cette période a été tellement agitée que tout le monde a oublié mes gros mots et a cessé de se demander si oui ou non je savais parler. C'était Fereshteh qui les préoccupait, à cause de ses larmes à n'en plus finir et des confidences qu'elle avait faites à Maman derrière des portes closes. Fataneh venait chez nous chaque matin, dès qu'Arash et son père étaient partis. Elle passait des heures à discuter avec Maman. Elle pleurait tout le temps. J'avais beau tendre l'oreille, je ne comprenais pas de quoi elles parlaient. Maman est sortie seule plusieurs fois. Enfin, un jour, aussitôt le père d'Arash parti, Maman s'est préparée. Elle avait l'air très soucieuse. Elle nous a confiés à Fataneh, Shadi et moi, et a emmené Fereshteh qui tremblait comme une feuille. Elles devaient avoir quelque chose d'important à faire. Fataneh ne s'est pas du tout occupée de nous. Elle n'a pas cessé de faire les cent pas et de prier en se tordant les mains. Son angoisse s'est communiquée à toute la maison et j'étais fou d'inquiétude, moi aussi. Que s'était-il passé ? Où étaient allées Maman et Fereshteh ? Que cachaient-elles ? Pourquoi Maman ne parlait-elle pas de ses sorties au père d'Arash ? Quant à Asi et Babi, ils restaient silencieux.

À midi, Maman et Fereshteh n'étaient pas encore rentrées. Fataneh ne tenait plus en place. Visiblement, elle n'avait aucune intention de nous faire déjeuner. Shadi a trouvé un morceau de pain sec qui restait du petit déjeuner et s'est mise à le mâchonner. Moi, je n'avais pas faim.

Ces heures terrifiantes se sont enfin achevées et Maman est rentrée, soutenant Fereshteh enveloppée dans une couverture. Elle avait le teint gris et semblait très malheureuse. Elle tremblait et parvenait à peine à marcher. Fataneh a fondu en larmes dès qu'elle les a vues. D'un ton autoritaire que je ne lui connaissais pas, Maman a lancé :

— Fataneh, ça suffit. J'ai cru mourir et ressusciter cent fois aujourd'hui. Tu vois ce que tu m'as obligée à faire ?

Elles ont aidé Fereshteh à monter dans ma chambre et l'ont couchée dans mon lit, qui était devenu le sien. Fataneh a apporté de la soupe et lui en a fait avaler quelques cuillerées. Je suis allé dans la chambre de Maman. Elle était allongée sur son lit, l'air épuisée. Au bout de quelques minutes, elle s'est levée et s'est changée. Elle m'a adressé un petit sourire triste, m'a caressé les cheveux et m'a dit d'une voix lasse :

— Vous avez été sages, les enfants ?

Je me suis approché d'elle et me suis accroché à ses genoux. Maman s'est assise sur son lit, elle m'a serré dans ses bras et d'une voix pleine de larmes elle m'a dit :

— Je ne sais pas ce que tu as compris, mais je suis sûre que tu t'es fait du souci, toi aussi, mon cher petit confident. Tu ne peux pas imaginer les heures affreuses que j'ai vécues.

Elle m'a embrassé, m'a reposé par terre, est sortie de la chambre et a regardé comment allait Fereshteh par la porte entrouverte. Nous sommes descendus ensemble. Fataneh nettoyait la table de la cuisine.

— Je ne te remercierai jamais assez. Je ne sais pas ce que j'aurais fait sans toi. Pourquoi avez-vous mis si longtemps ? Ils n'avaient pas dit que ça ne durerait qu'une heure ?

— Si tu savais par quoi nous sommes passées ! Le bébé était déjà plus gros que prévu. Ils n'avaient pas tout le matériel nécessaire. Pas d'anesthésiste non plus. Elle a perdu beaucoup de sang. Nous avons eu une sacrée chance : encore un peu, et nous la perdions. Je me suis maudite d'avoir accepté de faire ça. S'il lui était arrivé quelque chose, je ne me le serais pas pardonné. Pourvu que Nasser ne sache jamais...

— Dieu merci, c'est terminé. Tu as vécu une terrible épreuve, j'en suis consciente, mais je ne sais pas ce que j'aurais fait sans toi. Je me serais évanouie et tu m'aurais eue sur les bras en plus du reste ! Comment va-t-elle, maintenant ?

— L'hémorragie a cessé mais elle est très faible. Il va falloir l'aider à reprendre des forces.

J'ai compris qu'elles avaient vécu une aventure dangereuse et que Fereshteh avait peur de quelque chose, mais je n'arrivais à pas comprendre ce qu'elle avait, ni ce que c'était que cette histoire de gros bébé.

Fereshteh est encore restée une dizaine de jours chez nous pour se reposer. Pendant cette période, mes parents passaient presque tous leurs après-midis chez mon oncle et je restais à la maison avec elle. Peu à peu, elle a recommencé à parler. Fataneh lui a apporté ses manuels de classe, mais elle n'arrivait pas à travailler. Elle ouvrait un livre et regardait dans le vide. Enfin, un jeudi après-midi, Fereshteh a fait ses bagages et nous nous sommes rendus chez mon oncle. Oncle Hossein l'a embrassée, Fereshteh a pleuré et lui a demandé pardon. Fataneh était tellement contente qu'elle ne tenait pas en place et offrait des friandises à la ronde.

Tous sont venus, Grand-mère, tante Shahin et son nouveau mari, ainsi que la mère de Fataneh et sa sœur aînée, Farideh. Personne n'a parlé de ce qui était arrivé à Fereshteh. C'était un secret entre notre famille et ma tante.

Grand-mère se plaignait sans cesse de ne pas nous avoir vus depuis un bon mois. Tout le monde a présenté une excuse ou une autre, mais personne ne lui a vraiment répondu. Maman et Fataneh étaient à la cuisine où elles préparaient le thé et se parlaient à voix basse. Grand-mère les surveillait du coin de l'œil, l'air soupçonneux. En passant devant moi, Fataneh m'a embrassé. Mon oncle riait chaque fois qu'il me regardait et m'a appelé deux fois pour me donner des friandises. Fereshteh m'a offert des pâtisseries, elle s'est penchée vers moi et m'a embrassé sur la joue. Puis elle a tendu son plateau à tante Shahin qui a demandé :

— Qu'est-ce qui se passe ici ? Pourquoi tout le monde lui accorde autant d'attention ? Ne le gâtez pas comme ça ou il recommencera à faire des bêtises.

— Non, non, tantine ! C'est un vrai petit ange.

Tante Shahin a pris un gâteau et, dès que Fereshteh s'est éloignée, elle a chuchoté à Grand-mère :

— Qu'est-ce qui se passe ici ? Ils ne nous ont pas habitués à tant d'amabilités !

Grand-mère a incliné la tête en faisant la moue et a dit :

— Dieu merci. Je suis heureuse que ces deux frères s'entendent. Qu'ils soient heureux, moi, ça ne me dérange pas.

Arash était assis à côté de son père, il le regardait jouer au jacquet avec mon oncle. Khosrow l'a appelé plusieurs fois, mais Arash a secoué la tête et a refusé de le suivre. Khosrow a dit :

— Va au diable ! Allons-y, les petits.

Babak et Bahram, les fils de Farideh, l'ont accompagné dans sa chambre. Bahram s'est retourné et m'a appelé :

— Viens avec nous. Khosrow a quelque chose de chouette à nous montrer.

J'ai hésité parce que je ne faisais pas confiance à Khosrow, mais je m'ennuyais tellement ! Tante Shahin chantait une chanson, Shadi dansait et tous les autres applaudissaient et riaient. Maman aidait Fataneh à la cuisine. Arash était toujours assis à côté de son père, qui le consultait avant de déplacer ses pions. Je les ai regardés avec envie. J'aurais voulu qu'il m'appelle et me demande de m'asseoir à côté de lui, moi aussi. Même si le monde entier me remarquait et faisait attention à moi, je mourais toujours d'envie qu'il s'occupe de moi. J'ai baissé la tête et ai suivi lentement les autres garçons dans l'escalier.

Khosrow a fermé la porte de sa chambre et a tourné la clé dans la serrure. Exactement comme la fois précédente, il a ouvert son tiroir et en a sorti une cigarette et des allumettes. Les garçons l'ont regardé, très impressionnés. Bahram lui a fait remarquer :

— Tu es encore un enfant ! Tu ne peux pas fumer !

— Je ne suis plus un enfant. J'ai trois ans de plus que toi. Ça fait un moment que je fume. Il le sait, lui.

Il m'a montré du doigt.

— Mais les enfants, ça ne peut pas fumer. Il a essayé et il a vomi partout dans ma chambre.

Les garçons le dévisageaient avec admiration. Khosrow a glissé la cigarette entre ses lèvres, comme s'il avait fait ça toute sa vie, et il l'a allumée. Il a ouvert la fenêtre et a soufflé la fumée à travers la moustiquaire. Bahram et Babak n'en revenaient pas. Ils le trouvaient très courageux. Soudain, nous avons entendu une voix derrière la porte et quelqu'un a tourné la poignée.

— Les garçons, vous êtes là ? a demandé Fereshteh. Je vous ai appelés, vous pourriez répondre, tout de même ! Le dîner est prêt, descendez. Pourquoi est-ce que c'est fermé à clé ? Ouvrez ! Dépêchez-vous !

Khosrow, paniqué, a jeté la cigarette dans son placard et a crié :

— On arrive !

Il a ouvert la porte.

— Dépêchez-vous. Allons-y. Le dîner est servi.

J'avais mangé trop de friandises et je n'avais pas faim. J'ai pris mon assiette et j'ai suivi Maman à la cuisine. Tout le monde était rassemblé autour de Fataneh. Elle racontait que j'avais dit des gros mots, sans expliquer pourquoi. Maman souriait. Grand-mère et tante Shahin avaient l'air surprises. J'étais terrifié. Et s'ils me tapaient encore comme l'avait fait le père d'Arash parce que j'avais dit un gros mot? Et s'ils voulaient me faire répéter ce que j'avais dit? Les adultes étaient tellement imprévisibles. D'abord, ils vous frappaient à cause de ce que vous aviez dit, ensuite ils riaient et le racontaient aux autres! J'ai couru me réfugier à l'étage. Une épaisse fumée sortait de sous la porte de la chambre de Khosrow.

— Beurk, a fait Babi. Il fume encore.

J'ai ouvert la porte de la chambre de Fereshteh. Il n'y avait personne. Je suis entré. Quand elle avait fait ses bagages chez nous ce matin-là, elle m'avait dit :

— Merci de m'avoir prêté ta chambre. Tu es le bienvenu dans la mienne chaque fois que tu le voudras.

Je me suis allongé sur son lit. Asi et Babi se sont assis à côté de moi.

— Il faut que tu apprennes à fumer, m'a dit Asi. Comme ça, Khosrow ne pourra plus frimer.

— Beurk! a protesté Babi. Ça pue et ça fait vomir.

Des cris perçants m'ont fait sursauter. Tout le monde courait d'un bout à l'autre de la maison en hurlant. Je suis sorti de la chambre. Il y avait de la fumée partout. Je ne voyais même plus l'escalier. Je me suis mis à tousser. Quelqu'un a dit :

— C'est Shahaab ! Il est là-haut !

Quelqu'un est monté quatre à quatre, m'a soulevé de terre et m'a porté jusqu'en bas.

Mon oncle a crié :

— Sortez tous ! C'est dangereux !

Nous nous sommes précipités dehors.

Fataneh se lamentait en s'arrachant les cheveux :

— Ma maison ! Ma maison !

Le père d'Arash, le mari de tante Shahin, celui de Farideh et les garçons allaient et venaient avec des seaux d'eau. Au bout de quelques minutes, nous avons entendu la sirène des pompiers. C'était très amusant. Les camions rouges sont arrivés avec leurs longs tuyaux, exactement comme au cinéma. Je n'avais jamais rien vu d'aussi magnifique de tout près. Ils ont éteint le feu mais ont continué à verser de l'eau blanche et écumeuse partout. Les meubles flottaient. Certains pompiers ont jeté les tapis et aussi le matelas et les draps de la chambre de Khosrow par la fenêtre. Ils fumaient encore. Ça me plaisait beaucoup et, fasciné, j'observais cette scène étrange. Je me suis dirigé tout doucement vers le camion de pompiers. Il était plein de choses bizarres et passionnantes. Je les ai touchées. Mon oncle était assis par terre, la tête entre les mains. Le père d'Arash était debout à côté de lui. Un des pompiers, qui avait l'air d'être un chef, lui parlait de l'incendie. Tous les autres étaient autour d'eux et l'écoutaient.

— À mon avis, le feu a dû prendre dans le placard de la chambre, à l'étage. Les enfants auraient-ils joué avec des allumettes ?

Fataneh s'est approchée et a répondu :

— Ils étaient en bas avec nous.

Soudain, tout le monde s'est tu. Grand-mère a dit tout haut ce qu'apparemment ils venaient tous de penser :

— Sauf Shahaab. Il était en haut, lui.

Les regards se sont tournés vers moi. Le père d'Arash a eu l'air surpris et Maman est devenue toute pâle. Elle a bégayé :

— Mais il ne sait même pas frotter une allumette ! Et où en aurait-il trouvé ?

Khosrow, qui se cachait dans un coin, s'est avancé.

— J'ai des allumettes dans ma chambre ! Je les lui ai montrées avant le dîner. Pas vrai ?

Bahram et Babak l'ont regardé, muets.

— Je lui ai montré mes allumettes, puis je les ai remises dans mon tiroir. Babak, ce n'est pas vrai ?

— Si, c'est vrai, il les a rangées dans son tiroir.

— Et il était là à me regarder, pas vrai ?

— Oui, mais...

— Quand nous sommes descendus dîner, il est remonté. Il a pris les allumettes et il a mis le feu !

Tout le monde a gardé le silence. J'étais tellement déconcerté que je ne parvenais pas à suivre la conversation. Comme j'avais peur de tous ces regards méchants, j'ai levé les yeux vers Maman, espérant qu'elle me consolerait. Mais elle était encore plus affolée que moi. Le père d'Arash était affreusement pâle.

Grand-mère a repris ses esprits avant les autres et a parlé d'un ton plein de rancune :

— Tu vois, Nasser? La dernière fois, tu as prétendu que ce n'était pas lui. Qu'une brique avait surgi de nulle part pour me tomber sur la tête. Qu'est-ce tu as à dire aujourd'hui? Tu ne manques pas de témoins, cette fois. Cesse de t'enfoncer la tête dans le sable. Cet enfant est dangereux. Il faut que tu trouves une solution avant qu'il ne commette encore plus de dégâts ou qu'il ne finisse par tuer quelqu'un.

Maman a fondu en larmes et est partie en courant.

Le père d'Arash s'est avancé vers moi. J'étais paralysé, je ne pouvais pas bouger. Il s'est assis en face de moi. Il m'a pris par les bras et les a serrés très fort, il m'a secoué en hurlant :

— C'est toi qui as fait ça? C'est toi, vilain garçon?

Ballotté entre ses mains, je me sentais plus petit, plus impuissant que jamais.

— Allons, tu vas parler, petit salopard? Je sais que tu peux parler. Dis-moi ce que tu as fait!

Il m'a donné une gifle si forte que j'en ai été tout étourdi. J'ai senti du sang sur mes lèvres. Je mourais de peur, mais Fereshteh s'est jeté sur moi et m'a serré contre elle en disant :

— Je t'en prie, mon oncle ! Arrête ! À quoi ça sert ? Ce n'est qu'un enfant !

Elle m'a tendu à Arash, qui m'a raccompagné à la maison sans un mot.

23.

Au cours de ces sombres journées, personne ne m'adressait plus la parole. Je n'étais pas fâché, j'étais désespéré et affreusement seul. Je ne parvenais pas à croire qu'on puisse mentir comme ça. Il arrivait à Maman de mentir, mais ses mensonges étaient destinés à me protéger, pas à me détruire. Je commençais peu à peu à comprendre la signification du mensonge, et cela me rendait encore plus muet. Je ne parlais même plus à Asi ou à Babi. C'était comme s'ils avaient disparu et étaient sortis de mon esprit pour toujours.

Mes parents se disputaient sans cesse. Le père d'Arash a fait venir des ouvriers chez mon oncle dès le lendemain de l'incendie et a annoncé qu'il paierait toutes les réparations. Maman était furieuse :

— Ça veut dire que tu admets que c'était Shahaab.

— Bien sûr ! Qui veux-tu que ce soit ? Tout le monde l'a vu. Je te rappelle qu'en plus il a bien failli tuer ma pauvre mère.

— Il ne fait jamais de bêtises tant qu'on ne lui fait pas de mal ou qu'on ne le contrarie pas.

— Ne dis pas n'importe quoi ! Tout le monde a été adorable avec lui hier soir. Fereshteh n'arrêtait pas de l'embrasser et Hossein lui a donné je ne sais combien de friandises. Fataneh elle-même a chanté ses louanges. On peut dire qu'il les a remerciés ! Quelle humiliation pour moi ! J'aurais encore préféré être mort ! Cet enfant est anormal. Il se conduit sans raison ni discernement. Même en admettant qu'il n'agisse que pour se venger de ceux qui le blessent, il n'en est pas moins dangereux. Tu veux savoir ce qui m'inquiète vraiment ? Imagine qu'il se mette en colère contre Shadi. Si on ne réagit pas tout de suite, on risque de rentrer un jour et de trouver Shadi morte ! C'est ça que tu veux ?

Ces paroles ont terrifié Maman et m'ont fait trembler de peur, moi aussi. J'avais bêtement cru que la faiblesse de Maman, l'indifférence du père d'Arash et leurs disputes, qui avaient commencé quand ils avaient constaté que j'étais idiot, appartenaient au passé. Mais elles ont resurgi de plus belle, avec une force redoublée. Je ne reconnaissais plus la femme courageuse qui avait, à elle seule, sauvé Fereshteh. Elle ne me protégeait plus comme je l'aurais voulu. J'avais l'impression qu'elle était convaincue, elle aussi, que j'étais responsable de l'incendie et qu'elle me croyait capable de faire du mal à Shadi. Sa faiblesse me rendait encore plus malheureux et j'étais convaincu d'être effectivement fou. La perspective que je puisse un jour tuer ma sœur me terrifiait. Cette idée m'obsédait et j'en avais les mains qui me démangeaient. Je les serrais très fort et je les enfonçais dans mes poches pour les empêcher de bouger.

Un jour, le père d'Arash est rentré plus tôt que d'habitude. Maman m'a habillé en silence. Elle a pris Shadi par la main et nous sommes tous montés dans la voiture. Shadi chantonnait. Ses ritournelles et son charabia enfantins avaient le don de me porter sur les nerfs.

— Elle ne chante que pour nous agacer! a remarqué Babi.

Je faisais tout mon possible pour empêcher mes mains de se lever toutes seules pour lui fracasser le crâne, mais la tentation grandissait. À un moment, elle s'est mise à chanter si fort que je n'entendais plus mes parents parler. Je n'ai pas pu résister. Je lui ai donné un coup sur la tête. Elle a hurlé. Maman s'est retournée, m'a grondé, a soulevé Shadi et l'a prise sur ses genoux à l'avant. Le père d'Arash lui a jeté un regard lourd de sens.

— Qu'est-ce qu'on y peut? a demandé Asi. Ce n'est pas notre faute, puisque nous sommes fous.

Le père d'Arash a demandé à Maman :

— Pourquoi fais-tu la tête? Nous l'emmenons chez le médecin, ce n'est pas un crime, tout de même! C'est notre devoir. Il faut se faire une raison.

Il est censé entrer à l'école l'année prochaine et il faut bien que nous sachions dans quel genre d'établissement l'inscrire. Si nous cernons mieux le problème, nous pourrons l'aider plus efficacement. Peut-être que s'ils réussissent à mesurer son retard mental, ils pourront faire quelque chose. Il paraît qu'à l'étranger il y a des pensionnats pour les enfants comme ça.

— Des enfants comme quoi ? Je refuse de croire qu'il ait provoqué cet incendie. Ce n'est pas parce qu'il ne parle pas qu'on peut se permettre de tout lui mettre sur le dos !

— Quand accepteras-tu enfin de voir la réalité en face ? Ce garçon a un problème. Croiras-tu le médecin si c'est lui qui te le dit ?

— Je me demande pourquoi personne n'essaie de le comprendre. Il y a des moments où j'ai l'impression que tu ne l'aimes pas. As-tu déjà essayé de le prendre dans tes bras ?

— Comme si j'avais le temps ! Si tu savais les acrobaties que j'ai dû faire pour arriver à dégager ne serait-ce qu'une heure pour t'accompagner chez le médecin. Pourquoi mélanges-tu toujours tout ? Tu passes ton temps à me chercher des poux. Il est retardé de naissance, tu ne peux pas te mettre ça dans le crâne ?

— Je pense que c'est notre faute s'il est comme ça. Nous ne lui avons pas accordé suffisamment d'attention.

— Si tu tiens à te complaire dans tes sentiments de culpabilité, libre à toi ! Mais crois-moi, nous avons traité tous nos enfants de la même manière. Alors pourquoi est-ce que les autres vont très bien ? Ils sont plus brillants que la moyenne. Je bosse jour et nuit pour vous nourrir. Que dois-je faire de plus ?

— Tu travailles tout le temps, c'est vrai, et c'est peut-être une des clés du problème. Nous avons besoin de toi. Tu n'étais pas comme ça, avant. Tu prenais plaisir à consacrer du temps à ta famille, alors que maintenant, tu nous fuis. J'ai l'impression que tu es plus heureux sans nous. Tu ne veux jamais voir Shahaab. On dirait que sa présence te gêne.

— Qu'est-ce que tu racontes ? J'essaie simplement de raisonner logiquement, au lieu de me laisser guider par les sentiments. Je réfléchis constamment à ce que je peux faire pour cet enfant malade. Une maladie mentale ne se soigne pas comme une maladie physique. C'est bien plus long, bien plus compliqué. Nous avons besoin de plus d'argent pour cet enfant-là. Un de mes collègues m'a dit que les psychiatres coûtent cher. Je ne demanderais qu'à rentrer plus tôt le soir, moi aussi, mais il faut bien que je gagne de l'argent. Il va falloir faire des économies pour son traitement, surtout si nous sommes obligés de l'envoyer à l'étranger.

— À l'étranger ? À t'entendre, on pourrait croire qu'il est atteint de je ne sais quelle maladie incurable !

— Maryam, ne discute plus ! Je veux pouvoir lui assurer les soins nécessaires, quels qu'ils soient, pour avoir la conscience tranquille. Il y a à l'étranger des écoles spéciales pour ce genre d'enfants.

— De quoi donc imagines-tu qu'il souffre ? Il n'a quand même pas la lèpre ou un cancer !

— C'est tout le problème des maladies mentales. En apparence, il n'y a rien qui cloche. Pourtant tu ne vas pas me dire que les gens qui commettent un meurtre sans le moindre sentiment de culpabilité sont normaux ! Non ! Leur maladie est mille fois plus grave que la lèpre ou le cancer. Peut-être que s'ils avaient été soignés à temps, ils ne seraient pas devenus des assassins.

— Tu t'entends ? Tu compares notre enfant à un assassin ?

— Cesse de te voiler la face ! Il a déjà commis deux tentatives de meurtre. En tant que parents, nous sommes responsables de ses faits et gestes. Nous ne pouvons pas rester les bras croisés à attendre le prochain drame.

— Tais-toi ! Je refuse de t'écouter !

Maman s'est mise à pleurer.

— Et voilà que ça recommence. On ne peut jamais discuter avec toi. Tu refuses d'admettre la réalité. Personne n'a le droit de critiquer ce gosse en ta présence. Heureusement, le médecin nous aidera à y voir plus clair.

— Je ne veux pas voir le médecin.

— Sois raisonnable ! Il a un problème. Qu'est-ce que tu as l'intention de faire pour l'école, l'année prochaine ? Aucun établissement ne l'acceptera tel qu'il est. Pourquoi ne pas demander l'aide d'un spécialiste ?

La salle d'attente du médecin était bondée. Le père d'Arash et Maman se sont assis l'un à côté de l'autre, et je me suis installé en face d'eux. J'avais le cœur qui battait très vite. Tous les enfants qui étaient là avaient l'air bizarre. Il y en avait un qui était déjà grand, mais qui était encore en poussette. Il avait les bras et les jambes tout tordus. Un autre était très gros et tout blanc, il me regardait avec des yeux à moitié ouverts, sans vie. Sa mère lui essuyait tout le temps la bave sur le menton. Je n'avais déjà pas envie de venir mais, en les voyant, je me suis mis à avoir peur.

Asi a dit :

— Ce médecin va forcément remarquer que nous sommes stupides et retardés. Et il va prendre tout l'argent que le père d'Arash a économisé et va nous envoyer très loin, dans une école spéciale. Ils vont nous enfermer avec tous ces autres enfants, et nous ne reverrons plus jamais Maman.

L'idée d'être séparé de Maman m'a déchiré le cœur ; pourtant elle croyait, elle aussi, que c'était moi qui avais mis le feu à la maison de mon oncle. Forcément, elle le croyait, autrement elle aurait inventé un mensonge et m'aurait sauvé, comme elle l'avait déjà fait. Elle m'avait vraiment fait mal, elle aussi, autant que le père d'Arash.

— Ils veulent tous se débarrasser de nous, a renchéri Babi. Ils préféreraient que nous ne soyons plus là.

J'étais sûr qu'un jour ils le feraient. Si je disparaissais, le père d'Arash ne serait plus gêné d'avoir un fils comme moi. Maman et lui seraient de nouveau heureux. Ils se parleraient et ne se disputeraient plus jamais.

— C'est le père d'Arash qui a imaginé ce plan pour se débarrasser de nous, a repris Asi.

— Si le médecin est d'accord avec le père d'Arash, a ajouté Babi, nous ne pourrons rien faire. Ils nous enverront dans une école très loin d'ici.

Maman s'est levée, elle a pris Shadi par la main et s'est dirigée vers les toilettes. Elle m'a demandé gentiment :

— Shahaab, tu n'as pas besoin d'y aller ?

J'ai haussé les épaules. Elle me posait cette question cent fois par jour. Shadi et elle se sont éloignées. Le père d'Arash lisait un journal. Je me suis levé tout doucement et je suis sorti de la salle d'attente.

24.

Il y avait beaucoup de monde dans la rue et les gens me paraissaient tous très grands et très gros. Pour voir leur figure, j'étais obligé d'incliner la tête en arrière. Ils me cernaient comme un mur. J'ai marché sans but dans la même direction que la plupart d'entre eux. Il faisait froid et il y avait des nuages. Les conducteurs de voitures hésitaient à allumer leurs phares. J'ai longé des boutiques éclairées, mais leur contenu ne m'intéressait pas. J'avais le cœur gros et la gorge serrée. J'avais toujours eu peur d'être abandonné, mais cette fois, c'était moi qui étais parti. Je parlais sans arrêt à Asi et Babi.

Babi avait peur et il demandait :

— Où vas-tu aller ? Tu vas te perdre ! Fais demi-tour, rentrons à la maison.

— Non, a protesté Asi. Ils ne nous ramèneront pas à la maison. Ils vont nous envoyer ailleurs, très loin. N'aie pas peur, je suis là.

Pourtant sa voix frémissait d'inquiétude.

De temps en temps, des gens me regardaient et me disaient quelque chose, mais je m'en allais très vite pour qu'ils ne se rendent pas compte que je ne savais pas parler. J'ai traversé un carrefour très animé et me suis engagé dans une rue plus sombre, où il y avait moins de magasins. Il y avait moins de monde, aussi. Il faisait déjà presque nuit. J'avais très peur, et j'avais mal aux pieds. Je n'arrêtais pas d'avaler ma salive pour faire disparaître la boule que j'avais dans la gorge, mais les larmes ruisselaient sur mon visage sans que je puisse les retenir. Je me sentais tellement seul. J'avais envie que quelqu'un me reconnaisse et me raccompagne chez moi. J'avais froid, j'avais faim. Je me suis appuyé contre un mur, j'étais abandonné, personne ne voulait de moi. Personne ne m'aimait. Même Maman, ma dernière source d'espoir, avait baissé les bras et voulait m'éloigner d'elle. J'étais si profondément plongé dans mes tristes pensées que je n'ai pas vu la dame approcher. D'une main gantée, elle m'a caressé les cheveux et m'a demandé gentiment :

— Pourquoi pleures-tu, mon petit ?

Elle s'est accroupie devant moi.

— Comment t'appelles-tu ? Que t'est-il arrivé ? Tu es perdu ? Où est ta maman ?

Je me suis mis à pleurer et j'ai tendu le bras vers l'endroit d'où j'étais venu. La gentille dame m'a pris par la main et a commencé à marcher dans cette direction.

— Regarde. Fais bien attention et préviens-moi si tu vois ta maman.

Nous n'étions pas encore au bout de la rue quand elle s'est arrêtée. Elle s'est à nouveau accroupie devant moi et m'a dit :

— Écoute, mon chéri, il faut que tu me dises ton nom. Tu sais où tu habites ?

Je l'ai regardée en silence.

— Elle n'a pas compris que nous sommes stupides et que nous ne savons pas parler, a observé Babi.

La dame a commencé à s'impatienter :

— Je ne sais pas quoi faire. Tu refuses de parler et je suis pressée. Tu n'as qu'à attendre ici ; tes parents vont bien finir par venir te chercher.

Elle m'a lâché la main et s'est éloignée. J'ai eu l'impression d'être en train de me noyer et de voir s'éloigner le dernier canot de sauvetage. Terrifié, j'ai couru après elle, je l'ai attrapée par sa jupe et je l'ai regardée avec des yeux suppliants. Elle a ralenti puis s'est penchée vers moi :

— Si tu veux que je t'aide à retrouver ta maman, il faut que tu me dises comment tu t'appelles et où tu habites. Dis-moi ton nom.

Je l'ai regardée, les yeux pleins de larmes. Elle a inspiré profondément et n'a plus insisté. Elle m'a pris par la main et s'est dirigée vers un groupe qui s'était formé autour d'un policier. Il y avait tant de bruit que je n'ai pas entendu ce qu'elle lui disait.

Le policier s'est approché de moi et m'a demandé mon nom, mon adresse et le nom de mon père.

— Je crois qu'il est muet, a dit la dame.

— Quelle histoire ! Il va falloir que vous le conduisiez au commissariat, madame.

— C'est que je n'ai pas le temps, monsieur l'agent. J'ai déjà perdu une heure à cause de ce petit. J'ai des invités et je suis en retard. Ils vont s'inquiéter.

— Que voulez-vous que je fasse ? Je suis de service ici, et il faut que je m'occupe de ces messieurs. Je ne peux tout de même pas garder ce petit avec moi par un froid pareil.

— Et moi, je ne peux pas aller au commissariat. En plus, il ne veut pas me lâcher. Vous pensez qu'ils s'occuperont correctement de lui là-bas ?

— Pas aussi bien que vous, c'est certain !

Il a reporté son attention sur les hommes qui l'entouraient. La dame réfléchissait. Au bout de quelques instants, elle s'est frayé un passage dans la foule pour s'approcher à nouveau du policier. Elle a dû l'appeler plusieurs fois avant qu'il se retourne.

— Écoutez-moi, ce petit est fatigué et il doit avoir faim. Il me fait confiance. Je ne peux tout de même pas le déposer comme un paquet au commissariat. Si vous êtes d'accord, je vais l'emmener chez moi et vous laisser mon nom et mon numéro de téléphone. Si ses parents vous contactent, dites-leur de venir le chercher à mon domicile.

Le policier a acquiescé et s'est remis à s'occuper de la foule. La dame m'a conduit jusqu'à une voiture rangée dans une autre rue. Elle m'a fait monter sur la banquette arrière et s'est assise à la place du conducteur. Elle a sorti un stylo de son sac à main et a écrit des choses sur un bout de papier avant de me dire :

— Reste ici. Je vais donner mon adresse au policier et je reviens tout de suite.

J'avais peur qu'elle me laisse et disparaisse. J'avais envie de la suivre mais il faisait chaud dans la voiture, les coussins étaient moelleux et je m'y sentais en sécurité. J'étais tellement désorienté et épuisé que je me suis endormi dès que l'auto a démarré.

25.

Quand je suis revenue des toilettes, Shahaab n'était plus là. J'ai parcouru la salle d'attente d'un regard distrait et j'ai demandé à Nasser :

— Tu as envoyé Shahaab quelque part ?

— Il n'était pas avec vous ?

— Non, il était assis là, juste en face de toi. Tu ne l'as pas vu partir ?

— Non.

Nous avons commencé par fouiller tout le cabinet médical, un peu agacés. Puis, rapidement, nous nous sommes inquiétés. Nous nous sommes précipités dans la rue, nous l'avons cherché dans les boutiques et les immeubles des environs. Nous demandions à tous les passants s'ils n'avaient pas vu un petit garçon de cinq ans avec un manteau bleu marine et un bonnet de laine rouge et bleu. Il avait disparu comme par enchantement. Nous courions en tous sens, de plus en plus affolés. Nasser a fini par monter dans la voiture, visiblement angoissé. Il m'a dit :

— Venez, nous allons faire le tour du quartier.

Je me suis assise en pleurant.

— Qu'est-ce qui a bien pu lui faire peur comme ça ? Qu'est-ce que tu lui as fait ?

— Moi ? Comment ça, qu'est-ce que je lui ai fait ? Il est fou, il agit sans raison.

— Ce n'est pas vrai. J'ai bien vu qu'il était bouleversé mais qu'il ne pouvait rien dire. Il est triste, et toi, tu es incapable d'être gentil avec lui.

Nous l'avons cherché à pied et en voiture jusqu'à la nuit. Nasser mâchonnait sa moustache et je pleurais sans pouvoir m'arrêter. Consciente que l'heure était grave, Shadi est restée assise sagement à l'arrière. Elle avait l'air inquiète, elle aussi.

— Et si quelqu'un l'a enlevé ? Il n'est jamais allé nulle part tout seul. Il avait bien trop peur. Comment aurait-il pu aller aussi loin ? Où peut-il être ? Oh, mon Dieu ! Il commence à faire nuit et mon pauvre petit garçon doit être épuisé. Il doit mourir de faim. Qu'est-il devenu ?

La seule solution était d'aller au commissariat. Nous avons rempli tous les formulaires nécessaires et les policiers ont passé quelques appels. L'agent de service était gentil. Il s'est adressé à nous avec compassion :

— Nous vous inquiétez pas. Nous allons le retrouver. Rentrez chez vous. Je vous préviendrai quand nous aurons des nouvelles.

Arash s'est précipité à la porte dès qu'il nous a entendus.

— Qu'est-ce qui s'est passé, Maman ? Pourquoi avez-vous mis aussi longtemps ?

Je suis montée à l'étage, toujours en larmes. Nasser était tendu, anxieux. Shadi s'était endormie dans la voiture, alors il l'a allongée sur le canapé. D'une voix rauque, il a expliqué à Arash :

— Shahaab a disparu.

— Comment ça, disparu ? Il n'était pas avec vous ?

— Nous étions dans la salle d'attente du médecin. Ta mère est allée aux toilettes et je lisais le journal. J'ai cru qu'il l'avait accompagnée. Il semblerait qu'il soit sorti et nous ne savons pas où il est.

— Il faut aller le chercher !

— Qu'est-ce que tu crois que nous avons fait pendant tout ce temps ? Nous avons même prévenu la police. Ils nous appelleront dès qu'ils auront des nouvelles.

Je suis redescendue, très agitée.

— Je ne peux pas rester sans rien faire. Je vais essayer de le retrouver.

Je tremblais de tous mes membres.

Arash s'est avancé.

— Je t'accompagne. Ce pauvre Shahaab qui ne parle pas. Comment sauront-ils qui il est s'ils le trouvent ?

— Maryam, essaie de te calmer. Où veux-tu aller ? Nous avons cherché partout. Il faut que tu manges.

Je passerai au commissariat plus tard voir s'ils ont appris quelque chose.

La sonnerie du téléphone nous a pétrifiés. Nasser a décroché.

Pleine de crainte et d'espoir en même temps, j'ai posé la main sur ma bouche pour m'empêcher de hurler : « C'est le commissariat ? »

— Non... bonsoir, Hossein... non, nous venons de rentrer. Shahaab a disparu et nous étions à sa recherche.

Cinq minutes plus tard, Hossein et toute sa famille étaient à notre porte.

— Que s'est-il passé ?

— Je ne sais pas quoi faire !

C'était la première fois que je voyais des larmes dans les yeux de Nasser. Il a posé la tête sur l'épaule d'Hossein et s'est mis à pleurer.

Fataneh s'est assise à côté de moi et m'a serrée contre elle.

— Ils vont le retrouver, sois tranquille.

Fereshteh se tenait sur le seuil, l'air inquiet, les yeux humides. Khosrow s'est tourné vers Arash :

— Il a vraiment disparu ?

— Expliquez-nous tout, a demandé Hossein. Où l'avez-vous perdu ? À quelle heure ?

Nasser a fait un bref résumé des faits. Je priais, tandis que d'affreuses pensées défilaient dans ma tête.

— Mon pauvre petit garçon innocent ! Nous lui avons fait tellement de mal qu'il s'est enfui. Lui qui ne voulait jamais aller nulle part sans moi, voilà qu'il est parti tout seul. Il a préféré nous laisser ! Dans quel état devait-il être pour se sauver comme ça ! Nous avons été tellement durs avec lui ! Fataneh, me croiras-tu si je te dis que ça fait au moins un an que son père ne l'a pas pris dans ses bras et ne l'a pas embrassé ?

— Ce n'est pas ma faute, a protesté Nasser amèrement. Il n'aimait pas que je le tienne. J'avais l'impression d'être un étranger pour lui. Il était même plus gentil avec les étrangers. Il lui arrivait de me jeter des regards haineux. Ou de faire comme si je n'étais pas là.

— C'est parce que tu ne t'occupais jamais de lui et que tu ne lui manifestais aucune bonté ! Crois-tu donc qu'il ne le remarquait pas ? Mon pauvre petit innocent était ta bête noire, celle de ta mère, aussi. Chaque fois qu'elle nous voit, elle se permet de faire remarquer qu'il est retardé ou fou. Et tu la crois sur parole. Je te jure que Shahaab entend et comprend tout. Nous l'avons conduit chez le médecin aujourd'hui parce que Nasser l'exigeait, et mon fils déteste les médecins. Depuis l'incendie, il ne joue plus. Il est tellement abattu que je n'ai plus le courage de le regarder. J'ai essayé de le distraire en lui proposant quantité de choses agréables, mais ça ne servait à rien. Je n'aurais jamais cru qu'un enfant puisse rester triste aussi longtemps. Il fait tellement froid. Mon pauvre petit garçon sans défense, où est-il ? Il va geler, s'il reste dans la rue ! Et si quelqu'un l'avait enlevé ! Il paraît qu'on enlève des enfants pour vendre leurs reins !

Fereshteh s'est mise à sangloter bruyamment.

— Dieu nous en préserve ! a réagi Fataneh. Ne dis pas des choses pareilles ! J'imagine ce que tu ressens, mais tu dois avoir confiance en Dieu.

— Il faut que j'aille le chercher. Je ne peux pas rester sans rien faire.

— Il est onze heures et nous avons regardé partout.

— Et s'il est là, quelque part, dans la rue ?

— Elle a raison, a approuvé Hossein. Partons à sa recherche. Ce sera toujours mieux que de rester assis ici.

— Et si le commissariat téléphone ?

— Les enfants seront là et nous les appellerons toutes les demi-heures.

26.

Ce matin-là, je me suis réveillé dans une chambre inconnue. Terrifié, j'ai caché ma tête sous les draps. En me remémorant les événements de la veille au soir, j'ai eu le cœur serré, mais mon chagrin a immédiatement laissé place à une peur effroyable. J'ai tout de même fini par glisser un œil hors des couvertures pour observer cette chambre avec curiosité. Elle était grande, lumineuse. D'un côté, il y avait une armoire, une coiffeuse et des étagères en bois blanc. De l'autre, un grand bureau à tiroirs, sur lequel étaient posés un calendrier, un sous-main et un pot de cuir contenant des crayons et des stylos. Les rideaux et le dessus-de-lit rose-mauve étincelaient sous la lumière qui entrait par la fenêtre au-dessus du lit. J'aimais bien cette chambre. Il y avait tout ce qu'il fallait, mais j'avais l'impression qu'elle n'avait pas servi depuis longtemps.

Je me suis assis sur le lit. Maman me manquait. C'était la première fois de ma vie qu'elle n'était pas à côté de moi à mon réveil. J'avais la gorge nouée. Comme j'entendais du bruit au-dehors, j'ai regardé par la fenêtre et j'ai vu un grand jardin planté d'arbres. Puis j'ai remarqué les poupées disposées devant le miroir ; il y en avait beaucoup, et elles étaient magnifiques. Je me suis levé pour en prendre une. J'étais plongé dans la contemplation de cette splendeur aux yeux de verre bleu quand la porte s'est ouverte. La dame de la veille est entrée. J'ai eu tellement peur que j'ai laissé tomber la poupée. J'ai couru jusqu'au lit et je me suis caché sous les couvertures. La dame s'est assise à côté de moi en riant et m'a caressé la tête par-dessus la couverture.

— Réveille-toi, mon chéri. Tu étais si fatigué hier soir que tu n'as même pas dîné. Viens, nous allons te débarbouiller et te servir un bon petit déjeuner.

Je n'osais toujours pas bouger. Doucement, elle a soulevé la couverture et a repris avec un sourire :

— Lève-toi, mon chaton. N'aie pas peur.

J'ai regardé ses yeux pleins de bonté et son visage souriant. J'ai trouvé qu'elle avait l'air plus vieille que la veille. Ses cheveux avaient une jolie couleur, presque blonde, comme ceux de la poupée qui était par terre maintenant. Elle avait mis du rouge à lèvres rose. Maman en mettait rarement. Elle portait une longue robe à fleurs, très ample, qui m'a fait penser à un jardin. Non, je n'avais pas peur d'elle. Je suis sorti du lit, je lui ai donné la main et nous sommes allés à la salle de bains.

— Tu es un bon garçon. Tu sais faire ta toilette tout seul ou tu as besoin d'aide ?

J'ai secoué la tête, je suis entré dans la salle de bains et j'ai refermé la porte.

— Elle n'a pas remarqué que nous sommes grands et que nous n'avons besoin de personne pour nous laver, a chuchoté Babi.

Un homme assez vieux était assis à la table du petit déjeuner en train de lire le journal. J'ai été surpris de le voir. Je n'avais pas imaginé qu'il y avait quelqu'un d'autre dans la maison. Je me suis caché derrière la dame, qui a lancé d'une voix joyeuse :

— Bonjour ! Nous voici !

L'homme a posé son journal et a dit :

— Ça alors, quel adorable petit garçon tu as trouvé ! Comment vas-tu, fiston ? Comment t'appelles-tu ?

Il était gentil, lui aussi. J'étais capable de reconnaître la gentillesse d'un coup d'œil.

— Ils ne savent pas que nous sommes débiles et que nous ne savons pas parler. C'est pour ça qu'ils nous aiment bien, a remarqué Asi.

— Ne l'embête pas, a dit la dame. J'ai l'impression qu'il ne parle pas. Nous n'avons qu'à l'appeler notre « petit prince » !

Elle a ri.

— Eh bien, qu'en penses-tu ? Ça te plaît ?

— Le petit prince, a approuvé Babi. Comme dans le dessin animé.

J'ai souri timidement.

— Ça lui plaît. Ce petit garçon aime bien « petit prince » et il est d'accord pour que nous lui donnions ce nom. C'est parfait. Assieds-toi et mange quelque chose.

Sans cesser de parler, la dame me préparait des petits morceaux de pain tartinés de beurre.

— Tu te rappelles le cirque que faisait Nastaran pour avaler une seule bouchée ? a demandé le monsieur.

— Oui, en revanche Bashir était bon mangeur.

— Non, non, tu as oublié. Quand il avait l'âge de ce petit prince, il faisait des histoires, lui aussi. Il n'a commencé à manger correctement qu'un peu plus tard.

— Et tu te rappelles quand j'alignais les bouchées pour former un petit train et que je faisais des bruits de sifflet juste pour qu'ils ouvrent la bouche et laissent le train entrer dans le tunnel ?

— Oui. Tu devrais faire pareil avec ce petit mignon.

— Non. Ce petit prince est un bon garçon, et il mange comme un grand.

Après le petit déjeuner, la dame a commencé à rassembler la vaisselle et à débarrasser la table. Le monsieur s'est levé, il a repoussé les journaux, a croisé les doigts et les a étirés.

— Soudabeh, a-t-il demandé, tu as besoin de quelque chose au magasin ?

— Oui, il me faudrait du lait et de la glace.

— De la glace en plein hiver ?

— Les enfants aiment ça.

— Très bien. Je vais l'emmener avec moi.

— Excellente idée, comme au bon vieux temps, quand tu emmenais Bashir.

— Oui. C'était le bon vieux temps, tu as raison. Très bien, petit prince ; enfile ton manteau, nous allons faire les courses. Tu veux bien m'accompagner ?

J'ai hoché la tête timidement et suis allé chercher mon manteau à la salle de bains.

Quand je suis revenu, ils étaient à la cuisine, et le monsieur parlait à la dame.

— Tu ne trouves pas bizarre que ses parents ne se soient pas encore signalés ?

— Pas vraiment. Ça ne fait pas encore très longtemps.

— Pauvre petit. Il est vraiment adorable. Tu crois qu'il ne parle pas du tout ou que c'est seulement avec nous ?

— À mon avis, il ne sait pas parler. Autrement, il aurait dit quelque chose hier soir. Il avait tellement peur, il était si fatigué et il avait si froid !

— C'est peut-être la peur qui l'a rendu muet, parce que manifestement il entend très bien et comprend tout ce qu'on lui dit.

— Je ne sais pas. De toute évidence, quelque chose le tracasse. Son regard est si triste !

— C'est normal. Je serais triste et effrayé moi aussi si je m'étais perdu.

— Non. Il y a autre chose.

Le monsieur s'est retourné et m'a vu. Il a ri :

— Petit prince ! Te revoilà ! Tu as trouvé ton bonnet et ton manteau, alors que moi, je ne suis même pas encore rasé. Nous nous raserons ensemble quand nous rentrerons, tu veux ?

Le monsieur m'a pris par la main. Je me sentais en sécurité avec lui. Au bout d'un moment, nous sommes arrivés à un parc. Le monsieur m'a demandé :

— Tu as envie de jouer au parc ?

Et sans attendre ma réponse, il m'a conduit à l'aire de jeux. Il m'a aidé à monter sur une balançoire et m'a poussé. Puis il s'est assis sur un banc et m'a regardé avec un petit sourire triste. J'ai eu envie de le rendre heureux, alors je suis monté très vite tout en haut du plus grand toboggan. Je voulais lui faire voir que j'étais rapide et agile. Je ne sais pas pourquoi je tenais tellement à ce qu'il soit fier de moi. J'ai agité la main, alors il m'a souri et a lui aussi agité la main. J'ai eu le courage de descendre jusqu'en bas du toboggan et il m'a applaudi. Quand nous sommes sortis du parc, il a dit :

— Allons faire les courses pour Soudabeh, maintenant.

— Félicitations, monsieur Karimi, vous avez un enfant ! a remarqué le marchand.

— En effet. Qu'y a-t-il de mal à cela ?

— À votre âge, rien, pourvu que ce soit votre petit-fils. Est-ce le cas ?

— Si seulement ! Si j'avais un petit-fils comme ce petit prince, je serais comblé.

Asi s'est étonné :

— Comme nous ?! Il voudrait un enfant comme nous ? Qu'il est bête ! Il ne sait pas que nous sommes retardés.

L'homme s'est penché, il m'a soulevé de terre et m'a tenu devant le comptoir.

— Petit prince, veux-tu des bonbons ou une barre de chocolat ?

Je n'étais pas habitué à autant de gentillesse, alors j'ai baissé la tête. Il m'a embrassé sur la joue.

— Ne sois pas timide. Allons, réponds-moi, j'ai mal au dos et je voudrais pouvoir te reposer. Tu es lourd, tu sais !

Inquiet pour son dos, je me suis tortillé pour me dégager. Il m'a posé au sol, étonné.

— Qu'y a-t-il ? Tu ne veux pas que je te porte ?

J'ai secoué la tête.

— Tu as peur pour mon dos ?

J'ai hoché joyeusement la tête plusieurs fois. Le monsieur m'a regardé avec beaucoup de tendresse et m'a caressé les cheveux.

— Quel adorable enfant ! Très bien, Javad, choisis quelque chose qui plaît aux enfants et donne-moi aussi du lait et de la glace.

Javad a rangé le lait et les autres marchandises dans un sachet en plastique en remarquant :

— Monsieur Karimi, vous ne m'avez pas dit qui sont les parents de ce petit.

M. Karimi lui a tout raconté à voix basse. Je savais qu'il parlait de moi, mais j'étais content qu'il le fasse tout bas. Le père d'Arash parlait toujours très fort, même quand il disait du mal de moi. Il s'imaginait que, parce que je ne parlais pas, je n'entendais pas non plus. Je ne sais pas pourquoi cet homme, dont je savais maintenant qu'il s'appelait M. Karimi, me faisait penser au père d'Arash, alors qu'ils étaient tellement différents. Peut-être était-ce parce que j'aurais voulu que le père d'Arash s'occupe de moi aussi gentiment que M. Karimi. Il m'a parlé pendant tout le trajet du retour et m'a montré un tas de choses intéressantes.

Quand nous sommes rentrés, Soudabeh nous a accueillis et a emporté le sachet à la cuisine. En m'aidant à retirer mon manteau, elle m'a dit :

— Je t'ai préparé des spaghettis pour le déjeuner.

Elle s'est tournée vers M. Karimi :

— Tu te rappelles que les enfants adoraient les spaghettis ? Il reste du riz d'hier soir pour toi.

— Je prendrai des spaghettis aussi. Tu as eu des nouvelles ?

— Non, rien.

Le déjeuner a été très gai. Soudabeh m'a fait avaler les dernières bouchées en sifflant et en faisant comme si c'étaient des wagons de chemin de fer. Maman faisait parfois la même chose quand elle donnait à manger à Shadi.

Après le déjeuner, Soudabeh a fait la vaisselle et M. Karimi m'a allongé sur le lit. Il s'est couché à côté de moi et m'a parlé de ses enfants. J'aimais bien sa voix grave. Puis Soudabeh m'a emmené dans la chambre rose, elle m'a mis au lit et m'a expliqué :

— C'est la chambre de Nastaran. Je ne me peux pas me résoudre à y changer quoi que ce soit. Chaque fois qu'elle revient en Iran, elle est contente de retrouver sa chambre telle qu'elle était. Nastaran a toujours aimé les livres, même quand elle était toute petite. Je vais voir si j'en trouve un pour toi.

Elle a sorti un petit album de l'étagère et me l'a tendu. Il contenait de magnifiques images, que je n'avais encore jamais vues. Les livres de Maman étaient toujours les mêmes et elle avait rarement envie de me les lire. Soudabeh, en revanche, m'a lu toute l'histoire. Quand elle a été terminée, j'ai fermé les yeux et j'ai fait semblant de m'endormir pour ne plus ennuyer cette dame si gentille. Elle était fatiguée, elle aussi, et je l'avais vue dodeliner plusieurs fois en me faisant la lecture. En plus, j'avais envie d'être seul un moment. Quand elle est sortie de la chambre, j'ai rouvert les yeux.

— Où est Maman maintenant ? a demandé Babi. Tu crois que nous lui manquons aussi ?

Ma gorge s'est nouée.

— Et le père d'Arash, qu'est-ce qu'il fait ? Il doit être drôlement content que nous nous soyons perdus. Est-ce qu'ils nous cherchent ? Ce n'est même pas sûr. Shadi dort probablement dans notre lit.

J'ai enfoncé ma tête dans l'oreiller et j'ai fondu en larmes.

27.

Nous sommes retournés au commissariat le lendemain avec Nasser et Hossein. L'équipe avait changé et nous avons dû répéter toute notre histoire. Le policier de service nous a renvoyés chez nous et nous a promis de nous appeler dès qu'il y aurait du nouveau.

Allongée sur le canapé, j'écoutais les enfants discuter dans la chambre d'Arash.

— Maman a raison. Il a dû lui arriver quelque chose. Si quelqu'un de bien l'avait trouvé, il l'aurait déjà conduit au commissariat et nous aurions eu des nouvelles. Il s'est sûrement fait enlever.

Fereshteh s'est mise à pleurer.

— C'est un si gentil garçon. Sans lui, vous ne m'auriez jamais retrouvée, l'autre fois. Je lui dois la vie.

Khosrow a réagi avec colère et mépris :

— Tais-toi. Je t'aurais trouvée sans problème. Tu vas finir par nous faire croire que ce gogol est Superman !

— Il n'est pas idiot du tout, a protesté Arash avec véhémence. C'est toi qui le traites tout le temps de débile. Si tu savais comme ça le rend malheureux que tu te moques de lui.

— S'il est malheureux, ce n'est pas ma faute. De toute façon, tout le monde est malheureux, chez vous. Ta mère est toujours déprimée, elle ne dit pas un mot et elle ne rit presque jamais. Ton père est toujours au travail et, quand il est là, il est fâché ou fatigué. Toi, tu passes ton temps dans ta chambre, le nez dans tes bouquins. En fait, chaque fois que je viens chez vous, ça me démoralise. Chez nous, on se dispute, on s'insulte et il arrive à papa de nous gifler, mais au moins il nous parle et, de temps en temps, il nous raconte même des blagues.

À midi, toute la famille s'est réunie dans notre jardin. Je n'avais plus la force de parler. Fataneh s'est occupée des invités et a tout raconté aux nouveaux venus. Fereshteh s'était enfermée dans la chambre de Shahaab. J'ai eu l'impression que Grand-mère se faisait plus de souci pour son propre fils que pour Shahaab. Elle se lamentait continuellement :

— Quelle terrible épreuve pour mon fils ! Mon pauvre Nasser a tellement vieilli !

Quand Farideh est arrivée, elle m'a serrée dans ses bras et m'a dit qu'elle était sûre que la police retrouverait Shahaab.

On m'a fait une piqûre pour me calmer. Je ne voulais pas monter à l'étage, de peur qu'ils n'aient des nouvelles en mon absence. Ils m'ont donc conduite dans la chambre d'Arash et m'ont allongée sur son lit. J'écoutais attentivement tout ce qui se disait dehors.

— Comment avez-vous pu le perdre ? s'est étonnée Shahin. Il était toujours collé aux jupes de sa mère.

— Il a dû se faire enlever, a répondu Farideh.

— Que Dieu nous en préserve ! s'est écriée Grand-mère qui, incapable de renoncer à ses sentiments ambivalents à l'égard de Shahaab, a ajouté : De toute façon, qui pourrait vouloir d'un enfant muet et débile ?

— Il a été très perturbé après avoir mis le feu à notre maison, a expliqué Fataneh. Ses parents l'ont conduit chez le médecin, il s'est sauvé et...

Bahram s'est adressé à Khosrow d'une voix pleine de reproche :

— Tu dois leur dire que ce n'était pas lui. Ce n'est pas juste, tu dois leur dire.

Je me suis assise pour mieux entendre.

— Comment tu sais que ce n'était pas lui ? Nous n'y étions pas. Il a très bien pu remonter, prendre mes allumettes et mettre le feu.

— Ce n'est pas vrai. Tu sais très bien que les pompiers ont dit que le feu avait pris dans ta penderie et s'était répandu à tes vêtements puis à toute la chambre.

Je suis sortie dans l'entrée. Nasser, Hossein et Arash étaient assis à la table de la salle à manger, mais ils écoutaient les garçons, eux aussi. Nasser s'est levé et s'est approché de Bahram.

— Bahram, dis-moi ce que tu sais. Que s'est-il passé ce soir-là ?

Khosrow s'est affolé.

— Il ne s'est rien passé du tout. Il invente des trucs. Il s'imagine que vous retrouverez Shahaab s'il raconte n'importe quoi.

— Même si nous ne le retrouvons pas, au moins nous saurons ce qui s'est vraiment passé. Il était gravement perturbé. Le pauvre garçon ne parle pas, mais vous, les grands, vous parlez, et il est de votre devoir de nous dire ce qui s'est passé.

Tout le monde était silencieux. Puis la voix résolue de Bahram s'est élevée.

— J'aurais voulu le dire tout de suite. Au début, ça m'a vraiment tracassé et puis après je me suis dit que de toute façon Shahaab ne comprenait rien et que ce qui était fait était fait. Alors j'ai préféré me taire. Je n'avais pas envie de faire des histoires et de peiner tante Fataneh. Mais quand j'ai appris que Shahaab avait disparu, j'ai compris qu'il s'était sauvé parce qu'il ne supportait pas qu'on l'accuse d'avoir provoqué cet incendie.

— Alors raconte-nous ce qui s'est passé ce soir-là.

Tous les yeux étaient rivés sur Bahram. Khosrow en a profité pour s'éclipser discrètement.

— Avant le dîner, on est tous allés dans la chambre de Khosrow. Il a allumé une cigarette.

Juste pour s'amuser. Il ne voulait pas la fumer, bien sûr. Et puis Fereshteh est venue nous chercher et a demandé pourquoi on s'était enfermés. Elle nous a dit d'ouvrir. Khosrow a paniqué et il a jeté la cigarette dans sa penderie. On est tous sortis de la chambre. J'ai pensé que la cigarette était éteinte. Mais une demi-heure plus tard, la penderie a pris feu.

Nasser était rouge jusqu'aux oreilles.

— Et j'ai puni mon fils devant tout le monde alors qu'il n'avait rien fait !

Il a fait demi-tour, est allé s'asseoir à la table et s'est pris la tête entre les mains. Ses épaules tressautaient. Tout le monde était choqué. C'était comme si on avait acquitté mon fils alors qu'il avait déjà été exécuté.

28.

Cet après-midi-là, Soudabeh a demandé à M. Karimi de grimper à une échelle et de descendre toutes leurs vieilles valises du grenier. Elle les a ouvertes une par une et a fini par trouver ce qu'elle cherchait.

— Ah ! les voilà. Je savais bien que je ne les avais pas jetées. Tu te souviens de cette chemise et de cette veste ? Nous les avions rapportées de Londres pour Bashir. Elles lui allaient tellement bien !

— Oui, je m'en souviens. Comme le temps passe ! J'ai l'impression que c'était hier que nous lui avons enfilé ces vêtements et l'avons conduit chez ta sœur.

Asi ne comprenait plus :

— Ils aiment leurs enfants, alors pourquoi est-ce que leurs enfants se sont sauvés ?

— Ils ne savent sans doute pas que leurs parents les aiment autant, a expliqué Babi.

M. Karimi m'a fait prendre un bain. Il a rempli la baignoire. Je suis resté un moment dans l'eau chaude pendant qu'il me parlait de ses enfants. On aurait dit qu'ils ne savaient pas parler d'autre chose. Nous avons joué avec l'eau, nous avons fait des bulles et nous avons ri. Soudabeh attendait dans l'embrasure de la porte avec un drap de bain. Elle m'a séché et a examiné mon corps. Elle a chuchoté à son mari (elle ne savait pas que j'avais l'ouïe très fine et que je l'entendais) :

— Il n'a pas de marques.

Elle m'a fait enfiler de beaux vêtements propres qui sentaient légèrement la naphtaline. Elle m'a coiffé. Elle a reculé de quelques pas et m'a regardé avec admiration.

— Tu es vraiment un bel enfant. Et dans ces habits, tu as l'air d'un vrai monsieur ! Karimi, viens voir !

— Oh, qu'il est beau !

Ce soir-là, nous sommes allés chez leurs amis. J'étais au centre de l'attention. Tout le monde me regardait avec curiosité. Ils me souriaient gentiment, certains me caressaient les cheveux, mais j'étais très gêné. Je n'arrivais pas à relever la tête et je me suis mordu la lèvre jusqu'à ce qu'elle me fasse mal. Les enfants, qui étaient tous plus grands que moi, m'ont entouré. Soudabeh leur a dit :

— Les enfants, voici mon adorable petit garçon. Il s'appelle « petit prince ». Allez jouer avec lui, mes chéris. Nazanin, tu veux bien t'occuper de lui? Emmène-le dans ta chambre, s'il te plaît.

J'ai regardé Nazanin. Elle ressemblait beaucoup à Fereshteh. J'ai pris sa main blanche et je l'ai suivie dans sa chambre.

Pendant le dîner, une des dames a dit :

— Quels curieux parents, tout de même ! Ils ne cherchent pas leur enfant ? Ils n'ont pas prévenu la police ? Si une chose pareille nous était arrivée, nous aurions fait le siège du commissariat !

Soudabeh lui a fait signe de ne pas parler devant moi. Elle m'a embrassé. Elle a rempli une assiette pour moi et m'a conduit dans un angle de la pièce. Elle m'a fait asseoir sur un canapé et m'a donné à manger, mais j'avais perdu l'appétit. J'étais affreusement triste.

Cette nuit-là, je me suis endormi dans la voiture pendant le trajet du retour. Je me suis réveillé avant tout le monde le lendemain matin. La chambre ne me paraissait plus étrange, mais j'aurais bien voulu être dans la mienne et entendre la voix de Maman. J'ai enfoncé la tête dans l'oreiller et j'ai pleuré.

Pendant le petit déjeuner, Soudabeh a dit à M. Karimi :

— Ce petit est malheureux. Il a besoin de sa mère. Il a pleuré ce matin. Il faut le conduire au commissariat.

— Comment s'appelait l'agent à qui tu as parlé ?

— Shokouhi.

— Je vais appeler les renseignements et demander le numéro du commissariat. Je parlerai à ce Shokouhi et nous verrons ce qu'il convient de faire.

Après plusieurs appels, M. Karimi a enfin obtenu le commissariat. Le cœur battant d'inquiétude, je suivais tout ce qu'il disait et faisait.

— Allô, je voudrais parler à l'agent Shokouhi, s'il vous plaît... Il n'est pas là ? Comment puis-je le joindre ?... Demain ?... Non, ce sera trop tard. C'est urgent. Pourriez-vous me passer le policier de service s'il vous plaît ? Comment ? Le commissariat est fermé le week-end ?... Très bien, je rappellerai dans une heure.

Soudabeh était aussi agitée que moi.

— Qu'a-t-il dit ? a-t-elle demandé.

— Rien. Tu as entendu. C'est le week-end. C'est à peine s'ils font leur travail en semaine, alors le week-end, tu imagines ! Shokouhi n'est pas de service aujourd'hui.

— Qu'allons-nous faire, alors ?

— Rien. Nous avons fait ce que nous pouvions. Nous avons trouvé un enfant, nous avons prévenu la police et laissé nos coordonnées pour le cas où ses parents se manifesteraient. Que pouvons-nous faire d'autre ? Pourquoi t'inquiètes-tu comme ça ? C'est à eux de s'inquiéter. Quels parents, tout de même ! Nous nous amusons bien, ici, non ? Tu es déjà fatiguée de ce petit prince ?

— Pas du tout, penses-tu ! Je suis ravie de l'avoir. Je serai terriblement malheureuse quand ils viendront le reprendre.

— Maintenant, préparez-vous tous les deux, il faut aller chercher Mahmoud.

— Et s'ils appellent en notre absence ? Allons au commissariat pour être sûrs d'être en règle.

— Au commissariat ? Pas question ! Tu te rappelles la fois où nous y avons emmené l'homme qui avait eu un accident ? Tu te rappelles comment on nous a traités ? Ils m'ont fourré en prison avant de comprendre que j'avais simplement cherché à aider ce pauvre diable et que je n'étais pour rien dans cette affaire ! Dieu merci, il a survécu et a pu leur expliquer que j'étais innocent, autrement j'aurais été exécuté pour rien ! J'ai juré ce jour-là que jamais je ne remettrais les pieds dans un commissariat de mon plein gré.

— Tu exagères. Ça n'a pas été aussi tragique.

— Ah non ? Tu as oublié...

— Quoi qu'il en soit, qu'allons-nous faire avec ce petit ?

— Rien. Attendre qu'on nous contacte.

— Mais cela fait déjà deux jours. Et s'ils ont appelé quand nous n'étions pas là ?

— Ils auraient laissé un message. J'ai consulté le répondeur. Et puis, ce n'est pas à *nous* d'essayer de les trouver ; ce sont *eux* qui devraient être à la recherche de leur fils. Allons, prépare-toi vite.

— Où allons-nous ?

— Nous avons décidé hier soir d'aller faire une balade à Darakeh avec Mahmoud. Nous déjeunerons là-bas. Tu peux proposer à Mahnaz de nous accompagner. Les enfants se sont bien entendus avec le petit prince.

Nous sommes allés nous promener par cette belle journée d'hiver. Nous avons joué, nous avons ri. J'ai mangé plus que je n'avais jamais mangé. Je n'ai même pas pensé à Asi et Babi. C'était comme si je n'avais pas besoin d'eux. Mais ce soir-là, quand Soudabeh a éteint la lumière, toute la tristesse du monde s'est abattue sur moi et j'ai pleuré tout bas. Pourquoi ne me cherchaient-ils ?

Le lendemain matin, j'ai cru que je ne pourrais plus respirer si je ne retrouvais pas Maman. Je commençais même à regretter Shadi et Arash. J'ai fondu en larmes. Soudabeh est entrée. Elle m'a pris dans ses bras et m'a porté jusqu'à leur chambre. M. Karimi était éveillé, il s'étirait dans son lit. Soudabeh l'a un peu grondé :

— Allons, lève-toi ! Tu ne vois pas qu'il a du chagrin ? Il faut retrouver ses parents. C'est lundi aujourd'hui, tout le monde est au travail.

— Attendons au moins qu'il fasse jour. Qu'est-ce qui ne va pas, mon petit ? Il ne faut pas être triste. Je vais aller au commissariat pour te faire plaisir.

Mais c'est le monde à l'envers ! Au lieu qu'ils nous cherchent, c'est à nous de les chercher !

Après le petit déjeuner, M. Karimi s'est habillé, il m'a embrassé sur la joue en disant :

— Ne t'inquiète pas. Je vais les retrouver, où qu'ils soient.

Il s'est tourné vers Soudabeh.

— Si j'ai des ennuis, ce sera ta faute.

— Comment ça ? Ne t'inquiète pas, il ne t'arrivera rien. Je suis sûre que tout le monde te remerciera.

— Franchement, je n'ai aucune envie d'aller au commissariat. Je ne sais pas parler à ces gens-là. J'ai l'âge d'être leur père et je suis censé être respectueux et les appeler « monsieur » ? Tu verras que, pour finir, ils nous mettront tout sur le dos !

— Ne fais pas tant d'histoires ! Ce sont des gens très sympathiques et très bien élevés. Allons, file !

29.

Deux jours s'étaient écoulés. À chaque changement d'équipe, nous passions au commissariat expliquer aux nouveaux ce qui nous était arrivé. Les agents consultaient les fichiers, nous laissions notre numéro de téléphone et notre adresse, puis nous rentrions à la maison. Mon désespoir grandissait. Les policiers eux-mêmes commençaient à se faire du souci.

Pendant le week-end, l'agent de service a dit à Hossein :

— La situation a changé. Ce n'est plus un simple cas de disparition d'enfant. Nous sommes obligés d'envisager la possibilité d'un enlèvement. En général, quand quelqu'un trouve un enfant, il le conduit immédiatement au commissariat, à moins qu'il ne soit animé de mauvaises intentions. Il peut arriver qu'en cas de problème, ou si les gens sont dans l'incapacité de se déplacer, ils ne nous l'amènent que le lendemain, mais pas plus tard. J'espère que votre fils n'a pas été enlevé par des criminels. Les enfants qui ne parlent pas et les handicapés mentaux sont plus vulnérables que les autres. Les psychopathes et autres pervers sont particulièrement attirés par ces enfants-là parce qu'ils savent qu'on aura beaucoup de mal à les identifier. Ils peuvent leur faire ce qu'ils veulent.

Ils ne m'ont pas rapporté tout ce qu'on leur avait dit ce jour-là, mais Nasser l'avait entendu et il était dans tous ses états. C'était un cauchemar. Je n'avais plus la force de pleurer. Je restais, les yeux dans le vide, à imaginer le pire. Arash donnait à manger à Shadi, qui n'avait pas pris de bain depuis plusieurs jours. La maison était en pagaille. Fataneh est venue, elle a fait un peu de ménage et nous a apporté des provisions, auxquelles nous n'avons pas touché. Nasser était complètement apathique. Il ne se rasait même plus. Il a passé la nuit à feuilleter nos albums de photos à la recherche d'un bon portrait de Shahaab.

— C'est bizarre, nous n'avons presque pas de photos de lui. Alors que nous en avons un tas de Shadi et d'Arash.

Le lundi matin de bonne heure, il s'est rendu aux bureaux de plusieurs journaux pour leur demander de publier un avis de recherche.

30.

Quand M. Karimi a expliqué pourquoi il se présentait au commissariat, tous les agents se sont massés autour de lui et l'ont bombardé de questions. Ils ont fini par le conduire dans le bureau du commissaire, qui lui a demandé, très excité :

— Vous avez retrouvé Shahaab Mokhtari ? Je vous ai bien compris ? S'il vous plaît, racontez-moi tout ça.

— En fait, je ne sais pas son nom parce qu'il ne parle pas. Mais il correspond à votre signalement.

— Pourquoi avoir attendu aussi longtemps, monsieur ? Vous n'avez pas pensé à sa famille qui était morte d'inquiétude ? Comment avez-vous pu être aussi insouciant ! Vous aurez à répondre de votre négligence !

M. Karimi a pâli et s'est mis à trembler de colère.

— Je le savais ! Je savais que je n'aurais pas dû venir. Voilà qu'on me fait des reproches ! Nous avons trouvé ce petit en pleine nuit, dans le froid, nous l'avons conduit à un agent et, comme celui-ci nous l'a conseillé, nous l'avons emmené chez nous car il s'était attaché à ma femme. Nous avons donné toutes les informations nécessaires à la police. Pendant trois jours, nous l'avons gâté comme il ne l'a certainement jamais été chez lui. Nous attendions des nouvelles du commissariat. Nous avons téléphoné, personne n'a été capable de nous répondre, et maintenant que je viens ici m'enquérir de ses parents indignes, au lieu de me remercier, on m'accuse !

— Quand avez-vous prévenu la police ?

— Le soir où ma femme l'a trouvé. Elle s'est adressée à un agent, dans la rue. Il a noté son nom, son numéro de téléphone et il lui a dit qu'il nous appellerait dès que les parents du petit se seraient manifestés.

— Connaissez-vous le nom de cet agent ?

— Shokouhi. Il était de service rue Karim Khan. Vendredi, à neuf heures du soir.

— Oh... l'agent Shokouhi ? Il est en congé de maladie depuis plusieurs jours.

— Plusieurs jours ? Il travaillait vendredi, forcément. Ma femme est sûre de son nom.

— Attendez-moi un instant. Je vais vérifier.

Le commissaire est revenu au bout de quelques minutes et a présenté ses excuses à M. Karimi.

— Vous ne pouvez pas imaginer l'épreuve qu'ont subie ses parents. J'ai cru que la pauvre mère n'y survivrait pas. Je vous en prie, amenez-moi le petit et je ferai savoir à la famille qu'elle peut venir le chercher ici.

Tout le monde avait apparemment une excuse. L'agent Shokouhi avait été accablé de travail en cette soirée pluvieuse. Il avait dû faire face à une situation extrêmement compliquée alors qu'il avait déjà très mal à la gorge et à la tête. Quand il avait enfin pu regagner le commissariat, il ne tenait plus debout. Il avait fourré tous ses papiers dans un tiroir et avait dit à l'agent qui prenait la relève :

— Je n'en peux plus, de ce boulot. Les gens font appel à nous quand tout va mal. Nous sommes censés régler des tragédies, des disputes, des trahisons, des meurtres, des crimes en tout genre. Personne ne nous appelle jamais quand la vie est belle !

De retour chez lui, il s'était couché immédiatement et avait rêvé de crimes toute la nuit. Le lendemain matin, sa femme avait appelé le commissariat pour annoncer qu'il était malade et serait absent plusieurs jours.

31.

Maman, Arash qui tenait Shadi par la main, Fereshteh, Fataneh, Khosrow et même mon oncle nous attendaient à la porte du commissariat, piaffant d'impatience. Je n'ai pas vu le père d'Arash. M. Karimi n'avait pas encore arrêté la voiture que, déjà, Maman ouvrait la portière et m'attrapait pour me serrer dans ses bras. J'ai posé la tête sur son épaule et j'ai pleuré. Son odeur m'a réconforté. Je n'ai remarqué les autres qu'ensuite. J'étais content de les revoir et je les ai laissés m'embrasser, même Khosrow.

— Je t'en prie, m'a supplié Fereshteh, ne refais jamais une chose pareille ! Tes parents ont failli mourir de chagrin.

— Ah oui ? Et le père d'Arash ? a chuchoté Asi. Il n'est même pas venu nous chercher.

Après ces premiers moments lourds d'émotion, toute ma famille s'est tournée vers M. et Mme Karimi. Ils nous regardaient, les yeux brillants de larmes.

Maman s'est avancée et a serré la main de Soudabeh.

— Quel bonheur que vous l'ayez trouvé ! Si vous saviez quelle épreuve nous avons subie ! Je n'avais jamais passé une nuit sans lui. J'ai vécu l'enfer !

M. Karimi a regardé autour de nous et a demandé :

— Où est son père ?

— Il est à l'intérieur du commissariat, je suppose qu'il leur en fait voir de toutes les couleurs. C'est plus fort que lui – il a failli devenir fou ces derniers jours.

— Il leur en fait voir de toutes les couleurs parce qu'ils nous ont retrouvé ? a murmuré Babi.

— Vous devriez faire une bonne action pour rendre grâce à Dieu de vous l'avoir rendu, a conseillé Soudabeh à Maman.

— Je le ferai, soyez-en sûre, a répondu Maman en me serrant très fort dans ses bras. Je n'ai pas cessé de prier et j'ai fait de nombreuses promesses à Dieu.

Le père d'Arash est sorti du commissariat, livide. Son visage s'est un peu éclairé quand il m'a vu. Il s'est tourné vers Maman en disant :

— Eh bien, voilà votre fils, madame.

Il a voulu me prendre contre lui, mais je me suis cramponné à Maman. Il a laissé retomber les bras qu'il tendait vers moi et s'est contenté de m'embrasser dans la nuque. Il a remercié M. et Mme Karimi. Mme Karimi lui a dit :

— Permettez-moi de vous féliciter d'avoir un petit garçon pareil. Shahaab a été très gentil, un vrai petit prince. Nous nous sommes beaucoup attachés à lui. Accepteriez-vous que nous venions le voir de temps en temps ? Il va nous manquer.

— Bien sûr. C'est très aimable de votre part.

M. Karimi a écarté les bras et je lui ai sauté au cou. Il m'a chuchoté à l'oreille :

— Tu vois, j'ai tenu parole, je les ai retrouvés. Tu es content, maintenant ?

Je l'ai serré contre moi de toutes mes forces.

— Ça te ferait plaisir que je vienne te chercher de temps en temps pour te conduire au parc ?

J'ai hoché la tête. Il m'a embrassé sur la joue et m'a reposé par terre.

— Alors au revoir, petit prince.

Après ces adieux, nous nous sommes tous dirigés vers nos voitures. Je tenais Maman par la main et je me retournais tout le temps pour faire signe à M. et Mme Karimi. Ils avaient l'air triste. Soudabeh avait encore des larmes sur le visage.

— Il faut qu'ils rentrent chez eux, maintenant, a murmuré Babi. Ils nous aimaient et nous allons leur manquer, comme leurs enfants leur manquent.

Ça m'a fait de la peine. J'ai dégagé ma main de celle de Maman et j'ai couru vers eux. J'ai embrassé M. Karimi puis j'ai rejoint Maman en courant. Surpris, le père d'Arash m'a jeté un drôle de regard. On aurait cru que je lui avais donné une gifle.

32.

Tout n'a pas tardé à redevenir comme avant. Arash était très occupé par le collège et par ses nombreux cours de soutien. Son père rentrait encore plus tard le soir parce qu'il devait rattraper le temps perdu. Shadi était mignonne et toujours de bonne humeur, elle babillait tout le temps. Quant à Maman, elle s'occupait des tâches ménagères, plus nombreuses avec l'approche du nouvel an. Quelque chose avait changé, pourtant. Tout le monde me traitait gentiment, avec plus de douceur, et leurs regards contenaient une interrogation persistante : ils auraient bien voulu savoir ce qui m'était arrivé pendant mon absence. Et ils avaient peur que je me sauve de nouveau. J'essayais de ne pas y faire attention, mais je sentais que moi aussi j'avais changé. Ces quelques jours m'avaient fait découvrir un monde nouveau. Je ne pouvais pas m'empêcher de comparer notre maison à celle de M. et Mme Karimi. Je trouvais la leur plus belle et plus confortable. Ils échangeaient des plaisanteries, des regards tendres. Ils avaient l'air plus heureux et plus vivants que nous, même si tout leur rappelait leurs enfants et leur faisait monter les larmes aux yeux. Soudabeh chantait en faisant le ménage et on voyait à son visage qu'elle aimait ce qu'elle faisait. Maman, en revanche, fronçait toujours les sourcils en travaillant. Je me rendais compte qu'elle détestait ce qu'elle faisait et ne le faisait que parce qu'elle y était obligée. J'ai fini par me convaincre que si Maman avait été un peu plus heureuse et si le père d'Arash avait ressemblé un peu plus à M. Karimi, s'il avait accordé plus d'attention à Maman et nous avait entourés de plus d'amour, sûrement, j'aurais déjà su parler.

Les journées s'écoulaient sans incident. Plus personne ne parlait de m'envoyer à l'école. M. et Mme Karimi sont venus me chercher plusieurs fois. Je me sentais bien avec eux. Ils m'aimaient tel que j'étais et n'attendaient rien de moi. Après chacune de ces sorties, une fois rentré à la maison, j'y repensais pendant des heures. Mais ils ont fini par ne plus venir. Le père d'Arash n'appréciait pas l'affection que je leur portais et n'était pas du tout aimable avec eux. Ils me manquaient et je considérais le rôle du père d'Arash dans notre séparation comme une nouvelle marque d'hostilité.

Un des derniers jours de l'année, Mme Karimi a appelé et a demandé à Maman s'ils pouvaient passer.

Le père d'Arash s'est disputé avec Maman pendant un moment, lui reprochant de n'avoir pas trouvé de prétexte pour refuser. Quand ils sont arrivés, ils les a accueillis fraîchement. Pour compenser son animosité, j'ai ouvert les bras et je me suis jeté dans ceux de M. Karimi. Je l'ai embrassé très fort sur la joue et me suis serré tout contre lui sous les regards furieux du père d'Arash. Il était mécontent et ça me faisait plaisir. M. et Mme Karimi m'avaient apporté un grand robot qui marchait tout seul. J'étais très fier. Pour la première fois, c'était moi qui étais au centre de l'attention. Rien que moi. J'ai serré le robot dans mes bras et je l'ai caressé.

Le père d'Arash a dit méchamment :

— Il casse tout ce qu'on lui donne. Ça m'étonnerait que ce jouet dure longtemps !

— Qu'il est bête ! a chuchoté Asi. Ce robot, nous l'aimons et nous ne le casserons pas. Nous ne cassons que les jouets qu'il nous donne quand il veut nous faire croire qu'il nous aime. Nous les cassons pour le fâcher. Mais nous ne casserons pas ce jouet-là parce que, eux, ils nous aiment vraiment.

J'étais tellement heureux que je n'ai pas compris qu'ils étaient venus me dire au revoir. Ils partaient à l'étranger voir leurs enfants et ne savaient pas quand ils rentreraient. Peut-être ne nous reverrions-nous jamais.

33.

La période du nouvel an a été merveilleuse. Plus le grand jour approchait, plus Maman avait l'air heureuse. Elle riait plus souvent et avait l'air moins fatiguée. Sa joie illuminait toute la maison. Nos problèmes paraissaient moins graves, les disputes étaient moins nombreuses, et nous étions surexcités. Maman a pris toutes les économies qu'elle avait cachées à droite et à gauche et elle est allée à la banque. Elle nous a acheté des vêtements neufs et des cadeaux qu'elle a emballés et rangés dans des valises comme de précieux secrets, en faisant très attention à ne pas déchirer ou froisser le joli papier. Elle ne les a même pas montrés au père d'Arash. Le grand événement que nous attendions depuis douze mois avait lieu pendant les congés du nouvel an. Le jour où le père d'Arash est rentré à la maison en brandissant des billets de train, Maman a poussé un cri de joie. Nous l'avons tous entourée en sautant et en riant de plaisir. Dès que nous avons connu la date exacte de notre voyage, le compte à rebours a commencé. Le temps a passé plus vite et les événements se sont enchaînés rapidement.

Quand nous sommes partis pour la gare, j'avais le cœur frémissant de bonheur. À mes yeux, ce long serpent de fer était ce que le monde contenait de plus beau et de plus puissant. Il était environné de sons et d'odeurs étranges. J'observais les moindres détails avec attention, et me suis même penché pour regarder sous les wagons. Les rails luisants de graisse et le gravier qui les séparait m'ont donné le vertige et j'ai tremblé en imaginant ce qui m'arriverait si je tombais. J'avais envie de toucher le train, de ne faire qu'un avec lui, de voyager vers des pays lointains dans le ventre de cette créature superbe. Le moment le plus captivant a été celui où le sifflet a retenti et où le train s'est ébranlé. Je me suis collé à la fenêtre pour le voir prendre de la vitesse. Tout était tellement intéressant.

Alors qu'il avait passé l'heure précédente à courir en tous sens pour que nous soyons prêts à temps, le père d'Arash s'est enfin calmé. Sa nervosité a laissé place à une sorte de sérénité. Il s'est laissé tomber sur son siège, a esquissé un petit sourire et a demandé à Maman :

— Alors, qu'est-ce qu'il y a de bon à manger ?

Pour une fois, il est devenu presque bavard. Il parlait à Arash des gares que nous traversions, lui expliquait comment le train marchait, lui indiquait le nombre de tunnels que nous avions à traverser et lui détaillait les horaires. Je trouvais ces informations captivantes, moi aussi, et je l'écoutais attentivement. J'entendais et je retenais tout, mais je ne voulais pas qu'il sache que ça me passionnait parce que ce n'était pas à moi qu'il le disait. Alors je faisais semblant de faire autre chose. Je n'oubliais jamais les règles de combat que je m'étais fixées.

Il faisait toujours chaud et beau dans le Sud. L'air embaumait la gentillesse. Ici, pour être aimé, il n'était pas nécessaire de parler, d'être intelligent et sans défaut. Il suffisait d'être un petit-fils. Les regards étaient pleins de tendresse et de bonté, les paroles remplies d'amour. Cette grand-mère-ci s'appelait Bibi. Contrairement à l'autre, elle n'hésitait pas à prendre ses petits-enfants dans ses bras et à les combler d'amour. Elle nous disait tout haut qu'elle nous aimait et riait avec nous, sans craindre de perdre de son autorité. Elle nous offrait tous les cadeaux qu'elle avait achetés pour nous pendant l'année. Nous mangions d'énormes et délicieux lotus quand le père d'Arash ne nous voyait pas, parce qu'il était convaincu que nous aurions mal au ventre, et nous jouions à l'ombre d'immenses arbres verts, au milieu du parfum des fleurs d'oranger. Il y avait toujours du monde. Nous passions de maison en maison, et tous ceux que nous rencontrions ajoutaient à notre bonheur. Pendant cette période de l'année, on pouvait avoir l'impression que cette région de l'Iran vivait dans un éternel climat de fête ; que tout le monde, ici, était toujours en vacances.

Mère est devenue bavarde. Elle parlait sans cesse, comme si elle avait tout accumulé en elle au cours de l'année pour mieux s'en libérer durant cette courte semaine. Malgré tout son sérieux, le père d'Arash lui-même ne restait pas insensible à cette atmosphère de bienveillance et d'hospitalité générales. Il discutait avec mes oncles et riait de leurs plaisanteries. Je me sentais plus léger, ici. Ça ne me dérangeait pas de ne pas parler. Les autres me comprenaient, et mon mutisme devenait tellement insignifiant qu'il n'était plus un fardeau. Je n'avais pas mal au cœur, je n'étais pas angoissé chaque fois que j'y pensais. Je savais que personne ne se moquerait de moi. Je commençais même à chuchoter quelques mots, tout bas. Mais le temps passait trop vite ; notre séjour s'est achevé avant que je sois prêt à parler, et nous avons retrouvé notre vie morne et silencieuse.

Les premiers jours qui ont suivi notre retour ont été les plus déprimants. Maman soupirait en écoutant de la musique du Sud, elle se réfugiait de plus en plus profondément dans sa coquille. Jamais elle ne s'habituerait à ne plus vivre dans la région où elle était née. Et le père d'Arash, pour qui elle avait consenti ce sacrifice, ne lui était d'aucun secours.

L'âme, le bonheur et la gaieté de Maman étaient restés là-bas. Ici, elle ne connaissait que solitude et nostalgie.

Le père d'Arash a repris le travail. Chez nous, les conversations étaient froides et distantes; elles ne me donnaient pas envie de parler. Je me demandais pourquoi, dans cette famille, personne n'était capable de prononcer des paroles tendres et affectueuses. S'il avait parlé plus souvent avec Maman, s'il lui avait dit des mots comme « ma chérie », « mon trésor » ou « mon cœur », elle n'aurait peut-être pas été aussi triste. Peut-être qu'alors j'aurais pu parler, moi aussi.

Asi a dit :

— Il sait le faire. Il l'appelait comme ça avant. C'est pour ça qu'elle s'est mariée avec lui. Mais maintenant, il ne veut plus dire ces mots.

— Pourquoi ? a demandé Babi.

— À cause de nous. Parce que Maman a un fils comme nous.

Arash s'est replongé dans ses livres et dans ses multiples leçons. Le pauvre n'avait pas le choix : il devait être le meilleur de sa classe. Il fallait qu'il soit un génie pour compenser la déception de son père, affligé d'un enfant retardé. Ce fardeau avait déjà gâché l'enfance d'Arash et s'apprêtait à lui gâcher son adolescence. Bientôt, il ne saurait plus rire ni être heureux. Shadi apportait le seul éclat de gaieté à ce foyer. Elle faisait ce qu'elle voulait et personne n'attendait rien d'elle. Elle était libre de jouer, de rire et d'être une enfant joyeuse et en bonne santé.

À quoi bon parler dans une telle maison ? Toute l'assurance et la joie que j'avais commencé à éprouver pendant la semaine que nous avions passée dans le Sud se sont évanouies.

34.

Au milieu du printemps, un appel téléphonique a mis notre vie sens dessus dessous. Maman pleurait comme si elle avait perdu la raison. Fataneh et Fereshteh sont venues et lui ont fait boire de l'eau sucrée. Le père d'Arash est rentré de bonne heure, mais Maman pleurait toujours.

— Mon père est malade ! Il faut que je rentre chez moi !

Le père d'Arash lui a pris la main en disant :

— Très bien, très bien. Essaie au moins de garder ton calme devant les enfants. Fereshteh, tu veux bien les emmener chez toi ?

J'ai couru m'accrocher aux jambes de Maman, mais elle ne m'a pas remarqué. Le père d'Arash a pris ma main et l'a glissée dans celle de Fereshteh. Fataneh a pris Shadi dans ses bras et nous sommes tous allés chez oncle Hossein.

Là, tout le monde parlait à voix basse. Je me suis blotti dans un coin et j'ai écouté ce qu'ils disaient, observant chacun de leurs gestes.

— Tu es sûr ? a demandé Fereshteh. Maryam nous a seulement dit qu'il était malade.

— C'est ce qu'ils lui ont raconté, mais ils ont appelé Nasser à son travail pour lui annoncer qu'il s'était éteint.

— Pauvre Maryam ! Elle va partir pleine d'espoir et à son arrivée elle découvrira qu'il est trop tard. Elle adorait son père.

Asi a dit :

— Tu as entendu ça ? Grand-père s'est éteint.

J'ai imaginé son gentil visage. Pendant notre séjour dans le Sud, il allait se promener avec nous tous les jours et nous achetait des glaces.

— Tu sais ce que ça veut dire, s'éteindre ? a demandé Babi. Ça veut dire être mort.

J'avais moins de mal à l'imaginer éteint que mort. On pouvait toujours rallumer quelque chose d'éteint. J'étais plongé dans mes pensées.

— Maman va aller là-bas, a ajouté Asi. Nous allons reprendre le train !

La perspective de retourner dans ce pays de bonté m'a fait bondir de joie, effaçant le chagrin que j'avais éprouvé en apprenant que Grand-père s'était éteint, ou était mort, une réalité qui m'échappait un peu. Ce que je ne parvenais pas à comprendre, c'est pourquoi on m'avait envoyé chez mon oncle.

— N'oublie pas de prendre les tablettes de chocolat que Maman a cachées dans le frigo pour nos cousins, a repris Babi.

Je suis parti de chez mon oncle et suis rentré à la maison. Je ne cessais de penser à ce mot, « mort », qui m'inspirait un curieux effroi.

— Tu te rappelles qu'un jour Maman a dit que mourir, c'était comme s'endormir pour longtemps ? a demandé Babi. Combien de temps tu crois que ça va durer ?

— Longtemps, a répondu Asi. Ce n'est pas comme quand nous, on dort. Il doit aller dormir dans un endroit spécial.

— Comment ça ?

— Une sorte d'hôpital je crois.

— On pourra aller le voir ?

— Je ne sais pas.

Quand je suis arrivé à la maison, la porte était fermée à clé. J'étais trop petit pour atteindre la sonnette. J'ai tapé sur la porte avec mes poings. Maman reconnaissait toujours quand c'était moi qui frappais et elle m'ouvrait immédiatement. Cette fois, la porte est restée close. J'ai donné des coups de pied puis je me suis couché par terre pour regarder sous le battant. Je n'ai pas vu les pneus de la voiture du père d'Arash. Où étaient-ils allés ? Maman ne sortait jamais sans moi le matin. J'avais la gorge serrée. J'ai recommencé à donner des coups de pied dans la porte, furieux, en larmes. Fereshteh est arrivée en courant de chez eux. Les boutons de son manteau étaient défaits, et elle n'avait pas noué son foulard correctement. Elle s'est précipitée vers moi et m'a pris dans ses bras.

— Shahaab, mon chéri, pourquoi es-tu parti sans permission ? Viens avec moi.

Je me suis débattu.

— Il n'y a personne ici. Ton père a conduit ta mère quelque part, mais il va bientôt rentrer. Allons, viens. Tu veux aller au parc d'attractions ? Je t'y emmènerai cet après-midi. Tu te rappelles quand on y est allés, l'année dernière, et qu'on est montés sur la grande roue ? Ton papa sera de retour quand nous reviendrons du parc. Tu dormiras dans ton lit ce soir, c'est promis.

Je me suis un peu calmé. Comme je n'avais pas le choix, j'ai accepté que Fereshteh me reconduise chez mon oncle.

Shadi jouait avec Fataneh sans se faire de souci, mais moi, je pensais tout le temps à l'étrange comportement de Maman. Elle avait bien dit qu'elle voulait voir son père ! Alors, où était-elle passée ? Il fallait qu'elle fasse nos valises et prépare des vêtements de voyage pour nous.

— Elle est peut-être allée acheter des cadeaux, a suggéré Babi.

Maman commençait à acheter des cadeaux un mois avant notre voyage de nouvel an. J'avais toujours considéré que c'étaient des présents particuliers et, alors que je détestais habituellement aller dans les magasins, j'aimais bien faire ces achats-là. Je trouvais ça excitant.

Dans l'après-midi, oncle Hossein nous a conduits au parc d'attractions. Nous avons fait plusieurs tours de manège mais j'étais distrait et inquiet. Sur le trajet du retour, Shadi s'est endormie dans les bras de Fataneh. Quand nous sommes arrivés, Fataneh lui a retiré ses chaussures et l'a couchée dans son propre lit, ce qui m'a étonné. Fereshteh m'a pris par la main et m'a annoncé :

— Nous allons chez toi. Ton père est rentré.

J'ai retiré ma main et j'ai essayé de réveiller Shadi pour qu'elle m'accompagne. Fataneh s'est fâchée et m'a grondé :

— Arrête, tu vas la réveiller !

Mais Fereshteh a compris et m'a dit :

— Ne t'en fais pas, Shahaab, Shadi va passer la nuit ici.

J'ai secoué la tête et essayé de retourner près de Shadi. Fereshteh m'a tiré en arrière.

— Ta maman nous a demandé de garder Shadi pendant toute son absence.

Je l'ai regardée, terrifiée. Toute son absence ? Shadi ne venait pas voir Grand-père avec nous ? Pourquoi Maman lui infligerait-elle une punition aussi cruelle ? J'étais complètement perdu. J'ai couru jusque chez nous, suivi par oncle Hossein et par Fereshteh. Arash a ouvert la porte dès que j'ai frappé. La voiture de son père était là. J'ai couru à l'intérieur de la maison, évitant ses bras écartés. J'ai cherché dans l'entrée, dans la cuisine et dans la chambre d'Arash au rez-de-chaussée. Puis je suis monté à l'étage. J'ai ouvert la porte de la chambre de Maman. Les lampes étaient allumées. Des vêtements étaient éparpillés sur le lit et la porte de la penderie était entrouverte, mais elle n'était pas là. Qu'est-ce que ça voulait dire ? J'ai regardé à la salle de bains : elle n'y était pas non plus. J'étais fou de peur. Et si elle était partie ? Était-il possible qu'elle soit partie sans moi ? Je suis ressorti.

Le père d'Arash, oncle Hossein, Fereshteh et Arash étaient assis sur un banc, dans le jardin.

— Nous avons eu de la chance, disait le père d'Arash. Impossible d'obtenir un billet. Tous les vols étaient complets. Par chance, je suis tombé sur Hesam Hazrati. Vous vous souvenez de lui ? Notre voisin d'Amiriyeh. Je ne sais pas ce qu'il fait à l'aéroport, mais il nous a tirés d'affaire. Dès que nous lui avons exposé le problème, il a réussi à nous dénicher un billet. Elle a fini par décoller il y a deux heures. Je lui ai demandé d'appeler dès son arrivée. Elle se faisait un sang d'encre pour les enfants, surtout pour Shahaab. Elle est persuadée que je ne saurai pas m'en occuper.

Je ne parvenais pas à y croire. Maman était partie et m'avait laissé avec le père d'Arash ? Était-ce possible ? Fereshteh s'est retournée et m'a aperçu.

— Shahaab, mon chéri, viens ici. Ta mère ne restera pas partie longtemps. Elle a dû s'en aller parce que son père est malade, mais elle te rapportera un tas de cadeaux quand elle reviendra.

J'ai claqué la porte aussi fort que j'ai pu et je suis monté dans ma chambre à toute vitesse. Quelle trahison ! Maman était partie en me laissant avec le père d'Arash ! Avait-elle oublié qu'il avait voulu m'envoyer à l'école ? Avait-elle oublié qu'il ne m'avait même pas cherché quand je m'étais perdu et que c'était grâce à M. Karimi qu'ils m'avaient retrouvé ? Et que quand ils m'avaient retrouvé, tout le monde avait été content, sauf lui ? Il était parti se disputer avec les policiers pendant ce temps ! Je me sentais affreusement seul dans le vaste monde. Je me suis caché sous mes couvertures sans retirer mes chaussures ni mes vêtements. Le père d'Arash est monté et a ouvert la porte. Je me suis tourné vers le mur et j'ai fermé les yeux très fort. Il a repoussé les couvertures, s'est assis au bord du lit, m'a retiré mes chaussures et mes chaussettes et les a mises de côté. Si Maman avait été là, elle m'aurait embrassé sur la joue en plus. En cet instant, j'avais vraiment besoin de ce baiser, même s'il venait du père d'Arash.

Arash est entré et a remarqué :

— Il s'est endormi drôlement vite !

— Il est encore petit. Il a de la chance de ne pas tout comprendre. Il était trop fatigué. Il est resté dehors toute la journée et est même allé au parc d'attractions. Ton oncle m'a dit qu'il a déjà dîné.

— Mais il est encore habillé et ne s'est pas brossé les dents. Maman ne le laisserait jamais dormir comme ça.

— Ça ne fait rien, pour une fois. Ce n'est pas grave. Je suis très fatigué, et une grosse journée m'attend. Tu devrais aller te coucher, toi aussi. Tu as classe demain.

— Qu'est-ce qu'on va faire de lui ?

— On le déposera chez Hossein avant que tu partes.

Ils ont éteint, fermé la porte et se sont éloignés. J'ai repoussé la couverture. Il faisait noir dans ma chambre. Le père d'Arash avait oublié d'allumer ma veilleuse.

— Il se moque pas mal qu'on meure de peur dans cette chambre toute noire, a ronchonné Asi. Ou que toutes nos dents pourrissent et tombent. Ou qu'on dorme dans des vêtements sales et qu'on tombe malades. Il sera bien content, en fait.

Maman me manquait terriblement. J'étais en colère et je ne lui pardonnais pas de m'avoir laissé, pourtant cela ne m'empêchait pas de l'aimer de tout mon cœur. Je savais qu'elle m'aimait aussi. J'ai essuyé mes larmes et j'ai enfoncé la tête dans mon oreiller pour que personne ne m'entende pleurer.

J'ai passé la journée suivante chez mon oncle. Je n'avais rien à faire et je me suis ennuyé. Je pensais sans cesse à Maman. Pourquoi ne nous avait-elle pas emmenés ? J'avais été sage, je n'avais rien cassé, et elle m'avait tout de même abandonné. Le père d'Arash est venu nous chercher le soir et nous a ramenés à la maison. Il a fait des œufs au plat, liquides sur le dessus et comme du charbon dessous. Je n'y ai pas touché. Il m'a demandé :

— Shahaab, pourquoi ne manges-tu pas ? Allons !

J'ai baissé la tête.

— Tu veux autre chose ?

Je l'ai regardé, étonné. Pour une fois, il était gentil.

— Qu'est-ce que tu veux ? Dis-le-moi et je te le donnerai.

J'étais déçu.

— À partir de maintenant, si quelqu'un veut quelque chose, il faut qu'il me le dise. Comme ça : « Arash, que veux-tu ? »

— Du pain.

— Tiens. Et toi, Shadi, qu'est-ce que tu veux ?

— De l'eau.

— En voilà. Shahaab, de quoi as-tu envie ? Dis-le-moi et je te le donnerai.

Toutes sortes de pensées se bousculaient dans mon esprit. Asi a dit :

— Il veut nous faire mourir de faim et de soif. Il sait bien que nous ne pouvons pas parler !

Je me suis levé, en colère. Ma chaise s'est renversée. J'ai gravi l'escalier à toute vitesse, j'ai fermé la porte et je me suis calmé.

À partir de ce jour-là, nous avons été en guerre ouverte. Plus il cherchait à me faire parler, plus je résistais. Il disait :

— Dis-moi ce que tu veux et je te l'achèterai. Je ferai tout ce que tu veux. Il suffit que tu me le dises.

Je réprimais mes envies, j'étais fâché et je me taisais.

— Il pourrait nous acheter n'importe quoi, a remarqué Asi, mais il ne le fera pas parce que nous ne parlons pas.

Cette question prenait de plus en plus d'importance. J'étais angoissé et terrifié.

Le quatrième jour d'absence de Maman, le père d'Arash nous a emmenés dans un nouveau snack qui venait d'ouvrir dans le quartier. J'adorais les hamburgers. Pendant un moment, il a fait l'éloge de tout ce qu'on pouvait acheter avant de poursuivre :

— Chacun de vous va me dire ce qu'il veut. Arash, à toi.

— Un burger.

— Et toi, Shadi ?

— Un burder.

— Très bien.

Mon cœur battait à tout rompre. J'avais faim et l'odeur délicieuse des hamburgers grillés me faisait saliver.

— Shahaab, mon chéri, que veux-tu ?

Je l'ai regardé, incrédule. M'avait-il vraiment conduit ici pour que je regarde manger les autres, l'estomac vide ?

— Allons, fiston, dis-moi juste un mot : ham-burger. Ils sont vraiment délicieux, tu sais.

Au bord des larmes, furieux, je lui ai tourné le dos. Voir les clients se régaler avait encore accru mon appétit.

— Tu n'as qu'à dire ham et je comprendrai. Je te chercherai un hamburger.

J'ai serré les lèvres. Babi a dit :

— Il a raison. Fais-lui un signe pour qu'il sache ce dont tu as envie. Tu vois comme ça a l'air délicieux ? Dépêche-toi, je meurs de faim.

Avec une légère hésitation, j'ai tendu le doigt vers le garçon assis à la table voisine. Père a essayé de rester calme mais sa voix commençait à trembler.

— Non, ça ne marche pas. Tu peux parler, je le sais. Ouvre la bouche et dis quelque chose. Le langage des signes ne compte pas.

Arash est intervenu :

— Tu ne l'as pas entendu ? Shahaab vient de dire « hamburger », mais il l'a dit tout bas. Je l'ai entendu, moi. Commande-lui un burger.

— Non. Qu'il le dise assez fort pour que je l'entende.

Asi a dit :

— Arash a de la peine pour nous, mais pas lui. Nous ne lui parlerons jamais, et tant pis si nous mourons de faim !

Son insistance ne servait qu'à me renforcer dans mon mutisme. Le père d'Arash s'était enfoncé dans une impasse par pure maladresse. Il ne supportait pas l'idée de me condamner à jeûner, mais ne pouvait pas non plus revenir sur l'exigence qu'il avait posée. Exaspéré, il a fini par passer la commande. Il a posé brutalement un burger devant moi et m'a dit, furieux de son propre échec :

— Mange !

J'avais la gorge serrée. Les yeux pleins de larmes, j'ai avalé tant bien que mal mon hamburger.

Quand le week-end est arrivé, le père d'Arash nous a annoncé que nous allions faire une promenade dans un grand parc en montagne avec quelques-uns de ses collègues. Fereshteh a emmené Shadi chez eux, elle lui a fait prendre un bain et l'a habillée ; elle a même noué des rubans jaunes dans ses cheveux. Arash a fait sa toilette et s'est habillé tout seul. Son père a dû me prendre sous la douche avec lui. Il m'a lavé les cheveux à toute vitesse. Je me suis rappelé les bains que j'avais pris avec M. Karimi. Nous jouions et rions ensemble. J'aimais bien aussi prendre des bains avec Maman. J'avait l'impression que ses mains me caressaient pendant qu'elle me lavait. Elle m'embrassait dans la nuque quand j'étais lavé en disant :

— Miam ! Les baisers propres sont absolument délicieux !

Elle me manquait. J'avais tellement besoin de ses douces mains et de ses gentils baisers.

Le parc était immense et superbe. Les feuilles toutes neuves étaient vert pâle et fraîches. Certains arbres avaient pris une teinte rouge foncé. La lumière vive et dorée du soleil dispensait une agréable tiédeur. Le parfum des violettes et du jasmin emplissait l'air et, baigné de toutes ces couleurs, je prenais de profondes inspirations, inhalant l'air vif du printemps. Nous avons retrouvé les amis du père d'Arash devant un grand bassin. Il y avait trois hommes, une femme et cinq enfants de différents âges. Les hommes semblaient proches du père d'Arash, mais se montraient très respectueux. L'un d'eux a dit sans réfléchir : « Oui, chef », et j'ai compris que le père d'Arash devait être leur supérieur au bureau. Il leur a fièrement présenté Arash :

— Voici Arash, dont je vous ai déjà parlé. Il est le premier de sa classe, il collectionne les A. Vous verrez bientôt son nom parmi les lauréats des olympiades de maths et de physique. Et voici Shadi, notre petit moulin à paroles. Elle a trois ans et demi.

Je suis resté dans mon coin, me demandant ce qu'il allait dire de moi. Il a regardé autour de lui.

— Il y a aussi Shahaab.

Comme s'il avait dit : « Nous avons aussi un chien. »

— Il doit traîner dans le coin.

J'étais sûr qu'il savait parfaitement que j'étais derrière lui, mais il ne s'est pas retourné.

— Alors, Abedi, lesquels sont à toi ?

Je n'ai pas entendu le reste de la conversation. Je me suis mis à l'écart. La femme qui était mariée à l'un des hommes s'est approchée de moi et m'a demandé :

— Pourquoi est-ce que ta maman n'est pas venue ?

J'ai haussé les épaules et je me suis éloigné.

Nous nous sommes tous mis en route. Arash s'est lié avec deux garçons de son âge, mais il faisait comme s'il était plus grand qu'eux. Avec ses bavardages enfantins, Shadi a attiré l'attention de la dame qui nous accompagnait. Le père d'Arash a commencé à parler travail. On m'avait oublié, et je suivais le groupe à une petite distance. Maman me manquait. Au bout d'un moment, j'ai eu envie d'aller aux toilettes. Pendant tout ce temps, le père d'Arash ne m'avait pas demandé une seule fois si j'avais besoin d'y aller. Nous étions partis si précipitamment le matin que j'avais oublié de prendre mes précautions. Je ne savais pas quoi faire. J'avais le ventre qui gargouillait et je sentais une forte pression à l'intérieur. J'ai résisté, et la pression s'est atténuée. Mais au bout de quelques pas, elle a augmenté et je n'ai plus pu l'ignorer. J'ai couru rejoindre le père d'Arash, je lui ai pris la main et je l'ai regardé comme je regardais Maman dans ce genre de cas. Elle comprenait immédiatement alors que lui, il m'a jeté un regard surpris et a continué à discuter. Je l'ai tiré par la main, et il a dégagé la sienne avec irritation.

— Qu'est-ce que tu as? Qu'est-ce que tu veux? Va jouer avec les autres.

J'ai posé la main sur mon ventre et je l'ai regardé avec des yeux suppliants. Un gros garçon qui marchait avec son père a dit :

— Moi aussi, j'ai faim. Nous avons déjà beaucoup marché.

— Je vais acheter des biscuits et des boissons au kiosque, a dit son père.

La pression était encore plus forte, j'avais les yeux brûlants et mes oreilles sifflaient. J'ai tapé du pied et posé la main sur mon ventre. Le père d'Arash parlait sans se soucier de moi. L'homme est revenu avec les biscuits et les boissons. Il m'a tendu un gâteau. La pression était insupportable. Je n'arrivais pas à comprendre comment les adultes pouvaient être aussi bêtes. J'ai jeté le gâteau par terre et tous les yeux se sont fixés sur moi. Le père d'Arash m'a regardé méchamment, les lèvres pincées.

Il m'a pris par le bras, l'a serré très fort et m'a dit tout bas, pour que les autres n'entendent pas :

— Qu'est-ce que tu as encore, petit crétin ? Tu veux m'embarrasser devant tout le monde, c'est ça ?

Il avait tellement peur de ne pas être à son avantage et faisait inutilement le malin devant ses collègues. J'ai relâché mes muscles contractés. Un liquide tiède a coulé le long de mes jambes et a dégouliné jusqu'au bas de mon pantalon. Une odeur déplaisante s'est répandue. Le fond de mon pantalon était devenu très lourd. Tout le monde me regardait. Le père d'Arash a d'abord pâli, puis rougi. La dame s'est écriée :

— Oh mon Dieu, il a fait dans sa culotte !

Le père d'Arash était tellement énervé qu'il ne savait pas comment réagir. Il s'est repris, mais était incapable de se calmer. Il m'a attrapé par la main, très en colère. La dame lui a indiqué où étaient les toilettes. Nous y sommes allés, laissant derrière nous une traînée sale et malodorante. Tous les passants fronçaient les sourcils et se pinçaient le nez, en nous jetant des regards bizarres.

Le père d'Arash a fait couler de l'eau sur mes jambes. Il refusait de me toucher et n'arrêtait pas de jurer. Il m'a donné plusieurs gifles. Il était près d'exploser de fureur, alors que moi, j'étais étrangement calme. Vidé, physiquement et émotionnellement.

35.

Ce douloureux voyage s'est enfin achevé. Pour une fois, j'étais impatiente de rentrer chez moi. Je n'avais pas cessé un instant de penser à mes enfants et, malgré mon immense chagrin, je n'avais pas eu le temps de pleurer tout mon soûl. Comme j'étais la fille unique du défunt, j'avais dû aider ma mère à accueillir tout le monde et j'avais eu tant à faire que j'avais été incapable de donner libre cours à ma propre tristesse. Je n'avais plus qu'une envie : être à la maison.

Arash et Shadi se sont précipités vers moi, tout heureux, mais Shahaab s'est enfui et est allé se cacher dans sa chambre.

— Il ne peut décidément rien faire comme les autres, a grommelé Nasser. Il m'en a fait voir de toutes les couleurs.

Sachant que son attitude était une forme de protestation, je l'ai suivi dans sa chambre et l'ai tiré de sous son lit. Je connaissais tous ses stratagèmes.

Il voulait me montrer qu'il était fâché contre moi, mais quand je l'ai pris dans mes bras et que je l'ai embrassé, il a abandonné toute résistance et s'est blotti contre moi.

Je souhaitais que la vie retrouve son cours normal au plus vite. J'accomplissais des tâches ménagères que j'avais toujours détestées. Mais j'avais beau faire des efforts, ma peine demeurait intacte. Je parlais à ma mère et à mes frères tous les jours au téléphone, et je pleurais. Shahaab ne me quittait pas de l'œil, il m'observait avec inquiétude, alors que Nasser ne tenait aucun compte de mon désarroi. Il travaillait autant que d'habitude et rentrait très tard le soir. Il ne cessait de me rappeler les sacrifices qu'il consentait pour nourrir sa famille et de se plaindre des difficultés qu'il avait eues pendant mon absence, alors qu'il devait aller au bureau et s'occuper des enfants en même temps. Je ne voulais pas faire de scène en lui faisant remarquer que c'était la moindre des choses, mais je ne pouvais pas non plus accepter qu'il estime que je lui étais redevable. Il revenait inlassablement sur l'incident du parc, ressassant chaque fois cette histoire avec une colère et une honte grandissantes. La première fois qu'il m'en avait parlé, j'avais été étonnée.

— Je n'y crois pas. Pourquoi Shahaab aurait-il fait une chose pareille ?

— Je n'en sais rien, mais je te jure qu'il l'a fait ! Devant mes collègues et leurs enfants, il m'a regardé droit dans les yeux et il a chié dans son pantalon sans vergogne ! Tu ne peux pas imaginer dans quel état j'étais.

— Il était sûrement malade. Il a dû manger quelque chose de mauvais et n'a pas pu se retenir.

— Non, il n'était pas malade !

— Ou alors il n'est pas allé aux toilettes avant votre départ – tu sais, il lui faut souvent un moment le matin. Il faut être patient. Il lui arrive même d'emporter ses jouets et de jouer avec aux toilettes.

— Et tu ne me crois pas quand je te dis qu'il est cinglé ? Il joue aux toilettes ?

— Arrête ! C'est un enfant. N'en fais donc pas un plat. Ce n'est qu'un petit accident. Ça peut arriver à tout le monde. Tes collègues ont des gosses, eux aussi, ils comprendront.

— Je ne peux plus me présenter la tête haute au bureau. Tu crois vraiment que mes collaborateurs peuvent respecter un chef obligé de torcher le cul merdeux de son fils ?

— Quel drame tu fais ! D'ailleurs, qu'est-ce que tu attends de moi au juste ? Que je me débarrasse de lui ?

— Non, non, continue à le gâter, comme d'habitude ! Il l'a fait exprès, juste pour m'embêter. Tu aurais dû voir le regard qu'il m'a jeté – méchant, têtu et triomphant.

— Pourquoi te jetterait-il des regards méchants et têtus ? Tu lui as fait quelque chose ?

— Je lui ai fait prendre son bain, je lui ai fait enfiler des vêtements propres. Je lui ai préparé des œufs pour le petit déjeuner et je l'ai conduit au parc. J'avais même l'intention de les emmener déjeuner au restaurant. Et c'est comme ça qu'il me remercie !

Un mois et demi plus tard, j'ai dû repartir quelques jours pour assister à une cérémonie à la mémoire de mon père. J'ai fait asseoir Shahaab et je lui ai expliqué pourquoi il fallait que je m'en aille et combien de temps durerait mon absence. Contrairement à ce que je craignais, il a compris que je devais retourner dans le Sud et il l'a accepté sans difficulté.

36.

Cette fois, Maman ne m'a pas trahi. Elle m'a tout expliqué avant de partir, alors son absence n'a pas été aussi pénible. Quand elle est rentrée avec Bibi, j'ai couru les accueillir avec le reste de la famille.

C'était bizarre, d'avoir Bibi à la maison. C'était toujours nous qui allions chez elle – je n'avais pas le souvenir qu'elle soit jamais venue chez nous. Son apparence, ses vêtements, son foulard et sa façon de parler, si charmants et si plaisants dans son village, paraissaient déplacés dans la grande ville. Bibi elle-même semblait en avoir conscience plus encore que les autres. Elle avait perdu un peu de son assurance. Cette femme solide, qui commandait à tous dans son environnement familier, est devenue timide en arrivant chez nous. Quand Grand-mère, avec ses grands airs, est venue la voir avec mes tantes et Fataneh, elle a été encore plus gênée, surtout à cause des remarques acerbes de Grand-mère sur son foulard et de la dépense supplémentaire qu'elle représentait pour notre budget.

— Je regrette de ne pas avoir une autre brique à lui balancer sur la tête, a murmuré Asi.

Pour la première fois de sa vie, le père d'Arash a dit ce qu'il fallait :

— Bibi nous honore de sa présence. Elle est si généreuse avec nous à chacune de nos visites que j'espère qu'elle se sent ici chez elle et qu'elle restera le plus longtemps possible.

Bibi a incliné la tête.

— Merci, mon fils, mais je suis plus à l'aise chez moi. C'est Maryam qui a insisté pour que je l'accompagne. Je lui ai dit que nous avons de très bons médecins chez nous. Elle n'a pas voulu m'écouter. Elle a tenu à ce que je vienne consulter un spécialiste à Téhéran. J'ai rendez-vous lundi et je serais très heureuse que vous me preniez un billet de retour pour mardi.

— Quoi ? a protesté Maman. Je ne me suis pas donné tout ce mal pour que tu repartes à peine arrivée. Pas question ! Tu passeras l'été avec nous. De toute façon, le médecin va réclamer un tas d'examens et de radios, et ça va prendre du temps. Tu ne peux pas repartir aussi vite, je veux que tu restes !

C'est ainsi que Bibi a fini par s'installer chez nous pendant un moment. Elle a accompagné Maman chez quantité de médecins et subissait plusieurs examens par semaine. À d'autres moments, elle était comme une présence invisible en marge de notre existence. Elle avait l'air déprimée et semblait souffrir de la solitude. Ce n'était pas la Bibi que je connaissais. Chaque fois que Maman avait un peu de temps, elle s'asseyait à côté d'elle et elles parlaient de Grand-père en pleurant. Elle se réfugiait dans les recoins les plus discrets de notre maison, et il m'arrivait même d'oublier qu'elle était là.

Après l'incident du parc, l'hostilité entre le père d'Arash et moi est devenue flagrante. Nous nous évitions prudemment, comme deux adversaires redoutant une attaque de l'ennemi. Un soir, en rentrant du travail, il a annoncé :

— Notre P-DG, M. Arbabi, est revenu de La Mecque et il a invité tout le monde à une *garden-party* ce week-end. Il y aura des kebabs.

Il s'est tourné vers Maman et a ajouté tout bas :

— Il en profitera sans doute pour annoncer ma promotion.

Asi a dit :

— Miam ! Des kebabs !

J'ai salivé et attendu le week-end avec impatience.

Nous avons passé trois jours, Maman et moi, à chercher un beau cadeau pour M. Arbabi. Finalement, nous avons choisi ensemble un très joli plat, très cher. Je l'ai porté fièrement jusqu'à la maison. J'avais tellement hâte que le week-end arrive. D'abord, parce que nous n'étions pas invités très souvent à des *garden-parties*, ensuite, parce que j'avais l'intention de me conduire très bien et de montrer à Maman que j'étais un bon garçon et que je n'étais pas responsable de l'incident du parc que le père d'Arash ne cessait de ruminer.

Le jour dit, je me suis réveillé plus tôt que d'habitude. Je me suis lavé la figure et j'ai enfilé un short et un T-shirt kaki que Maman m'avait achetés récemment. Je me suis coiffé et suis descendu. Les autres n'avaient pas encore pris leur petit déjeuner. Bibi était seule à la cuisine. Elle m'a regardé, étonnée, et m'a dit :

— Quel charmant petit garçon ! Tu auras la meilleure note aujourd'hui parce que tu es le premier à être prêt.

J'ai souri.

— Tu dois être drôlement impatient d'aller à la *garden-party*.

J'ai mangé mon petit déjeuner de bon appétit. Quand Maman a vu la table mise, elle a dit :

— Bibi, tu n'aurais pas dû. Merci infiniment. Nous ne nous sommes pas réveillés et nous sommes tous un peu en retard.

Bibi m'a regardé en souriant et a dit :

— Sauf mon petit blondinet. Il est debout depuis l'aube. Il a fait sa toilette, a pris son petit déjeuner, est allé aux toilettes et il vous attend. Regarde comme il est beau.

Quand Shadi et le père d'Arash sont arrivés, la cuisine a commencé à être bondée. Maman a appelé Arash. Elle a servi du thé à tout le monde, et ils se sont tous mis à manger. Le père d'Arash a dit :

— Préparez-vous vite. Nous devons retrouver les autres sur la route à dix heures.

Je suis allé dans l'entrée et me suis assis devant la télé. J'étais très calme et je me sentais supérieur aux autres parce que j'étais prêt avant eux. Toute la famille courait dans tous les sens. Arash fouillait dans son placard en hurlant :

— Maman, où est ma chemise bleue ?

— Prends-en une autre.

— Non, c'est celle-là que je veux.

— Elle était sale, je l'ai mise à la lessive.

Enfin, ils ont été prêts. Shadi portait un chemisier rouge avec un caleçon blanc et avait rassemblé ses cheveux en queue-de-cheval. Arash est descendu en grognant. Son père a sorti la voiture du garage et est revenu dans la maison chercher un sac qu'il avait oublié. Nous avons couru jusqu'à la voiture. Je me suis assis près de la vitre. J'estimais que c'était mon droit, parce que j'avais été prêt avant les autres. Devant la porte d'entrée, Maman disait à Bibi :

— Je suis vraiment désolée. Nous essaierons de rentrer de bonne heure. Il y a à manger dans le frigo.

Bibi a levé le bras pour nous dire au revoir. Le père d'Arash est monté dans la voiture et a regardé à l'intérieur avant de se glisser derrière le volant. Soudain, il s'est figé comme sous l'effet d'une décharge électrique.

— Qu'est-ce que tu fais là ? a-t-il protesté.

Il s'est dirigé, furieux, vers Maman qui parlait encore à Bibi.

— Maryam, qu'est-ce qu'il fait là ? Tu ne devais pas l'envoyer chez son oncle ?

Je regardais la scène, incrédule. Je savais qu'il était mon ennemi, mais je n'aurais jamais imaginé qu'il irait jusque-là.

— Ce n'est pas juste. Laisse-le venir. Il ne te dérangera pas.

— Pas question. Je te l'ai déjà dit. Je ne suis pas à l'aise avec ces gens. Tout le monde sera là. C'est un jour très important pour moi. S'il fait une bêtise ou me cause le moindre embarras, ils ne me respecteront plus jamais.

— Il est bien habillé, il est prêt – nous ne pouvons pas le laisser. Je ne le quitterai pas des yeux.

— Non ! Je t'avais prévenue. Tu devais prendre les dispositions nécessaires. Et tu ne l'as pas fait, exprès, pour me mettre devant le fait accompli. Il n'est pas question que je l'emmène. Je ne supporte pas sa présence. Il me gêne. Je vais devoir passer mon temps à expliquer pourquoi il ne parle pas, pourquoi il est retardé, etc. Je ne veux pas qu'on me jette des regards apitoyés ni qu'on cherche à découvrir mon point faible.

— De quoi parles-tu ? Quel point faible ?

— Tu ne sais pas comment les choses se passent au bureau. Il y a quelque temps, Kermani, le concierge qui est devenu membre de l'Association islamique et fourre son nez partout, a dit : « Ceux qui ne croient pas en Dieu et au prophète Mahomet ont des enfants retardés. » Vu le climat qui règne dans le pays en général et au bureau en particulier, je n'ai aucune envie qu'on m'accuse d'être un mauvais croyant.

— Quel imbécile ! Il faut vraiment avoir l'esprit malade pour répandre des idées pareilles. Et toi, tu l'écoutes ? Au lieu de lui clouer le bec, tu tiens compte de ce qu'il dit ?

— Je ne suis pas d'accord avec lui, mais ce sont ces gens-là qui sont aux manettes et je n'ai pas envie de perdre mon poste.

Toute la joie qui m'animait a cédé à un douloureux abattement. Mobilisant le peu d'orgueil qui me restait, je suis sorti de la voiture et je me suis dirigé vers la maison. Le poids de l'humiliation était insupportable. Ils ont continué à se disputer un moment, mais je suis monté dans ma chambre, je me suis allongé sur mon lit et j'ai regardé le plafond. Il me restait un minuscule lambeau d'espoir. Au bout de longues minutes, je les ai entendus monter l'escalier.

Babi a dit :

— Tu vois, elle revient ! Maman n'acceptera jamais de nous laisser tout seuls.

Elle s'est assise sur mon lit, m'a caressé la tête et m'a dit :

— Shahaab, mon chéri. Je t'emmènerai au parc demain et nous achèterons de la pizza pour le déjeuner. Je te le promets. Et la semaine prochaine, nous irons tous faire un pique-nique avec Bibi, n'est-ce pas, Nasser ?

— Oui, la semaine prochaine nous irons au parc avec Bibi, c'est promis. Mais ce n'est pas tout. Maryam, je vais lui acheter un vélo !

— Vraiment ? Il en a de la chance !

— Oui, un vélo rouge. Maintenant, sois un bon garçon et reste avec Bibi. Nous n'en avons pas pour longtemps.

Maman m'a embrassé sur la joue.

— Ne sois pas triste, mon chéri. Tu iras acheter un joli vélo avec ton père demain. Je t'envie, tu sais. Si seulement je n'étais pas obligée d'y aller ! L'idée de traîner avec ces gens ne m'enchante pas, crois-moi. Tu te serais ennuyé si tu nous avais accompagnés.

— Maryam, allons-y, il est tard.

Maman s'est levée du lit, elle m'a regardé tristement et elle est partie. Je la détestais. Pourquoi n'avait-elle pas pris ma défense ? Elle était tellement faible !

Le bruit du moteur qui démarrait a éteint toutes les lueurs d'espoir qui me restaient. J'ai couru à la fenêtre et j'ai vu la voiture tourner au coin et disparaître. Ils ne m'avaient pas emmené ! Je n'arrivais toujours pas à le croire. J'ai serré les dents de colère et ai essuyé mes yeux du dos de la main.

— Qu'ils aillent au diable avec leur vélo rouge ! a lancé Asi.

J'étais fou de rage. Je suis allé jusqu'à la chambre de mes parents, mais la porte était fermée à clé. J'ai eu beau taper dessus à coups de pied et de poing, ça n'a servi à rien. Bibi m'a rejoint en boitant et m'a fait descendre avec elle. Elle me parlait sans cesse, me racontait des histoires, mais je n'entendais pas ce qu'elle disait. Des idées noires, des plans de vengeance se bousculaient dans ma tête. Que pourrais-je leur faire d'aussi cruel que ce qu'ils m'avaient fait ?

— Je vais les tuer, a lancé Asi. Tu vas voir !

— Comment ? a pleuré Babi. Nous sommes tellement plus faibles qu'eux. Nous ne pouvons rien faire.

— Bien sûr que si. Nous ne sommes pas plus faibles que Shadi. Ils seront très tristes si nous tuons Shadi. Il n'y a qu'à l'emmener sur le toit et la pousser en bas.

— Mais Shadi n'est pas là en ce moment.

— Nous allons brûler leur maison. C'est facile. Il suffit de frotter une allumette comme Khosrow et de la jeter dans une penderie.

— Mais ils n'auront rien, eux.

— Nous la brûlerons quand ils dormiront. Oui, ça, c'est une bonne idée !

J'ai passé le reste de la matinée dans ma chambre, inconsolable et furieux, à mijoter des représailles. Je ne supportais personne, pas même Bibi, et elle m'a laissé tranquille. Quand il a été l'heure de déjeuner, elle m'a appelé pour que je mange avec elle et elle a réchauffé les côtelettes de la veille au soir. Elle les a posées sur la table avec du yaourt, des légumes et du pain.

J'hésitais encore entre deux possibilités : incendier la maison pour que ma famille soit brûlée vive, ou pousser Shadi du toit et la regarder s'écraser par terre. Shadi était comme la poupée préférée de mes parents, que je détruisais pour me venger d'eux. Quand j'imaginais son corps ensanglanté et disloqué au sol, je n'éprouvais aucun regret, aucun remords, je m'inquiétais plutôt à l'idée que leur adorable chérie ne soit pas irrémédiablement réduite en miettes.

Asi a suggéré :

— Si elle n'est pas encore morte après être tombée, nous lui couperons la tête avec un couteau.

Bibi me suppliait d'avaler quelques bouchées. La nourriture me paraissait sèche et sans goût. C'était bizarre parce que je l'avais trouvée vraiment délicieuse au dîner. J'imaginais la superbe *garden-party* et les plats délicieux dont ils se régalaient. L'odeur des kebabs me chatouillait les narines et me faisait saliver. Je voyais Shadi en manger un gros morceau. J'ai jeté mon assiette de côtelettes par terre et j'ai craché la nourriture que j'avais dans la bouche.

Bibi s'est levée et s'est dirigée vers moi. Je serrais la fourchette dans ma main, prête à la tuer, elle aussi. Une soif de destruction me dévorait. Pourtant, contrairement à ce que je pensais, Bibi ne m'a pas grondé. Elle s'est assise en face de moi, s'est couvert les yeux de son foulard et s'est mise à pleurer bruyamment. Entre ses sanglots, elle disait :

— Je suis désolée pour toi, mon petit. Je préférerais être morte pour ne pas voir comment ces gens cruels te traitent. Tu as le droit d'être en colère. Si j'étais toi, je serais en colère, moi aussi.

J'étais ahuri. Je l'ai regardée avec étonnement. Personne ne m'avait jamais permis d'être fâché ou violent. Ma main s'est décrispée et j'ai lâché la fourchette. En l'entendant tomber, Bibi a retiré son foulard de ses yeux. Elle m'a pris la main et m'a fait monter sur ses genoux. Ses épaules étaient encore secouées de sanglots. J'ai blotti ma tête contre sa poitrine. Elle sentait l'eau de rose et les pâtisseries tièdes. Je me suis détendu entre ses bras, donnant libre cours au chagrin qui m'avait accablé toute la matinée. Elle m'a caressé la tête de ses douces mains et m'a laissé pleurer.

Au bout d'un moment, elle m'a dit :

— Shahaab, tu es vraiment un bon garçon. Tu vas tout à fait bien. Je suis sûre que tu es plus intelligent qu'eux, mais qu'ils sont tous trop bêtes pour s'en rendre compte. Si j'étais toi, je ne leur parlerais pas non plus.

Elle s'est remise à pleurer.

— Si tu as envie de casser quelque chose, vas-y. Je t'aiderai.

Je n'en revenais pas. J'ai pris un verre avec hésitation, et je l'ai laissé tomber par terre. Bibi a pris son propre verre et en a fait autant. J'étais aux anges. J'ai regardé autour de moi et je suis allé chercher plusieurs assiettes dans le vaisselier. Je les ai jetées par terre. Bibi a soulevé la sienne, qui contenait encore des côtelettes et du yaourt, et l'a projetée au sol. Il y a eu des éclaboussures de yaourt partout. Je n'arrivais pas à y croire. J'ai éclaté de rire.

— Tu sais quoi? m'a demandé Bibi. En faisant cela, nous ne faisons de peine qu'à ta mère. Ça ne me plaît pas, de casser ses affaires. Je voudrais casser quelque chose qui appartient à ton père.

J'avais l'impression que quelqu'un d'autre disait ce que je pensais. J'ai hoché la tête avec empressement, j'ai pris Bibi par la main et l'ai entraînée à l'étage. Elle a gravi l'escalier en boitant, mais n'a pas protesté. Je me suis arrêté devant la porte de la chambre de mes parents.

— Ça ne sert à rien, a remarqué Bibi. Elle est fermée à clé.

J'ai tendu le doigt vers le haut du chambranle. Je voyais la clé qui y était posée. J'ai sauté plusieurs fois, mais je ne pouvais pas l'atteindre. Bibi a grimpé sur le tabouret, non sans mal, mais elle n'a pas pu attraper la clé non plus. Elle est tombée en essayant de descendre. Je me suis précipité vers elle, inquiet. Elle m'a tiré par la main et m'a serré dans ses bras en riant.

— Regarde-nous, on dirait deux fous.

Nous avons fait un câlin en riant encore plus. La douleur et la haine qui me rongeaient se sont envolées pendant quelques instants.

— Et ça, c'est ta chambre ? a demandé Bibi. Je voulais m'installer avec toi, tu sais, mais comme j'ai mal aux jambes, ta mère a mis mes affaires en bas, dans celle d'Arash. Tu veux bien me la montrer ?

Je l'ai aidée à se relever et je l'ai conduite à ma chambre. Elle l'a parcourue du regard et a dit :

— Quelle jolie chambre ! J'aimerais bien dormir ici. Tu accepterais de la partager avec moi ?

J'ai hoché la tête avec enthousiasme.

— Dans ce cas, viens, nous allons monter mes affaires.

J'ai pensé à sa jambe qui lui faisait mal et j'ai tendu le doigt vers son genou.

— Ne t'en fais pas, a-t-elle dit. Si tu m'aides pour monter et descendre, ça ira. Tu veux bien ?

J'ai hoché la tête plusieurs fois. Nous sommes redescendus ensemble, tant bien que mal, et avons monté l'essentiel des affaires de Bibi. Je voulais prendre aussi sa valise mais elle m'a arrêté :

— Je n'en ai pas besoin. Nous allons simplement en sortir ce qu'il me faut. Et maintenant, qu'est-ce qu'on va faire ? Tu veux qu'on nettoie la cuisine puis qu'on fasse une petite sieste, ou tu préfères laisser tout comme ça ?

J'ai réfléchi. Je n'avais plus envie de me battre. Je ne sais pas ce qui s'était passé, mais je n'attachais plus tellement d'importance à toute cette affaire. J'ai haussé les épaules.

— Il n'est pas question de faire un grand ménage, a repris Bibi. Mais il vaudrait mieux ramasser le verre cassé pour qu'il ne nous blesse pas les pieds, tu ne crois pas ? Tu veux bien m'aider ? Ça ira plus vite à deux. Et ensuite, nous pourrons faire la sieste et je te raconterai une histoire.

Nous avons nettoyé la cuisine ensemble. Puis j'ai aidé Bibi à monter dans ma chambre. Elle a étalé une couverture par terre et a installé nos oreillers côte à côte. J'ai posé la tête sur son bras. J'adorais être tout contre elle. Shadi dormait toujours comme ça à côté de Maman et il n'y avait plus eu de place pour moi dans les bras de Maman depuis qu'elle était là. Je me suis blotti tout près de Bibi, j'ai écouté sa voix mélodieuse et je n'ai pas tardé à m'endormir.

37.

— Toutes ces marches à monter et à descendre, ce n'est pas bon pour vous. Si vous n'êtes pas bien avec Arash, nous allons l'installer en haut et vous aurez la chambre pour vous toute seule.

— Non ! Je veux rester dans celle de Shahaab.

— En plus du problème de l'escalier, a poursuivi Nasser, il ne pourra pas vous aider si vous avez besoin de quelque chose. Il ne comprend rien et ne parle pas.

— Il comprend tout ! a répliqué Mère avec colère. Ce qui me dérange le plus ici, ce n'est pas l'escalier, je vous assure !

Et elle s'est détournée. J'ai regardé Nasser, étonnée.

Après son départ pour le travail, j'ai demandé à Mère :

— Pourquoi es-tu aussi irritée ? Nasser ne pensait pas à mal. Il ne songe qu'à ton confort.

Elle a secoué la tête tristement et a soupiré :

— Que veux-tu ? Vous ne vous rendez même pas compte de ce que vous dites. Je me fais vraiment du souci pour vous. On dirait que vous ne comprenez absolument rien.

— Comment ça ? Qu'est-ce que nous ne comprenons pas ?

— Cet enfant, Arash, vous deux. Tu trouves que c'est une vie ? C'est pour ça que tu as fait toutes ces études ?

Je ne comprenais pas où elle voulait en venir. Consternée, je lui ai demandé :

— Que s'est-il passé ? Qu'est-ce qui t'a mise dans un état pareil ?

— Tout ! Ça fait maintenant trois semaines que je vis dans cette maison. Où que je porte les yeux, je trouve qu'il manque quelque chose. On dirait que vous êtes tous fâchés les uns contre les autres ; tout le monde reste dans son coin à vaquer à ses petites affaires. Il n'y a pas trace d'humour, pas une miette de bonne humeur. Depuis que je suis arrivée, personne n'a raconté de blague, personne n'a ri. Qu'est-ce que c'est que ce couple ? Vous ne vous parlez même pas. Tu passes ta journée à faire le ménage, le visage fermé à faire peur. Imagine l'effet que ça fait à tes enfants. Pourquoi es-tu aussi triste ?

— Je ne suis pas triste, mais je n'aime pas faire le ménage. Ça me donne l'impression d'être inutile.

J'ai passé un tas de diplômes et me voilà réduite à être une simple femme au foyer, comme il y a un siècle.

— Et alors ? Tu fais ça pour tes enfants. Ce n'est pas parce que tu es allée à l'université que tes petits doivent mourir de faim.

— Tu trouves que je n'en fais pas assez ? Je trime jour et nuit, je fais la lessive, la vaisselle, la cuisine pour eux, sans tenir compte de mes besoins, de mes envies. Et toi, tu me traites de mauvaise mère et tu critiques ma vie ?

— Oui. Tout ce que tu fais, tu le fais les sourcils froncés, en pestant et en maugréant. C'est comme du poison pour tes enfants. En réalité, tu n'accomplis que ton devoir. La belle affaire ! Ce n'est pas parce que tu as fait des études que tu es dispensée de préparer à manger et de tenir ta maison propre.

— Ce que je voulais dire, c'est que ça m'agace de ne faire que ça de mes journées.

— Eh bien, fais autre chose en plus si tu peux. Mais si tu n'y arrives pas, au moins fais correctement ce que tu as à faire. Ce qu'on accomplit avec amour est moins pénible et moins fatigant. Et puis ton mari ! Il a l'air de penser qu'il est le seul au monde à travailler ! Quand il rentre le soir, on pourrait croire qu'il a passé sa journée à déplacer des montagnes !

— Il est fatigué, Mère. Il travaille comme trois, tu sais.

— Qu'il arrête, si c'est trop dur pour lui. Vous deux, vous avez vraiment l'art de faire une montagne d'une taupinière ! À vous entendre, votre vie est un enfer. Ce n'est pas bon pour vos enfants. Vous devriez penser un peu plus à eux.

— Nous nous faisons tant de souci pour eux que ça nous tue !

— Ce sont de mauvaises excuses. Vos enfants vont très bien. Le problème vient de vous. Les parents ronchons ont des enfants ronchons. Si vous faites un effort, vos enfants s'en sortiront aisément.

— Parce que tu crois que c'est notre faute si Shahaab est comme ça ?

— Comme quoi ? Il n'a rien qui cloche. Si j'entends encore une fois quelqu'un dire qu'il n'est pas normal, il aura de mes nouvelles !

J'étais impressionnée de la voir, dressée devant moi comme une lionne. Alors qu'en général la moindre réflexion me hérissait, son sermon ne m'avait pas du tout irritée.

38.

Bibi s'est installée dans ma chambre. Pour la première fois, quelqu'un acceptait tous mes défauts. Mon silence ne la dérangeait pas et ne nous empêchait pas de communiquer. Ma chambre est devenue notre univers. Nous éprouvions un agréable sentiment de sécurité dès que nous fermions la porte. Bibi n'insistait pas pour me faire parler. Je n'avais pas peur avec elle et n'éprouvais pas l'impression angoissante de devoir constamment passer un examen. Un soir où j'étais allongé à côté d'elle à écouter une de ses jolies histoires, elle m'a dit :

— Si tu as trop sommeil, je peux te raconter la fin demain.

J'ai secoué la tête. Elle a répété sa phrase, j'ai de nouveau secoué la tête.

— Je ne vois pas ta tête dans le noir, mon chéri, a repris Bibi. Il faut me toucher la main ou bien faire un bruit. Si tu veux dire oui, tu n'as qu'à faire « ahem », comme si tu te raclais la gorge. Et si tu veux dire non, fais un autre bruit, celui d'un klaxon de voiture, par exemple. Alors, tu veux que je continue mon histoire ?

Je lui ai touché la main et j'ai dit :

— Ahem.

Bibi a continué son histoire. Elle parlait d'un garçon à qui on avait jeté un sort et qui ne pouvait pas parler. Mais ce courageux petit garçon avait trouvé la clé du sortilège et il avait délivré tout le monde. J'aimais beaucoup cette histoire. Je voulais que Bibi me la raconte encore et encore. Mais parfois, on aurait pu croire qu'elle l'avait oubliée.

Le lendemain après-midi, au moment de la sieste, je me suis glissé entre ses bras, je me suis blotti contre elle et lui ai montré que j'attendais une histoire. Elle en a commencé une autre. J'ai secoué la tête pour protester.

— Laquelle veux-tu ? a demandé Bibi. Je ne sais pas quelle histoire tu as envie que je te raconte. Tu pourrais me donner un petit indice ?

J'ai bégayé :

— Ss... Sso... Ssort...

— Ah ! l'histoire de la sorcière qui a jeté un sort pour empêcher le petit garçon de parler ?

Tout content, j'ai répondu :

— Ahem.

Et Bibi, comme si de rien n'était, a raconté son histoire avec le plus grand naturel. Ce soir-là, elle m'a demandé :

— Quelle histoire veux-tu ?

Avec plus d'assurance que l'après-midi, j'ai répondu :

— Le sort...

Le lendemain, je l'ai observée attentivement. Je me suis caché dans tous les coins de la maison sans que personne me voie, craignant qu'elle ne dise quelque chose à Maman. Mais Bibi n'a rien dit. J'étais soulagé qu'elle sache garder un secret et cela a un peu dissipé mes peurs et mes angoisses. Cet après-midi-là, je me suis allongé à côté d'elle et j'ai parlé plus librement :

— Bibi... le sort.

Moins j'avais peur, plus les mots que j'arrivais à prononcer étaient nombreux. Bibi conservait un calme olympien et ne sautait pas de joie dès que je disais quelque chose. Elle n'avait pas l'air particulièrement contente, elle ne se moquait pas de moi. Elle faisait comme s'il était parfaitement normal que je parle, comme si cela n'avait jamais posé le moindre problème. Au bout d'un mois, nous discutions sans difficulté, Bibi et moi ; c'était notre grand secret. Elle ne voulait pas faire étalage de mes progrès, elle n'avait pas l'impression d'avoir quelque chose à prouver. Elle ne cherchait pas à m'exhiber en public et, surtout, elle n'a jamais trahi ma confiance.

39.

— Shahaab est complètement différent quand il est avec toi. On dirait que tu es la seule à le comprendre vraiment.

— Pourquoi ne pourrais-tu pas le comprendre, toi ?

— C'est qu'il est tellement compliqué. Je ne sais jamais par quel bout le prendre.

— Il n'a besoin que de deux choses, d'amour et de tendresse. Et tu ne les lui donnes pas.

— Comment peux-tu dire ça ! Je pense à lui et je m'inquiète pour lui toute la journée. Si tu savais les soucis qu'il me donne. J'ai toujours peur que quelqu'un le houspille.

— Quel curieux témoignage d'amour ! Tu te fais du souci pour lui, mais sa présence ne t'apporte aucune joie. Tu lui montres ton inquiétude, mais pas ton amour. Je ne te vois jamais le prendre dans tes bras pour l'embrasser comme tu le fais avec Shadi.

— Shadi est un bébé, il faut bien que je m'en occupe. Chaque fois que je m'approche de Shahaab, il file en courant.

— Je ne te dis pas d'ignorer Shadi, mais de manifester autant d'intérêt à Shahaab qu'à elle. Demande-toi donc pourquoi il te fuit.

— Crois-moi, Mère, j'ai consulté de nombreux spécialistes et lu je ne sais combien de livres de conseils, mais rien de ce que nous faisons ne paraît efficace.

— De mon temps, nous ne lisions pas tous ces livres, pourtant nous vivions plus heureux avec nos enfants. Ils avaient moins de problèmes et grandissaient plus naturellement. L'histoire de l'amour d'une mère pour ses enfants n'est pas écrite dans des livres mais dans ton cœur. Inutile d'être allée à l'université pour la lire.

— Je me fais tellement de souci que j'ai presque oublié ce qu'est l'amour.

— Je ne te le fais pas dire. Voilà tout ce que tu sais faire – t'inquiéter, te plaindre de tes enfants et leur trouver des défauts. Vous l'avez dit si souvent qu'il a fini par se convaincre qu'il n'est pas normal.

— Parce que tu ne le crois pas, toi ?

— Certainement pas !

— Tu ne penses pas qu'il est retardé ?

— Bien sûr que non. Il est même remarquablement intelligent.

— C'est ce que je dis à tout le monde, mais je n'y crois plus. Il fait des choses tellement bizarres, il accumule les bêtises, il s'en prend à des gens qui ne lui ont rien fait, il peut même les mettre en danger. Il m'arrive de penser qu'il pourrait aller jusqu'à tuer quelqu'un ! S'il en avait la force, il aurait certainement fait du mal à son père à l'heure qu'il est.

— Ce petit n'agit pas sans raison. Vous ne le comprenez pas, c'est tout. Vous ne le traitez pas normalement.

— Parce que ce n'est pas un enfant normal !

— Arrête ! Il est comme tous les autres enfants.

— Tu te rends compte de ce que tu dis ? À son âge, les enfants normaux entrent à l'école, mais lui, il va falloir l'inscrire dans un établissement spécialisé. J'ai fait le tour d'une centaine d'écoles. Aucune ne veut le prendre.

Sur ces mots, j'ai éclaté en sanglots.

— Il faut que tu leur prouves qu'il est exactement comme les autres et que tu te dépêches d'aller l'inscrire.

40.

Un après-midi, dans le calme de notre chambre, Bibi m'a posé des questions sur l'école.

— Tu n'aurais pas envie d'y aller, toi ?

Je lui ai répondu fermement :

— Non, je n'aime pas ça !

— C'est pourtant amusant, l'école.

— Je ne veux pas y aller. Ça va me fatiguer.

— Te fatiguer ? Tous les élèves ont le même âge que toi. Tu apprendras à lire et à écrire. Comme ça, tu pourras lire des livres tout seul. Si tu n'apprends pas à lire et à écrire, tu ne pourras rien faire quand tu seras grand.

J'ai beaucoup réfléchi. Aucune des raisons avancées par Bibi n'était suffisamment convaincante pour me faire accepter la perspective terrifiante de l'école. Les enfants de mon âge étaient des inconnus qui m'effrayaient. L'idée de pouvoir lire tout seul n'avait rien d'attirant non plus. Tout ce qu'il y avait d'intéressant dans les livres, c'étaient les images, et on n'avait pas besoin de savoir lire pour les regarder. De toute façon, le jour où je serais grand et devrais trouver un métier était tellement loin ! Je ne connaissais ce monde-là que par la mine maussade du père d'Arash quand il rentrait du travail. Il s'en prenait à Maman et nous interdisait de courir et de jouer. Non ! Je n'avais vraiment aucune envie de grandir et de devenir comme lui.

J'ai dit :

— Je n... n... ne veux rien f... f... faire quand je serai grand.

— Voyons ! Comment peux-tu dire une chose pareille ? Tu es un homme ! Quand tu seras grand, tu te marieras. Si tu n'as pas de métier, comment nourriras-tu ta femme et tes enfants ?

Bibi disait vraiment de drôles de choses ! Une femme et des enfants ! Je ne me marierais jamais. Je n'aime pas les filles. Elles sont toutes pourries gâtées, comme Shadi. L'avenir dont me parlait Bibi était inconcevable à mes yeux et ne m'attirait pas du tout.

— Non. Je n'irai pas. C'est trop fatigant.

— Qu'est-ce que c'est que cette histoire de fatigue ? Tout le monde est fatigué. On va se coucher le soir, et le lendemain matin, on est reposé. Tu ne peux pas refuser de faire des choses simplement parce que c'est fatigant.

— Si, je peux.

Asi m'a chuchoté :

— Bibi ne remarque donc pas que, le week-end, le père d'Arash est de meilleure humeur et qu'Arash est en forme, qu'il n'est pas épuisé ? Quand il rentre de l'école, il n'en peut plus, et il a encore un tas de devoirs à faire. Il lui arrive même de pleurer tellement il est fatigué !

— Mon chéri, ce n'est pas si dur, l'école, ni si fatigant, surtout la première année. Tu passeras l'essentiel de ton temps à jouer et à t'amuser et tu n'auras presque pas de devoirs.

Bibi me parlait de l'école tous les jours. Je ne comprenais pas pourquoi elle insistait tellement pour que j'y aille. Puis, peu à peu, ce qu'elle me disait m'a familiarisé avec cette idée et m'a rendu la perspective d'y aller moins insupportable.

41.

Maman est rentrée exaspérée et déçue. Elle a jeté son foulard dans un coin et, les larmes aux yeux, elle a soupiré :

— Je te l'avais bien dit ! Aucune école ne l'accepte. Tout le monde me conseille de l'inscrire dans un établissement spécialisé.

— Mais pourquoi ? Qu'est-ce que tu leur as dit sur lui ?

— Rien. Juste qu'il ne parle pas.

— Où est l'école ? Je vais y aller. Prépare Shahaab. Je l'emmène.

— Où ça, Mère ? Tu ne t'es jamais occupée de nos inscriptions à l'école et tu veux aller plaider sa cause devant des inconnus ? De toute manière, qu'est-ce que tu comptes leur dire ? Nous ne pouvons tout de même pas leur mentir.

— Ça ne te regarde pas. Rassure-toi, pas un mensonge ne sortira de ma bouche.

Incrédule, Maman m'a habillé avant de dire :

— Je vous accompagne.

— Non. Je veux y aller seule. Si tu viens, tu vas tout gâcher.

Bibi m'a pris par la main et nous sommes sortis. Comme je ne comprenais pas très bien ce qui se passait, je lui ai demandé avec inquiétude :

— Qu'est-ce qui ne va pas ?

— Allons d'abord au parc, il faut que je te parle. J'ai un plan pour leur prouver à tous qu'ils ne sont que des idiots. Tu vas prendre ta revanche, tu vas voir. Après ça, crois-moi, plus personne ne se permettra de te coller une étiquette.

— Tu veux prouver que qui est idiot ?

— Ton père, ta mère, ton autre grand-mère, ton oncle et ta tante, et tous les autres aussi.

— Comment on va faire ?

— Viens t'asseoir avec moi là-bas, je vais tout t'expliquer.

Nous nous sommes assis sur un banc dans un petit parc près de chez nous. Bibi a pris une profonde inspiration avant de me dire :

— Écoute-moi bien, Shahaab, tu es le petit garçon le plus intelligent que je connaisse.

— Moi ? C'est vrai ?

— Oui. Tu es tellement intelligent que tu es arrivé à tous les berner.

— Les berner ?

— Mais oui ! Pendant toutes ces années, tu as su parler, mais tu ne l'as pas fait parce que tu étais fâché contre eux. Ils ont cru que tu étais idiot et ils t'ont traité comme un retardé. Et jamais tu ne t'es trahi. Voilà comment tu t'es moqué d'eux.

— Je me suis moqué d'eux ?

— Oui. Et tu as bien fait ! Tu es très malin. Il faut être drôlement malin pour faire des choses pareilles.

— Mais je ne sais pas parler.

— Alors, comment fais-tu pour me parler ? Tu te rappelles l'année dernière, quand tu as dit des gros mots devant eux ? Tu savais parler à ce moment-là, et tu sais parler maintenant. Si tu ne le fais pas, c'est simplement parce que tu as peur qu'ils te démasquent ! Je n'ai dit à personne que tu sais parler, et c'est comme ça que nous allons continuer à nous moquer d'eux.

J'ai réfléchi. Elle avait raison, je savais parler, mais juste à elle, pas aux autres. J'aimais bien ce qu'elle m'avait dit. Est-ce que je m'étais vraiment moqué d'eux ? Je lui ai demandé, sceptique :

— Et comment est-ce qu'on va se moquer d'eux, maintenant ?

— Ils ont dit à tout le monde que tu ne savais pas parler. C'est pour ça qu'aucune école ne veut de toi. Nous allons leur jouer un bon tour. Nous irons à l'école, nous répondrons à toutes les questions qu'on nous posera, et nous t'inscrirons.

Ils n'en reviendront pas et nous ne leur dirons pas comment nous avons fait.

— Mais je ne sais pas parler ! J'ai peur ! Et si je n'arrive pas à dire un mot ?

— Tu parles très bien maintenant.

— Parce que c'est à toi que je parle. Tu es la seule à qui je puisse parler.

— Eh bien alors, quand nous serons à l'école, tu n'as qu'à me parler, à moi. Fais comme si c'était à moi que tu parlais et ne prête pas attention aux autres.

— Et si ma voix ne sort pas ?

— Ça n'a pas d'importance. Tu parleras si tu peux, et sinon tu te tairas. La plupart des enfants sont intimidés devant des inconnus. Le directeur et les maîtres le savent bien. Ils ne seront ni étonnés ni fâchés.

L'idée de devoir parler aux gens de cette école m'inquiétait, mais moins que celle de ce qui se passerait plus tard à la maison.

Babi a dit :

— Et si Maman et le père d'Arash s'en rendent compte ? Ils vont nous forcer à parler devant tout le monde. Et alors on perdra la voix et on sera de nouveau muets. Tout le monde rira et nous traitera de débiles.

Ça m'a fait peur et je me suis mis à respirer très vite.

— Alors, qu'est-ce que tu en dis ? On y va ? Ne te fais pas de souci. Je répondrai à toutes leurs questions. La seule chose qu'ils risquent de te demander, c'est ton nom. Tu es prêt?

— N... n... n... non ! Et si le p... p... père d'Arash s'en rend compte ?

Chaque fois que je pensais au père d'Arash, mon bégaiement empirait. Bibi a réfléchi. Elle est restée silencieuse un moment avant de me demander :

— Pourquoi as-tu aussi peur de ton père? Qu'est-ce qu'il t'a fait? Il ne te gronde jamais et je ne l'ai jamais vu te punir. De toute façon, s'il te gronde, ça n'a pas d'importance – presque tous les parents le font. Notre père nous grondait tout le temps, et il nous battait, mais dès le lendemain nous avions oublié et nous l'aimions quand même. Moi aussi, il m'est arrivé de gronder et de punir mes enfants. Ton oncle Mohsen était un vrai petit diable. Il a reçu un certain nombre de fessées, tu peux me croire. Mais il revenait toujours se blottir dans mes bras. Qu'est-ce que ton père t'a fait d'aussi impardonnable ?

— Toi, tu aimais oncle Mohsen même si tu le tapais.

Elle m'a jeté un regard surpris. Je ne sais pas si elle avait compris ce que je voulais dire ou si, instinctivement, elle a su qu'elle devait respecter ce que j'éprouvais alors. Elle a repris d'un ton résolu :

— Très bien. Tu as raison. Il ne faut pas que ton père sache que tu sais parler. Ne t'en fais pas, je me débrouillerai pour qu'il ne l'apprenne pas. Quand nous rentrerons à la maison, nous dirons qu'ils se sont rendu compte que tu es un bon petit garçon, un petit garçon intelligent, et qu'ils t'ont inscrit dans leur école. Nous leur raconterons que le directeur a dit que ça n'avait pas d'importance que tu parles ou non, pourvu que tu écoutes. Imagine la tête qu'ils vont faire ! Ils auront l'air ridicules ! Alors, on y va ?

J'hésitais, mais l'idée de me moquer d'eux me plaisait. C'était une excellente raison d'aller à l'école. J'ai suivi Bibi, malgré mes appréhensions.

42.

Ils sont rentrés si tard que j'avais eu le temps d'imaginer mille scénarios plus terrifiants les uns que les autres. J'ai couru à leur rencontre, folle d'inquiétude :

— Où avez-vous traîné si longtemps ? Il fait une chaleur d'enfer ! Toi qui as mal à la jambe en plus ! Il faut que tu te reposes. Pourquoi est-ce que tu ne fais pas un peu plus attention à toi ?

— Nous sommes allés à l'école. Shahaab voulait voir sa nouvelle école.

Elle a fait un clin d'œil à Shahaab.

— Mère, ne dis pas des choses pareilles devant lui. Je te l'ai dit, ils ne l'inscriront pas cette année. Il faut qu'il suive une thérapie spéciale pour apprendre à parler et, si ça marche, ils le prendront peut-être l'année prochaine.

— Que tu es bizarre ! C'est toi qui devrais te faire soigner. Il n'est pas question qu'il suive un traitement quelconque. De toute façon, il est déjà inscrit.

Voilà un papier avec les démarches à accomplir et la liste du matériel dont il aura besoin.

Elle m'a tendu une feuille. Je l'ai regardée, frappée de stupeur.

— Mère, qu'est-ce que tu as fait? Tu leur as menti? Ils finiront bien par découvrir qu'il a un problème. Et ils le mettront à la porte.

— Le seul problème de ce petit, c'est toi.

— Qu'est-ce que ça veut dire?

— Ce que ça dit, ni plus ni moins. Le problème de cet enfant, c'est toi. Ils ont vu Shahaab, ils lui ont fait passer un petit test et ont dit que c'était bien, mieux que bien, même, et ils l'ont inscrit. Tu n'es pas contente? Conduis-moi là-haut, Shahaab, je suis fatiguée d'être ici.

En entendant des voix dans la chambre de Shahaab, j'ai ouvert la porte tout doucement. Le verre de limonade tremblait dans ma main. Shahaab sautait en l'air en criant :

— Je vais apprendre à écrire ! Je vais apprendre à écrire !

Bibi riait tout haut. Ils se sont tus dès qu'ils m'ont vue. J'ai posé le verre de limonade sur le bureau. Les larmes me sont montées aux yeux. J'ai ouvert les bras et me suis précipitée vers Shahaab, mais il s'est faufilé dessous, il a quitté sa chambre et a dévalé l'escalier. Je me suis assise sur le lit.

— Pourquoi est-ce que tu ne m'as rien dit? Pourquoi est-ce que tu me traites comme une étrangère ? Ça fait des années que je prie pour qu'il parle enfin !

J'ai éclaté en sanglots.

— Ma chérie, comprends-moi. Je ne pouvais rien te dire. Je le lui ai promis. Si je l'avais trahi, il n'aurait plus fait confiance à personne.

— Pourquoi est-ce qu'il est comme ça ? Pourquoi est-ce qu'il fait un cirque pareil ? Les autres enfants parlent quand ils ont l'âge de le faire et n'en font pas tout un plat.

— Il en a fait tout un plat parce que vous en avez fait tout un plat.

— Évidemment ! Au début, on nous a dit que, s'il ne parlait pas, c'était parce que sa nounou parlait turc et que ça l'embrouillait. Ensuite on a mis ça sur le dos de la naissance de Shadi ; il lui fallait un peu plus de temps à cause de la présence d'un nouveau bébé à la maison. Mais comme il ne parlait toujours pas, nous avons été convaincus qu'il souffrait d'un problème mental.

— En fait, il n'a aucun problème. Mais vous, vous avez fait tellement d'histoires et tant de choses bizarres qu'il a eu peur et n'a plus osé parler.

— Il n'avait quand même pas peur de moi ? J'ai toujours pris sa défense. Il sait que je l'aime plus que tout au monde. Pourquoi est-ce qu'il ne m'a pas parlé ?

— Non, il ne sait pas que tu l'aimes. Comment veux-tu qu'il le sache ? Il faut le lui montrer. Tu t'imagines que verser quelques larmes et faire constamment une tête d'enterrement, c'est lui montrer ton amour ? Chaque fois que tu veux lui manifester un peu de tendresse, tu soupires : « Tu vas me faire mourir de chagrin. » Votre maison est tellement déprimante ! Qu'est-ce que tu as, toi, pourquoi est-ce que tu fais la tête à longueur de journée ? Tu es ma fille, après tout ! Moi, je chantais et je dansais à tout bout de champ. À la maison, tout le monde parlait tellement qu'on ne savait jamais qui disait quoi.

— Mère, le problème est que je suis passée de cette maison bruyante et vivante à celle-ci, où tout le monde est tellement sérieux, tellement silencieux. Je voudrais bien parler, moi, mais Nasser est capable de se taire pendant toute une semaine, de ne pas prononcer un seul mot. J'ai perdu toute ma joie de vivre.

— Pourquoi es-tu aussi lâche ? J'attendais mieux de toi. Tu n'as qu'à parler, même s'il se tait. Oblige-le à te répondre.

— Je ne peux tout de même pas parler toute seule. J'ai l'impression que rien de ce que je dis ne l'intéresse. Alors j'ai renoncé à me battre. Combien de temps crois-tu qu'on peut discuter avec une statue ? Je refuse de continuer à m'abaisser comme ça.

— T'abaisser ? Comment peux-tu dire une chose pareille ? Tu trouves humiliant de parler à quelqu'un d'aussi proche de toi que ton mari ?

— Je ne peux pas le forcer à me répondre. De toute façon, il se fâche dès que je lui fais la moindre critique, alors j'ai fini par baisser les bras. Moins nous nous asticotons, mieux ça vaut. J'essaie de préserver un climat de calme et de sérénité pour que les enfants n'en souffrent pas.

— Une bonne dispute vaudrait encore mieux que ce silence pesant. On pourrait croire que vous êtes fâchés, ou que vous ne vous entendez pas du tout. Dis-moi, tu aimes ton mari ? Vous vous êtes mariés parce que vous étiez amoureux. Et même si nous n'éprouvions aucune sympathie pour sa grincheuse et vaniteuse mère et que nous aurions préféré que tu vives plus près de chez nous, nous avons accepté ce mariage, ton père et moi, parce que nous pensions que vous vous aimiez. Que vous est-il arrivé, à vous deux ?

— Je ne sais pas ! Les contraintes de la vie ont tué l'amour.

— Quelle bêtise ! Plus la vie est dure, plus on a besoin d'un compagnon en qui on ait toute confiance.

— Tu ne comprends pas, Mère. Il y a des cas où il vaut mieux se taire que parler. Il peut nous arriver de nous dire des choses blessantes. Quand nous

nous disputons, nous nous lançons à la tête des mots qu'il vaudrait mieux garder pour nous.

— Ça a toujours été comme ça ou bien c'est récent ?

— Pour tout t'avouer, je crois que ça a commencé avec Shahaab. Nasser a l'air de penser que cet enfant le dévalorise – il lui inspire un sentiment d'échec, et il me le reproche. Il ne dit rien, mais c'est l'impression que j'ai.

— Qu'est-ce que c'est que cette histoire ? Je sais que les hommes sont orgueilleux et ont du mal à accepter que leurs enfants ne soient pas parfaits, mais je n'aurais jamais imaginé qu'un homme instruit puisse avoir des idées pareilles !

— C'est pourtant vrai, mais, évidemment, il ne le dit pas aussi franchement. Tu te souviens de Kal-Abbass ? Tu te rappelles que quand son fils est né avec six doigts, il en a fait toute une histoire, il a nié qu'il puisse être son fils et a divorcé immédiatement ? C'est la même chose.

— Et toi ? Tu n'es quand même pas comme la femme de Kal-Abbass, à attendre qu'il demande le divorce ?

— Oh, Mère, je suis si fatiguée, si déprimée que j'ai perdu toute confiance en moi. Autrefois, j'aurais pu tenir tête à la terre entière, mais maintenant je suis trop lasse pour ça. C'est comme si j'avais admis être responsable de tout. Nasser ne dit rien. Ne va pas croire qu'il m'accuse de quoi que ce soit.

D'un point de vue médical, scientifique, il sait que je n'y suis pour rien. Mais il n'est pas fier de cet enfant et ne peut se résoudre à reconnaître que c'est son fils.

— Voilà donc pourquoi le petit l'appelle « le père d'Arash ».

— Tu parles sérieusement ? Il l'appelle « le père d'Arash » ?

— Shahaab est plus intelligent que toi et moi. Il enregistre tout comme une caméra et le garde soigneusement dans un coin de son cerveau. Je serais surprise qu'il arrive un jour à pardonner son attitude à son père.

— Il dit vraiment « le père d'Arash » ?

— Mais oui !

— Il dit ça ? Il exprime ses sentiments devant toi ? Il te dit toutes ces choses-là ?

— Tu l'as entendu. Il parle, et même très bien.

— Comment a-t-il pu apprendre aussi vite ?

— Il n'a pas appris vite. Ça fait des années qu'il sait parler. Il parle dans sa tête, avec ses amis imaginaires, avec les gens en qui il a confiance.

— Mais alors pourquoi ne nous parle-t-il pas ?

— C'est à toi de te poser la question. Il a peur de vous. Et si vous ne voulez pas qu'il redevienne muet, vous avez intérêt à faire ce qu'il faut. Pas question d'aller le crier sur tous les toits. Pas question d'en faire tout un plat. Pas question de le transformer en singe savant et de l'obliger à parler devant tout le monde. La manière dont vous avez réagi la première fois qu'il a parlé me terrifie, franchement. Moi aussi j'aurais été dans tous mes états et je serais restée muette devant la famille de ton mari, ces brutes qui ne partagent pas un gramme de bonté à eux tous.

— Il t'a raconté tout ça ?

— Une partie, oui. Et le reste, je n'ai eu aucun mal à le deviner.

43.

Allongée sur une couverture dans un coin de la chambre, Bibi riait aux éclats.

— Tu as vu sa tête quand je lui ai dit que tu étais inscrit ! Elle n'en revenait pas !

— Elle était fâchée !

— Mais non, mon chéri, elle était surprise, c'est tout. Tu verras comme elle sera contente quand elle arrivera vraiment à y croire. Et tu as très bien prononcé ton nom à l'école aujourd'hui.

— C'est vrai ? Ils m'ont tous entendu ?

— Bien sûr, mon trésor.

— Est-ce que je vais devoir parler à tout le monde à l'école ? Et si je redeviens muet ? Ils vont tous se moquer de moi.

— Tu ne redeviendras pas muet. Ça ne t'est pas arrivé aujourd'hui, tu as bien vu. Tous les autres enfants sont comme toi. Et s'ils rient, ça ne fait rien, tu n'as qu'à rire avec eux. Tu apprendras à lire et à écrire, et comme ça tu pourras écrire tout ce que tu as envie de dire. Tu pourras parler quand tu le voudras, et écrire ce que tu veux dire si tu n'as pas envie de parler.

Écrire ! Mais oui ! Je pourrais écrire les choses au lieu de les dire ! Elle avait raison ! Quelle excellente idée ! J'avais soudain une solution pour éviter d'avoir à parler, une épreuve toujours redoutable pour moi. Quelle découverte étonnante ! Ça, c'était vraiment une bonne raison d'aller à l'école. J'ai hurlé :

— Tu as raison, Bibi ! Je vais apprendre à écrire ! Je vais apprendre à écrire !

C'est à ce moment-là que Maman est entrée et qu'elle s'est rendu compte que je parlais.

Bibi est encore restée chez nous deux semaines après la rentrée des classes. Quand elle a été sûre qu'il n'y avait pas de problème et que je pouvais aller à l'école comme n'importe quel autre enfant, elle a fait ses bagages et est rentrée chez elle. Je n'arrivais pas à m'arracher à ses bras quand nous nous sommes dit au revoir. Elle était la seule à me comprendre et à m'aimer tel que j'étais. J'ai pleuré sans discontinuer pendant tout le retour de la gare. Le père d'Arash a dit tout bas :

— Je n'aurais jamais pensé que cet enfant pouvait être aussi sentimental et s'attacher autant à quelqu'un.

Maman a fait un signe dans ma direction pour le faire taire. Depuis qu'ils avaient compris que je savais parler, ils ne disaient plus rien en ma présence.

Tout le monde savait que je parlais maintenant, mais, conformément aux règles établies par Bibi et que Maman suivait scrupuleusement, ils n'en ont pas fait toute une histoire et ont fait très attention en ma présence. Personne ne me posait de questions, ce qui ne les empêchait pas d'essayer d'entendre ma voix par des moyens détournés. Ça nous faisait bien rire Asi, Babi et moi.

— Ils se figurent que nous ne savons pas ce qu'ils veulent, a dit Asi. Ils regardent ailleurs, ils font semblant de ne pas faire attention à nous, alors que leurs oreilles traînent par terre !

— Dès que nous ouvrons la bouche, a renchéri Babi, tout le monde se tait, ils n'osent même plus respirer !

Ça n'avait plus d'importance. Je n'avais plus peur de parler et ça m'était égal que les autres m'entendent. Je bégayais de moins en moins. Le plus facile était de parler à Maman et à Shadi, à la maison. Les autres ont fini par entendre le son de ma voix et par se convaincre que je savais parler ; ce sujet n'a plus jamais été abordé en famille. Le père d'Arash était le seul à qui je ne parlais pas, le seul qui n'entendait jamais le son de ma voix. Je veillais à garder mes distances avec lui. Nous nous croisions comme deux étrangers. Je parlais même à Grand-mère et à oncle Hossein, mais je refusais de répondre aux questions du père d'Arash, même par « oui » ou « non ». Il n'était pas prêt à faire la moindre concession, et moi, je refusais d'admettre ma défaite et n'avais aucune intention de lui faire plaisir.

Malgré mes appréhensions, j'ai commencé à aimer l'école. J'avais une bonne raison d'y aller. Je voulais apprendre à écrire le plus vite possible, car je craignais de reperdre la parole un jour. C'était une sorte de cauchemar qui continuait à me hanter. J'avais aussi promis d'envoyer des lettres à Bibi. Il me semblait que c'était le seul moyen de lui exprimer ma reconnaissance, de faire quelque chose pour la remercier de toute l'affection et de toute la gentillesse qu'elle m'avait manifestées.

Pour moi, les mots n'étaient pas de simples successions de lettres. Chacun incarnait un univers particulier. Au cours de toutes ces années de silence, je m'étais battu avec chaque mot. J'en connaissais le poids et la couleur, j'en percevais le volume. Comment exprimer toutes les qualités d'un mot simplement en l'écrivant ? J'avais du mal à me contenter d'une couleur et je me servais de tous mes crayons pour faire mes devoirs. Il fallait que j'écrive « sang » au crayon rouge, alors que le noir convenait mieux pour écrire « mort ». Je prenais du vert pour « amour », du gris pour « chagrin ». À mes yeux, « père » était toujours d'un vilain marron, et « mère » d'un jaune terne, comme le soleil voilé par de sombres nuages. Pendant longtemps, mon souci majeur a été d'arriver à écrire « bonté » en blanc, ce qui était difficile sur une feuille de papier blanc. Il m'a fallu plusieurs essais pour trouver la solution. J'ai découvert qu'en traçant les contours en noir et en laissant l'intérieur des lettres en blanc, le mot restait lisible. J'écrivais soigneusement chaque mot de ma plus belle écriture en utilisant les couleurs qu'il fallait. Ma maîtresse n'était pas sensible à mes efforts ; elle considérait mes devoirs multicolores comme une marque d'indiscipline et disait que c'étaient des dessins. Elle a fini par se plaindre à Maman et par m'obliger à n'utiliser que le crayon noir pour les dictées, parce que je perdais trop de temps par rapport aux autres.

Pour moi, les chiffres aussi étaient de différentes couleurs et j'étais convaincu que tout le monde les voyait comme ça. Comment les gens pouvaient-ils ne pas discerner la belle nuance verte du huit ou ignorer que le sept a la teinte des pistaches ? Mais j'hésitais toujours à propos du bleu du trois, car il changeait de temps en temps. Un jour où je faisais mes devoirs sur la table de la cuisine pendant que Maman préparait le repas, je lui ai demandé :

— Est-ce que le trois est bleu foncé ou bleu clair ?

Maman s'est tournée vers moi et m'a demandé :

— Comment ?

— Je voudrais savoir si le trois est bleu foncé ou bleu clair. Il lui arrive d'être foncé, surtout dans treize.

J'ai lu de la perplexité dans le regard de Maman. Au bout d'un moment, elle m'a répondu :

— De quoi tu parles ? Arrête immédiatement de dire des bêtises. Les gens commencent tout juste à admettre que tu es normal, mais si tu dis des choses pareilles, ils vont croire que tu es redevenu fou.

— Qu'est-ce que j'ai dit de mal ?

— Que le trois est bleu ! Les chiffres n'ont pas de couleur ! Ne répète jamais ça, tu m'entends ?

Je l'ai regardée, éberlué. Comme s'il avait fait une découverte majeure, Babi a demandé :

— Elle ne voit pas les couleurs des chiffres ?

— Peut-être que personne ne les voit, a ajouté Asi.

— Alors pourquoi est-ce que nous les voyons, nous ?

— Parce que nous sommes crétins et fous.

— Eh bien tant mieux, parce que autrement on serait obligés de vivre dans un monde sans couleurs, comme eux.

Par la suite, je n'ai plus utilisé qu'un crayon noir pour écrire les chiffres, mais ils sont restés multicolores à mes yeux.

44.

Le bulletin scolaire de Shahaab m'a donné des ailes. Je l'ai montré à Grand-mère, à son oncle, au monde entier ou presque. Chaque fois que j'avais envie de les agacer, je disais :

— Je me demande s'il n'est pas encore plus intelligent qu'Arash !

Cette victoire m'a rendue plus forte et l'atmosphère qui régnait chez nous en a bénéficié. Les blessures d'orgueil de Nasser ont commencé à cicatriser grâce aux excellentes notes de Shahaab. Pourtant, il ne disait toujours pas un mot à son père. J'ignorais si Nasser en était fâché ou attristé. Toujours est-il que sa fierté l'empêchait de prendre l'initiative d'une réconciliation. Ce petit garçon de sept ans semblait le mettre mal à l'aise. Par pur amour-propre, il lui battait froid, attendant qu'il fasse le premier pas. Il lui a tout de même acheté une nouvelle bicyclette, plus grande, pour le récompenser de ses bons résultats. En la voyant,

Shahaab a été fou de joie, mais il a serré les dents pour ne pas le montrer à son père. J'en ai profité pour lui dire :

— Shahaab ? Tu ne dis pas merci à ton père ? Tu vois comme il t'aime ? Il t'a acheté un vélo neuf !

— Il ne l'a pas acheté pour moi, m'a-t-il répondu très calmement. Il l'a acheté pour mon bulletin.

— Que veux-tu dire ? C'est *ton* bulletin – tu as eu de bonnes notes, alors il t'a fait un cadeau.

— Il l'a fait à cause de mes notes.

— Je ne comprends pas ce que tu veux dire. Il faut que tu le remercies. Tu ne monteras pas sur ce vélo tant que tu n'auras pas dit merci à ton père.

J'étais convaincue que ce cadeau avait touché Shahaab et l'avait rendu plus conciliant. Renoncer à ce vélo était au-dessus de ses forces. Il a accepté de remercier Nasser, tout en faisant comme si c'était moi qui le traînais devant son père. Tête basse, il s'est tenu devant lui et a murmuré, le plus bas possible :

— Merci.

Je l'ai poussé vers Nasser en disant :

— Non. Un simple merci ne suffit pas. Tu dois l'embrasser.

Il a regardé Nasser du coin de l'œil et lentement, très lentement, il a fait un pas en avant. Nasser n'a pas bougé. Il était assis, froid et impassible, feignant de lire son journal. C'était comme s'il allait de soi que Shahaab avait le devoir le remercier et de l'embrasser, et qu'il y était parfaitement indifférent. La main de Shahaab tremblait dans la mienne et j'ai vu ses lèvres frémir. La joie qu'il avait éprouvée à la vue du vélo s'évanouissait devant la froideur et le triomphe rentré de son père. Il a retiré sa main de la mienne, prêt à s'enfuir. Je l'ai soulevé de terre et ai approché son visage de la joue de Nasser. Il s'est détourné, s'est débattu et m'a échappé. Il a disparu dans l'escalier.

Nasser m'a jeté un regard lourd de reproche :

— Et voilà ! Voilà comment ton fils me remercie ! Quelle tête de mule !

J'ai répliqué d'un ton acerbe :

— Ton portrait craché ! Têtu et rancunier !

45.

Ma maîtresse du cours élémentaire a tout de suite remarqué que j'étais bon en calligraphie. Elle me félicitait régulièrement et me demandait parfois, étonnée :

— C'est toi qui as écrit ça ?

Je hochais la tête fièrement et, sans un mot, je recopiais devant elle ce que j'avais écrit. Comme elle m'encourageait, je m'efforçais d'écrire de mieux en mieux. Un jour, elle m'a dit :

— Shahaab, demande à ton père de passer à l'école demain. Je veux lui parler.

Je l'ai regardée, très ennuyé. Qu'est-ce qu'elle veut au père d'Arash ? me suis-je demandé.

— Il ne voudra pas ! ai-je répondu.

— Comment ça ? Il faut qu'il vienne. Je veux qu'il sache que tu travailles vraiment bien.

— Maman peut très bien venir à sa place.

— Je préférerais parler à ton père. J'ai besoin de son autorisation.

— Non.

La maîtresse m'a regardé avec curiosité.

— Tu ne veux pas que ton père vienne voir ton travail ? Il serait très content.

— Non.

— Pourquoi donc ? C'est un très gentil papa. Il t'emmène à l'école tous les matins.

— Je ne veux pas, c'est tout.

— Voyons, c'est ton père, tout de même !

— Non.

— Comment ? Mais alors qui est le monsieur qui m'a dit « bonjour » ce matin ?

— Le père d'Arash.

— Arash ? Ton grand frère ? Celui qui est au collège ?

— Oui !

Je n'avais plus envie de parler. J'ai pris mes biscuits et suis sorti. La maîtresse m'a suivi des yeux d'un air perplexe quand j'ai franchi la porte.

Comme d'habitude, je suis resté assis dans la cour à regarder les autres jouer. En fait, j'aurais bien aimé jouer avec eux, mais quelque chose me retenait. Je me sentais toujours différent d'eux. Je n'arrivais pas à oublier que les autres écoliers étaient intelligents alors que moi, j'étais débile. Je mangeais mes biscuits quand j'ai remarqué que l'institutrice des grands avait rejoint ma maîtresse et la sous-directrice, Mme Rasouli. Elles m'observaient toutes les trois depuis la terrasse qui donnait sur la cour de récréation. Elles me montraient du doigt et se parlaient. D'autres instituteurs me regardaient par la fenêtre du bureau. J'ai eu un peu peur et j'ai essayé de me cacher au milieu des autres enfants.

46.

Maman a repris un emploi. Nous montions tous dans la voiture du père d'Arash le matin. Il commençait par déposer Shadi à la crèche. Puis Maman descendait à l'arrêt du bus qu'elle prenait pour aller à son travail. Nous accompagnions ensuite Arash, et j'étais le dernier à sortir de la voiture. Un jour, Maman n'est pas descendue à l'arrêt du bus. Pensant qu'elle devait se rendre ailleurs, je n'y ai pas prêté grande attention. Le père d'Arash avait l'air préoccupé, ce qui n'était pas inhabituel non plus. Mais après avoir laissé Arash au collège, il s'est tourné vers Maman et lui a dit :

— Demande-lui ce qu'il a fait. Pourquoi est-ce qu'ils tiennent absolument à nous voir ? J'ai mille choses à faire ! Cette convocation m'a obligé à annuler une réunion ce matin.

— Arrête, tu veux. Le monde ne s'arrêtera pas de tourner si tu as une demi-heure de retard.

— Tu ne pouvais pas y aller seule ?

— Si j'ai bien compris, c'est surtout toi qu'ils veulent voir. Je leur ai expliqué que tu étais très occupé et que je pouvais venir à ta place, mais le directeur a insisté : soit ils nous rencontraient tous les deux, soit tu venais tout seul.

Quand j'ai compris qu'ils avaient rendez-vous à l'école, j'ai été très inquiet.

Nous étions dans le bureau du directeur comme trois écoliers coupables. J'avais l'impression que Maman et le père d'Arash étaient aussi intimidés que moi. La cloche avait sonné et les élèves s'étaient mis en rang pour rejoindre leurs classes. Plusieurs maîtres se bousculaient dans le bureau. Le directeur a dit avec un sourire aimable :

— Monsieur et madame Mokhtari, asseyez-vous, je vous en prie.

Tous les instituteurs se sont tus, les yeux rivés sur mes parents. Debout à côté de Maman, je me serrais contre elle. L'institutrice du cours moyen deux a salué le père d'Arash et lui a demandé des nouvelles d'Arash.

Il s'est rasséréné dès qu'il a entendu son nom. Ses yeux se sont mis à briller et il a répondu :

— Il va très bien. Il est le premier de sa classe, comme toujours.

— Il réussira dans la vie, je ne me fais aucun souci pour lui.

Les instituteurs ont rejoint leurs classes un à un. Le bureau était plus calme à présent. Mme Rasouli, la sous-directrice, faisait semblant de feuilleter des dossiers dans un coin, mais je voyais qu'elle s'y intéressait moins qu'à nous. Toujours aussi charmant, le directeur a dit :

— Monsieur Mokhtari, il paraît que vous faisiez encore partie de l'Association des parents d'élèves il y a deux ans. Malheureusement, comme je n'étais pas encore là, je n'ai pas eu le plaisir de faire votre connaissance. Mais M. Atayi, notre administrateur, et Mme Sadeghi, l'institutrice du cours moyen deux, m'ont raconté tout ce que vous avez fait pour notre établissement et la grande attention que vous avez portée à l'éducation d'Arash. Je ne m'étonne pas qu'il ait toujours été en tête de classe.

J'ai senti le père d'Arash se redresser. Il a répondu fièrement :

— M. Atayi et Mme Sadeghi sont trop aimables. Arash est un garçon très intelligent, c'est vrai. Il n'y en a sûrement pas beaucoup comme lui. Il est aussi premier de sa classe au collège. Beaucoup de gens me conseillent de l'inscrire dans une école pour surdoués. Qu'en pensez-vous ?

— Pour tout vous dire, je suis loin d'être convaincu de l'intérêt de ces établissements, mais c'est une autre question. C'est de Shahaab que je veux vous parler aujourd'hui.

Le père d'Arash a froncé les sourcils :

— Qu'est-ce qu'il a encore fait comme bêtise ?

— Il fait souvent des bêtises ?

Caché derrière la chaise de Maman, je me suis penché pour mieux voir. Le directeur m'a aperçu et m'a dit :

— Shahaab, va vite en classe s'il te plaît.

J'ai quitté le bureau, inquiet et contrarié.

Asi a dit :

— Si seulement nous étions restés cachés derrière la chaise jusqu'au bout, il ne nous aurait pas vus.

47.

Ma gorge s'est serrée dès que le directeur a dit qu'il voulait nous parler de Shahaab. Nasser a demandé :

— Qu'est-ce qu'il a encore fait comme bêtise ?

— Il fait souvent des bêtises ? a répondu le directeur.

Je n'ai pas pu m'empêcher d'intervenir.

— Je suis régulièrement en contact avec son institutrice. Il paraît que c'est un gentil garçon et elle ne s'est jamais plainte de lui.

— C'est vrai, c'est un très gentil garçon. Un peu timide, c'est tout. Il ne se lie pas beaucoup à ses camarades.

— Je sais. Il a toujours été comme ça. Il a tout de même fait de gros progrès.

— Vraiment ? Évidemment, sa timidité se comprend mieux quand on connaît sa situation familiale.

Nasser s'est rembruni :

— Quelle situation ? Il ne manque de rien. Nous avons passé notre vie à nous occuper de lui. Que voulez-vous que nous fassions de plus ? Savez-vous combien de médecins nous avons consultés pour ses difficultés de langage ?

— Je ne parle pas de situation matérielle. Je parle de relations humaines, d'affection.

— Parce que vous croyez que nous ne l'avons pas traité avec bonté ? que nous ne nous sommes pas suffisamment occupés de lui ? Sa mère l'a tellement gâté que personne dans la famille, moi compris, n'ose lui faire le moindre reproche !

— Ne vous fâchez pas, voyons – je ne vous attaque pas, monsieur Mokhtari. J'ai le plus grand respect pour vous, mais je regrette que vous n'ayez pas été plus attentif à son équilibre affectif. Je me doute bien que vous faites des efforts, mais il n'est pas exclu qu'inconsciemment il vous arrive de favoriser vos propres enfants. Ces petits sont très sensibles, ils remarquent des choses qui nous échappent. Il m'a paru de mon devoir de vous en informer.

Nous l'avons regardé tous les deux, interloqués.

— Excusez-moi, a dit Nasser, mais je ne comprends pas un mot de ce que vous dites. Vous prétendez que je favorise mes propres enfants ? Qu'entendez-vous par là ?

— Pardonnez-moi. C'est évidemment un sujet délicat, et je comprends que vous n'aimiez pas en parler, mais dans le cadre scolaire nous avons besoin de savoir tout ce qui concerne les enfants pour pouvoir les aider au mieux.

— Savoir quoi ?

— Shahaab sait parfaitement qu'il n'est pas votre fils.

Nasser est devenu écarlate. Il a regardé le directeur, abasourdi.

Me doutant vaguement de ce qui avait pu se passer, j'ai demandé :

— Il vous a dit quelque chose ?

— En effet.

Nasser a pincé les lèvres et s'est tourné vers moi :

— De quoi s'agit-il ?

— Je ne sais pas exactement. Je crois le deviner, mais je n'aurais jamais pensé que Shahaab irait jusqu'à en parler à l'extérieur.

— Parler de quoi ? Vas-tu me dire à la fin ce qui se passe ici ?

J'hésitais encore. Je me suis adressée au directeur :

— Voulez-vous bien nous raconter comment vous en êtes arrivé à cette conclusion ?

— Il a parlé à sa maîtresse.

Nasser était de plus en plus furieux.

— Que dites-vous, monsieur ? a-t-il demandé d'une voix exaspérée.

J'ai essayé de le calmer :

— Monsieur le directeur, l'homme que vous voyez ici est mon mari. C'est aussi le père de mes trois enfants, Arash, Shahaab et Shadi. Notre situation familiale est tout ce qu'il y a de plus ordinaire. Permettez-moi de trouver un peu malvenu de nous convoquer sur la foi des propos d'un enfant. Pourquoi ne m'avez-vous pas tout simplement posé la question ?

Le directeur a marmonné :

— Nous avons eu du mal à le croire, nous aussi.

Je voyais bien qu'il mentait.

— C'est la raison pour laquelle nous vous avons demandé de venir, monsieur. Le petit prétend que vous êtes le père d'Arash, mais pas le sien. Il nous a paru préférable d'aborder la question personnellement avec vous. Il faut évidemment que vous sachiez quels sont ses sentiments à l'égard de ses parents et ce qu'il pense d'eux. Je vais faire venir sa maîtresse. Elle vous expliquera cela mieux que moi.

La sous-directrice, toujours assise à l'autre bout de la pièce, a cessé de faire semblant de travailler. J'avais l'impression que nous avions été convoqués dans ce bureau avant tout pour satisfaire sa curiosité. Nasser devenait fou.

— Il prétend que je ne suis pas son père ?

— J'en ai bien peur.

La porte s'est ouverte et l'institutrice est entrée. Je l'ai interpellée sans même prendre la peine de la saluer.

— Madame Kamali, je vous prie de nous rapporter exactement ce que Shahaab vous a dit.

L'air gêné et troublé, elle a répondu :

— Je voulais vous voir pour vous demander si vous accepteriez d'acheter un cadeau à Shahaab. L'école n'a pas un budget suffisant pour ce genre de chose. Généralement, ce sont les parents qui les achètent et nous les remettons aux élèves à l'appel du matin. Je voulais aussi vous demander l'autorisation de l'inscrire à un cours spécial de calligraphie. Shahaab est incroyablement doué pour cette matière et j'avais envie de l'encourager et de lui permettre de suivre une formation plus approfondie. C'est tout ! Je lui ai donc dit de demander à son père de passer à l'école, et il a refusé. Comme j'insistais, il a répondu que c'était sa mère qui viendrait. Cela m'a surprise parce que je me rappelais que son père s'était beaucoup investi dans toutes nos activités quand votre aîné était scolarisé ici. Voilà pourquoi je voulais voir son père. Je lui ai redemandé de faire venir son père, et il a répliqué qu'il n'en avait pas. Quand je lui ai demandé qui était le monsieur qui le déposait à l'école, il a répondu : « C'est le père d'Arash. »

À chaque mot, Nasser semblait rétrécir davantage, jusqu'à être complètement recroquevillé sur sa chaise. Il a fini par se lever, furieux.

— Viens. Partons d'ici. Je n'en supporterai pas davantage !

Il est sorti du bureau.

Je me suis levée, j'ai ramassé mon sac, je me suis tournée vers l'institutrice et vers le directeur et j'ai dit :

— Nous en reparlerons plus tard.

Et j'ai suivi Nasser.

En proie à une colère incontrôlable, il est monté précipitamment en voiture et s'est écrié :

— Tu savais tout ça ? Il te l'a dit, à toi aussi ?

— Non, pas à moi. Mais il l'a dit à Bibi. Maintenant que j'y pense, je ne me rappelle pas qu'il t'ait jamais appelé papa.

— Je me demande ce que tu as bien pu faire pour le monter comme ça contre moi.

— Ce que *j'ai* pu faire ? Tu ne peux donc jamais te remettre en question ? Tu ferais mieux de t'interroger sur ce que *tu* as fait pour qu'il refuse de te considérer comme son père.

— Comment ? Demande-moi plutôt ce que je n'ai pas fait pour lui ! Je me suis fait un sang d'encre pendant toutes ces années. J'ai dépensé des sommes folles. J'ai failli me tuer à la tâche afin d'économiser assez pour l'envoyer à l'étranger se faire soigner. Et voilà comment il me remercie. Il fait tout ça exprès. Il cherche à m'humilier, c'est tout. Pendant des années, il n'a pas dit un mot, il a fait semblant d'être muet. Nous avons tout essayé pour le faire parler, nous avons consulté je ne sais combien de spécialistes, avant de devoir nous rendre à l'évidence : c'était pure obstination de sa part !

Et maintenant qu'il parle, c'est pour dire ce genre d'horreurs : « Tu n'es pas mon père ! » Qu'il aille au diable ! De toute façon, je n'ai jamais voulu de ce bâtard. « Mon père est quelqu'un d'autre. » Probablement le type qui l'a trouvé l'autre fois. Tu te rappelles comme il se blottissait dans ses bras juste pour me contrarier ? Si seulement il acceptait de me parler, juste une fois, s'il m'appelait papa, juste une fois.

Sa voix s'est brisée et il a détourné le visage pour que je ne voie pas ses larmes.

— Nasser, il n'a que huit ans.

— Peut-être, mais c'est mon pire ennemi. Personne ne m'a jamais fâché comme lui.

— Il faut que tu essaies de le comprendre. Que tu sois patient avec lui. Que tu essaies de trouver pourquoi il s'est mis cette idée en tête. Tu ne lui as peut-être pas manifesté assez d'affection. Tu ne crois pas que tu as été un peu trop indifférent à son égard ?

— Non ! Pas du tout ! Toute notre vie a tourné autour de ce gosse. Nous n'avons jamais eu de problème avec Arash ni avec Shadi. Alors que lui, nous n'avons pas cessé de nous ronger les sangs pour lui. Il a monopolisé toutes nos pensées.

— Ce n'est pas si grave, tout de même. Ce n'est qu'un gosse qui a dit une sottise.

— Comment veux-tu que j'accepte ça ? Il y a beaucoup d'enfants dont les pères ne sont presque jamais à la maison et ça ne les empêche pas de reconnaître que ce sont leurs pères. Moi, je suis présent dans sa vie, je bosse jour et nuit pour m'occuper de lui, pour le nourrir et l'habiller, et il raconte à qui veut l'entendre qu'il n'a pas de père ! Que je ne suis pas son père ! Tu imagines un peu l'effet que ça me fait ?

Et il s'est remis à pleurer.

48.

Cet après-midi-là, pendant que je goûtais à la cuisine, Maman m'a dit :

— Ton père est très contrarié.

J'ai haussé les épaules.

— Il est triste, aussi. Tu sais pourquoi ?

Je me suis retourné, ça ne m'intéressait pas.

— À cause de ce que tu as dit. Tu lui as vraiment fait de la peine.

— Moi ? me suis-je étonné.

— Oui, toi.

Je savais que c'était à cause de l'école. Je pensais qu'il était fâché parce que j'avais dit un gros mot à un autre élève. J'ai répondu distraitement :

— C'est bon. De toute façon, il est toujours fâché contre moi. Les autres enfants aussi disent des gros mots.

— Il ne s'agit pas de gros mots. Il est triste parce que tu as dit à ta maîtresse qu'il n'est pas ton père.

— C'est tout ? Pourtant, c'est vrai !

— Comment ça ? Après tout ce qu'il a fait pour toi ! Il t'a acheté des vêtements, il t'a nourri, il a payé ton école, les médecins et mille autre choses ! Il se fait un sang d'encre pour toi et toi, tu le mets dans une situation impossible en allant raconter qu'il n'est pas ton père. C'est terriblement gênant pour lui.

— De toute façon, tout ce que je fais le gêne.

— Pourquoi le détestes-tu comme ça ?

— C'est le père d'Arash, parce que Arash est un bon garçon. Moi, je suis méchant, et en plus je suis débile. Si j'étais son fils, il serait tout le temps gêné. Je n'y peux rien.

— Comment peux-tu dire une chose pareille ? Tu n'es absolument pas débile. Tu es même très intelligent.

— Ce n'est pas vrai. Je suis seulement *ton* fils.

— Non. Tu es notre fils à tous les deux.

— Tu ne sais pas que les bons enfants appartiennent à leurs pères et les méchants à leurs mères ?

— D'où tires-tu des idées pareilles ? Et puis qui t'a dit que tu étais méchant ? Tu es un très bon garçon, et tous les parents rêveraient d'avoir un fils comme toi.

— Comme moi ?

— Oui, comme toi. Ton père est très peiné que tu aies dit que tu n'es pas son fils.

— Tu mens. Le père d'Arash est contrarié parce que je l'ai gêné.

— Non, mon chéri. Il a envie d'être ton père. S'il n'est pas ton père, qui est-il ? Tu ne peux pas ne pas avoir de père. Tous les enfants ont un papa.

— Non. Jalil n'en a pas.

— Qui est Jalil ?

— Le garçon qui habite la maison au bout de la ruelle.

— Il avait un papa, mais il est décédé.

— Qu'est-ce que ça veut dire, décédé ?

— Ça veut dire qu'il est mort.

— Peut-être que le mien est mort aussi.

— Dieu nous en garde ! Ton père est en excellente santé. Tu dois l'aimer. Il travaille toute la journée pour vous, ses enfants. Où trouverions-nous l'argent qu'il nous faut s'il n'était pas là ? Comment achèterions-nous des vêtements et de quoi manger ? Nous serions obligés de vivre dans la rue et nous serions morts de faim. Tu devrais être drôlement content d'avoir un père.

Je l'ai écoutée avec étonnement. Je ne voyais pas le lien entre aimer mon père et mourir de faim. Elle inventait vraiment de drôles de choses ! Je suis resté silencieux un moment, puis j'ai dit :

— Ne t'inquiète pas. Jalil n'a pas de papa, mais il vit dans une maison et il n'est pas mort de faim.

49.

Quelques jours plus tard, je suis retournée à l'école de Shahaab pour parler au directeur et à sa maîtresse. Le malentendu a été dissipé et le directeur a été heureux d'apprendre que je n'avais eu qu'un mari. Mme Kamali m'a présenté ses excuses :

— Je n'imaginais pas que les choses iraient jusque-là, mais dès que j'ai dit qu'Arash et Shahaab Mokhtari étaient demi-frères, tous mes collègues n'ont plus parlé que de ça. Certains pensaient que vous aviez été mariée deux fois, d'autres trois. Et tout le monde se demandait pourquoi vous étiez retournée auprès de votre premier mari. Je m'étonne tout de même que personne n'ait imaginé que Shahaab pouvait mentir !

— Il vaudrait mieux ne plus en parler. Cet incident a profondément blessé mon mari.

— Nous en sommes tous navrés.

— Ça ne fait rien. Si je suis venue aujourd'hui, c'est pour que vous m'expliquiez ce dont vous vouliez nous parler l'autre jour.

— Comme je vous l'ai dit, Shahaab est remarquablement doué pour la calligraphie et pour le dessin. Je suis institutrice de cours élémentaire depuis vingt ans, et je n'ai encore jamais eu d'élève qui manie aussi bien la plume. Mon mari est calligraphe. Je lui ai montré certains travaux de Shahaab et il a été très impressionné par son incroyable maturité. Il a eu du mal à croire que c'était l'œuvre d'un garçon de huit ans. Il aimerait lui donner des cours.

Pendant le dîner, j'ai raconté à toute la famille ce que la maîtresse de Shahaab m'avait dit.

— Moi aussi, j'étais bon en calligraphie, a remarqué Arash. Tu te rappelles qu'on me demandait d'écrire le texte de toutes les affiches de l'école ?

— C'est vrai. Ta maîtresse de cours moyen deux était là et elle n'avait pas oublié que tu écrivais très bien. Mais d'après Mme Kamali, si beaucoup d'élèves ont une belle écriture, celle de Shahaab est vraiment exceptionnelle.

Shahaab faisait semblant de manger, cherchant à dissimuler sa joie. Il a jeté un coup d'œil en biais à Nasser, mais celui-ci est resté silencieux et n'a pas réagi.

— Alors, Nasser, qu'en penses-tu ? ai-je demandé. Mme Kamali suggère qu'il prenne des cours de calligraphie avec son mari deux fois par semaine si tu es d'accord. À ton avis, que devons-nous faire? Faut-il l'inscrire ?

— Je ne sais pas. Après tout, je ne suis pas son père.

Tout le monde s'est tu. Shahaab a regardé fixement son assiette un moment, puis, tout doucement, il a reposé sa cuiller, est sorti de la cuisine et est monté dans sa chambre.

Je l'ai suivi et me suis assise sur son lit, à côté de lui.

— Shahaab, arrête ce petit jeu. Si tu veux prendre des leçons et si tu aimes la calligraphie, il va falloir que tu demandes à ton père de t'inscrire.

Il s'est retourné vers le mur et a fait semblant de dormir.

— Puisque c'est comme ça, je suppose que tu n'as pas vraiment envie d'y aller. Je vais dire à ta maîtresse que ton père était prêt à t'inscrire mais que c'est toi qui n'as pas voulu.

Alors que je me levais pour partir, j'ai entendu la voix de Shahaab sortir de sous les couvertures :

— Tu n'as qu'à m'inscrire, toi.

— Moi ? Et pourquoi pas lui ?

— Fais-le, toi. Je ne veux pas qu'il vienne à l'école.

— C'est ton père. S'il ne te donne pas l'autorisation d'y aller et s'il ne paie pas les leçons, je ne peux rien faire. Les enfants doivent avoir la permission de leur père pour tout ce qu'ils font.

— Si Bibi était là, elle m'inscrirait, elle.

J'ai hésité. Je ne voulais pas qu'il me croie plus faible et moins dégourdie que ma propre mère. Mais je ne voulais pas non plus minimiser l'importance de son père.

— D'accord, ai-je répondu. Je demanderai l'autorisation à ton père. S'il accepte et s'il veut bien payer les cours, je t'inscrirai moi-même.

50.

Mes années d'école se sont succédé. J'étais bon élève. Je n'étais pas le premier de ma classe et ne cherchais pas à l'être. D'autres devaient être constamment en tête pour satisfaire leurs parents et ils se battaient avec acharnement pour y parvenir. Je n'étais pas assez bête pour m'imposer de telles épreuves pour un objectif aussi ridicule. Du reste, personne ne me le demandait. Depuis le début, c'était à ce pauvre Arash qu'on avait imposé cette responsabilité ; pour l'assumer il était obligé de suivre tout un tas de cours particuliers et n'avait jamais un moment à lui. Je ne prenais que des leçons de calligraphie, et j'adorais ça. L'heure de cours passait à toute vitesse. Et ça me laissait le temps de lire des livres, de réfléchir et même de jouer. J'étais souvent surpris de constater qu'Arash, tout génie qu'il était, ignorait beaucoup de choses. Il ne savait pas jouer à certains jeux et ne connaissait même pas les mots d'argot que les autres enfants employaient. Être le premier de la classe vous obligeait à passer tout votre temps à lire des manuels scolaires et à vous inquiéter à l'idée que d'autres puissent avoir de meilleures notes que vous. Et quand c'était le cas, vous étiez dévoré de jalousie, vous faisiez des cauchemars ou vous tombiez malade, comme Arash cette année-là, parce qu'il n'était que le deuxième de sa classe.

Depuis qu'on ne me considérait plus comme un débile, la vie d'Arash était un peu plus facile parce que son père ne cherchait plus à tout prix à prouver qu'il était d'une intelligence exceptionnelle. Mais c'était devenu une seconde nature chez mon frère. Il voulait être le premier; s'il n'était pas en tête de classe, il avait l'impression d'être nul. Il lui fallait constamment montrer qu'il était le meilleur. Il devait faire semblant d'en savoir plus que les autres, ce qui l'angoissait, car il savait que ce n'était pas vrai. Il me faisait pitié. Il n'avait pas droit à l'erreur. Depuis qu'il allait au lycée, un nouveau cauchemar avait envahi sa vie : les examens d'entrée à l'université. Il était tellement stressé qu'il avait tout le temps mal au ventre. Il se promenait la main sur son estomac noué de crampes, devait éviter certains aliments et marchait plié en deux comme un vieillard. Il n'avait même pas de vrais amis. Si son meilleur ami du moment obtenait une meilleure note que lui, il devenait instantanément son pire ennemi. Il était le plus souvent seul et se réfugiait encore plus dans les livres. Je savais qu'il ne les appréciait même plus, mais sans eux il avait l'impression qu'il lui manquait quelque chose, quelque chose d'aussi important qu'un bras ou une jambe. Maintenant, quand Maman se faisait du souci, c'était pour *lui*.

Je l'ai entendue dire un jour au père d'Arash :

— Cet enfant se rend malade de stress. J'ai bien peur qu'un jour ou l'autre, il envoie tout bouler.

— Ça ira mieux dès qu'il sera à la fac.

— Et s'il n'est pas admis ? Que se passera-t-il ?

— Il sera admis, c'est évident. Ce qu'il faut, c'est qu'il fasse partie du un pour cent de meilleurs. Comme ça, il pourra entrer à la fac de médecine de Téhéran.

— Si tu veux tout savoir, quand je vois la vie qu'il mène, toujours seul, angoissé, sans joie, il m'arrive de souhaiter qu'il se rebelle, même si je suis bien consciente du risque que cela représente. Il y a des jours où j'aimerais qu'il laisse tomber tout ça et apprenne à profiter un peu de la vie et de sa jeunesse. Crois-moi, il est plus en danger que Shahaab ou Shadi.

Maman avait raison. Arash s'est littéralement effondré quand il a appris qu'il n'était pas reçu à la fac de médecine. Il a fallu l'hospitaliser pour dépression et crises d'angoisse. Il en était venu à détester les livres et a dû être soigné pendant trois ans avant de recommencer à mener une vie normale. Il a fini par comprendre qu'en réalité il n'avait jamais eu envie de faire médecine et avait toujours été attiré par la littérature.

Ces souffrances m'ont été épargnées. Quant à Shadi, sa vie était encore plus facile que la mienne. On aurait pu croire qu'elle ignorait jusqu'au sens du mot chagrin. Elle savait que tout le monde l'aimait telle qu'elle était. Elle ne cherchait pas à être la meilleure et ignorait la jalousie. Personne n'attendait d'elle autre chose que de l'amour et de la gentillesse, et elle n'attendait rien d'autre non plus. Elle n'était pas timide comme moi, elle parlait et riait volontiers avec les autres. Elle avait beaucoup d'amies. C'était une petite fille heureuse, en bonne santé, tellement sûre d'elle que rien ne pouvait ébranler sa bonne humeur et son sentiment de sécurité.

Maman a changé quand elle a recommencé à travailler. Elle a gagné en assurance et ne se laissait plus marcher sur les pieds comme quand j'étais débile. Elle paraissait plus heureuse et moins sur les nerfs, alors qu'elle était plus occupée et avait moins de temps pour tenir son ménage. Elle n'avait plus le loisir de s'inquiéter de ce que disaient les autres membres de la famille, du coup ils l'agaçaient moins. Elle qui avait toujours été prompte à réagir à la moindre remarque est devenue moins susceptible. Elle se montrait aimable avec Grand-mère et les autres, et oubliait rapidement leurs réflexions désagréables.

— Ils ont la langue acérée, mais bon cœur, disait-elle. Simplement, ils ne savent pas le montrer.

Fataneh et la famille d'oncle Hossein avaient leurs propres soucis. Craignant que Fereshteh ne retombe amoureuse, ce qui aurait pu entraîner une nouvelle catastrophe, ils l'ont mariée à un homme de plus de trente ans alors qu'elle n'en avait que dix-sept. Le fiancé remplissait apparemment toutes les conditions requises. Il était instruit, riche, séduisant, il possédait une maison, une voiture et était prêt à lui assurer une vie très confortable. Elle a obtenu un important *mahriyeh*[1] et sa cérémonie de mariage a été somptueuse, bien plus belle que toutes celles que nous avions pu connaître dans la famille. Fataneh était convaincue qu'un bel avenir attendait sa fille.

Fereshteh est allée s'installer dans sa nouvelle maison. Elle avait tout ce qu'elle voulait, mais elle rêvait encore de Ramin la nuit. On n'entendait plus jamais résonner son rire clair et joyeux. Elle s'est mise à fréquenter les boutiques, elle passait son temps à s'acheter des vêtements, des bijoux, des appareils ménagers, mais au bout d'un moment elle a perdu tout intérêt pour ça et a commencé à prendre des antidépresseurs. Elle me parlait encore de temps en temps, mais si doucement que je ne

1. Dot offerte à la fiancée par son futur époux, versée lors du mariage.

comprenais pas la moitié de ce qu'elle disait. Je crois qu'elle ne savait pas elle-même ce qu'elle avait.

Khosrow a redoublé deux fois de suite et a pris du retard par rapport à Arash. Il ne s'intéressait qu'à une chose, les vêtements de marques. Il s'achetait des chaussures de luxe, des tenues à la mode, sans se soucier de savoir si son père pouvait assumer des dépenses aussi extravagantes. Fataneh continuait à le couvrir. Elle usait de toutes sortes de stratagèmes pour qu'il ait ce qu'il voulait. Khosrow ne lui en était même pas reconnaissant et en réclamait toujours plus, se lassant rapidement de ce qu'il avait. Il était aussi en concurrence perpétuelle avec ses amis et n'hésitait pas à se mettre en danger pour les épater. Il était audacieux et prêt à toutes les expériences. Il prenait la voiture de son père sans son autorisation et emmenait ses amis en balade dans les rues animées de Téhéran, tout en discutant avec ses copines sur le portable que sa mère lui avait acheté en empruntant de l'argent. Mon oncle ne supportait pas ses cheveux dressés sur sa tête à grand renfort de gel. Un jour, oncle Hossein a dit au père d'Arash :

— Chaque fois que je le regarde, j'ai l'impression qu'on m'insulte ! Il lui faut tout le temps autre chose et il s'attire constamment des ennuis. Je ne sais pas ce qu'il va devenir et je me fais un sang d'encre. Dans le fond, je pense qu'il est trop tard et qu'on ne peut plus rien faire pour lui.

Le père d'Arash était le membre le plus important de notre famille, mais quand il était là, nous avions l'impression qu'une ombre pesait sur nous. Il se considérait comme une machine à gagner de l'argent, et nous avions fini par le traiter en conséquence et par n'attendre de lui que son chèque de paye. Il était toujours fatigué, quoique moins irascible qu'autrefois. Ses relations avec Maman s'étaient améliorées, et ils se conduisaient presque en égaux. Quand j'étais encore au collège, Maman me parlait souvent des sacrifices qu'il faisait pour nous, espérant me convaincre de l'aimer, mais je résistais et évitais dans toute la mesure du possible d'avoir affaire à lui. Je répondais à ses questions aussi succinctement que je le pouvais et veillais à ne jamais rien lui demander. C'était même Maman qui me donnait mon argent de poche. J'avais l'impression qu'il attendait que je reconnaisse ma défaite dans la guerre que je lui livrais, mais mes blessures ne cicatrisaient pas et je ne pouvais oublier le sentiment de rejet qui avait marqué mon enfance.

51.

Chaque année, Shahaab obtenait le premier prix de calligraphie. Ses œuvres devenaient de plus en plus belles. Les mots exerçaient sur lui une sorte de magie. Les années durant lesquelles il n'avait pas parlé leur avaient prêté plus de valeur, avaient, pour chacun d'eux, fait naître dans son esprit des couleurs et des parfums qui s'exprimaient à travers ses créations. Son professeur me disait avec admiration :

— Il écrit l'âme des mots. Ce n'est plus simplement de la calligraphie, c'est une œuvre d'art pleine de sens. Je crois que même un illettré pourrait comprendre ce qu'il écrit.

Shahaab appréciait beaucoup son professeur et s'entendait bien avec lui. S'il avait pu, il aurait passé tout son temps libre chez lui. Mais Nasser en prenait ombrage et inventait toutes sortes de prétextes pour l'empêcher d'y aller. Très contrarié, Shahaab s'en plaignait constamment. Craignant de voir renaître les hostilités entre eux, je cherchais à justifier le comportement de son père :

— Il faut que tu comprennes, Shahaab, que ton père est jaloux. Pour lui, tous les hommes dont tu es proche sont des rivaux. Quand il voit que tu t'entends tellement bien avec ton professeur, il en est vert d'envie.

Il m'a regardée, surpris, et a murmuré :

— Comme c'est curieux. « Vert d'envie ».

Et il s'est plongé dans ses pensées.

Il venait d'entrer au cours moyen deux quand son professeur a obtenu qu'un de ses travaux soit présenté à une exposition de calligraphes professionnels. Une cérémonie de remise des prix avait été organisée le jour de la clôture. Très excitée, j'ai envoyé des invitations à toute la famille. Tout le monde est venu : Hossein, Fataneh, Khosrow, Shahin, Fereshteh et son mari. Quand ça a été le tour de Shahaab, son professeur a fait l'éloge de son travail et de sa créativité et a annoncé que son œuvre allait être envoyée en Hongrie pour une exposition. Shadi et moi débordions d'orgueil. Nasser s'efforçait de rester grave et digne, mais il avait du mal à dissimuler sa fierté.

Quand Shahaab a été appelé pour recevoir son prix, j'ai bien vu qu'il était terriblement gêné. Il est devenu tout rouge et s'est avancé vers le devant de la salle d'un pas lent. Son professeur s'est penché sur lui, l'a embrassé sur la joue et lui a tendu un trophée. Tout le monde a applaudi. Puis son professeur a pris la parole :

— Shahaab Mokhtari, notre cher jeune artiste, souhaites-tu dire quelque chose ?

Shahaab a secoué la tête en signe de dénégation. Son professeur a repris :

— Dans ce cas, je vais demander à ton père d'avoir la gentillesse de bien vouloir monter sur l'estrade pour nous parler un peu de toi.

Nasser s'est tortillé sur sa chaise, embarrassé.

— Nasser, ils t'attendent, lui ai-je dit, très émue.

Il a parcouru la salle du regard, s'est levé et s'est avancé vers la tribune. J'ai eu l'impression que ses jambes avaient du mal à le porter.

52.

Mon professeur a dit d'un ton solennel :

— Monsieur Mokhtari, permettez-moi de vous féliciter d'avoir un fils comme Shahaab. Nous estimons que vous mériteriez un prix, vous aussi, pour avoir été un père aussi attentif et avoir découvert et soutenu le talent exceptionnel de votre fils à un âge aussi précoce. Mesdames et messieurs, c'est un sujet qui me tient à cœur. De nombreux enfants doués n'ont pas la possibilité de développer leur talent car leurs parents n'en prennent pas conscience. J'espère sincèrement que d'autres suivront l'exemple de M. Mokhtari et seront plus à l'écoute de leurs enfants.

J'ai esquissé un petit sourire ironique et j'ai baissé la tête. Le père d'Arash s'est avancé. Le micro déformait sa voix, mais je l'ai tout de même trouvée inhabituellement rauque. J'ai levé la tête, étonné. Il était pâle et ses lèvres tremblaient. Après un long silence, il a dit :

— Tous les parents rêvent d'avoir un fils comme Shahaab. Ce qu'il a réussi à faire, il l'a fait seul. Je n'ai rien fait pour lui. Il mérite plus que je ne lui ai jamais donné. J'espère qu'il pourra me pardonner un jour.

J'étais bouleversé et je le dévisageais, incrédule.

— Tout ce que je peux te dire, Shahaab, c'est que je t'aime et que je suis incroyablement fier de toi.

Il a ouvert les bras et s'est approché de moi. J'avais la vue brouillée par les larmes. Je me suis dirigé vers lui. Il m'a serré dans ses bras et m'a embrassé sur la tête. La scène a été photographiée et Maman a fait agrandir ce cliché comme s'il s'agissait d'un traité de paix concluant une guerre sanglante. Ce portrait encadré occupait une bonne partie du mur de notre salon, comme si Maman avait voulu remplacer mes souvenirs d'enfant malheureux par cette unique image. Celle-ci a fini par devenir un symbole de mon passé, occultant effectivement la mémoire de ces douloureuses années.

Au cours des jours qui ont suivi, la glace qui nous entourait a lentement commencé à fondre. Nous restions sur la réserve, l'un comme l'autre, incapables d'exprimer nos sentiments, mais nous faisions des efforts pour nous adresser des regards dénués d'animosité. Il était cependant trop tard pour apprendre l'art de l'amour et difficile de rattraper les occasions manquées. Je n'étais même pas sûr que ce soit possible un jour.

Il fallait que l'oubli fasse son œuvre pour que je réussisse à l'aimer comme il le méritait. J'ai donc entrepris d'effacer délibérément mes souvenirs d'enfance. Je ne lui faisais toujours pas confiance, mais je ne savais plus pourquoi, et je m'en faisais le reproche. J'avais l'impression d'être un ingrat.

Les années ont passé, j'ai terminé le lycée. Je suis à présent en deuxième année d'université, je fais des études d'art, mais je souffre toujours d'un manque d'assurance et j'ai du mal à me lier aux autres. Chaque fois que je décide de parler devant un groupe ou d'exprimer mon opinion, mon cœur se met à battre la chamade et je change d'avis ou, quand je me décide enfin à prendre la parole, c'est d'une voix si tremblante que les autres ont du mal à me comprendre. Au fond de moi-même, je me considère toujours comme un débile. Je ne suis jamais sûr de moi ni de ce que je fais, et ce doute transparaît dans mes œuvres. Maman, qui se fait encore du souci pour moi, essaie de me faire rencontrer des jeunes de mon âge. Voilà pourquoi, aujourd'hui, elle a organisé une grande fête pour mes vingt ans.

J'étais tout ankylosé. Je me suis relevé de la petite plate-forme du toit. J'ai secoué mon pantalon pour en faire tomber la poussière et j'ai jeté un coup d'œil au-dessus du mur des voisins. Leur jardin rempli d'arbres avait toujours été superbe vu d'en haut. J'ai aperçu un nid entre des branches. Je tendais la main vers lui quand une voix m'a fait sursauter. Je me suis retourné. Shadi était là, en face de moi, belle et souriante comme toujours. Elle a fait semblant d'être fâchée :

— Ah, c'est là que tu te caches ! Ça fait des heures qu'on te cherche partout. Maman se terre dans sa chambre, et toi, tu te planques ici comme un gamin ! Tous tes invités t'attendent ! Qu'est-ce que tu fabriques ?

— J'ai passé les vingt dernières années en revue.

— Tiens, c'est bizarre. Maman m'a dit la même chose.

Il y avait un monde fou au salon. Je les ai rejoints. Mon ami Kourosh, un garçon jovial et chahuteur, a tendu le doigt vers la photographie encadrée qui ornait le mur et s'est écrié :

— Hé, les gars ! Venez voir ça ! Regardez, c'est Shahaab. Comme il est mignon ! C'était quand ?

— J'étais au CM2.

— Et l'homme qui te serre dans ses bras comme ça, c'est qui ?

J'ai regardé le portrait attentivement et j'ai répondu doucement :

— Lui ? C'est le père d'Arash.

Imprimé en France par CPI
en décembre 2016

La photocomposition de cet ouvrage
a été réalisée par
GRAPHIC HAINAUT
59410 Anzin

Dépôt légal : janvier 2017
N° d'édition : 55269/01 – N° d'impression : 138349